阿 Q
"微笑" 系列

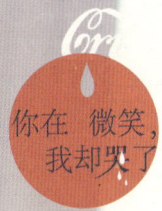

你在 微笑，
我却哭了

阿Q 作品

阿极

金浩森

他父母全健在，却跟没爹没妈一样，
从小没人看管，却比谁都善良仗义。

GOLDEN TIME

施 恩

庄 凯 慧

遇到阿极前，她心里只有仇恨，
是他让她明白，这世界还是有爱的。

GOLDEN TIME

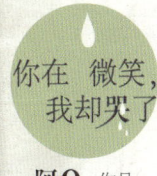

你在 微笑，
我却哭了

阿Q 作品

夏 息

彭 湃

纯白少年，只偏爱秦一璐一人。

GOLDEN TIME

秦一璐

垚昕

带刺玫瑰，冷艳高贵，生人勿近。

GOLDEN TIME

Cry

你在 微笑，
我却哭了

阿Q 作品

卞 都

陈 喆

> 他对什么都不怎么感兴趣，
> 只是对叶晨睿特别执着罢了。

你在 微笑,
我却哭了

阿 Q 作品

叶晨睿

徐雯倩

她一人, 卑微地存活在他们之间。

GOLDEN TIME

Cry

你在 微笑，
我却哭了

阿Q 作品

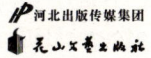
河北出版传媒集团
花山文艺出版社

图书在版编目（CIP）数据

你在微笑，我却哭了 / 阿Q著. —石家庄：花山
文艺出版社，2015.7（2017.6重印）
ISBN 978-7-5511-2448-5

Ⅰ．①你… Ⅱ．①阿… Ⅲ．①长篇小说－中国
－当代Ⅳ．①I247.5

中国版本图书馆CIP数据核字（2015）第151741号

书　　名：你在微笑，我却哭了
著　　者：阿　Q

策　　划：张采鑫
责任编辑：卢水淹
特约编辑：廖晓霞
美术编辑：许宝坤
责任校对：齐　欣
封面设计：刘　艳
内文设计：昆　词
出版发行：花山文艺出版社（邮政编码：050061）
　　　　　（河北省石家庄市友谊北大街330号）
销售热线：0311-88643221/29/35/26
传　　真：0311-88643225
印　　刷：长沙鸿发印务实业有限公司
经　　销：新华书店
开　　本：880×1230　1/32
印　　张：10
字　　数：287 千字
版　　次：2015年9月第1版
　　　　　2017年6月第2次印刷
书　　号：ISBN 978-7-5511-2448-5
定　　价：32.80元

青春过后，
我们都在大大的人生里，渺小地坚强。

/ 邵年

认识阿 Q 且对她好奇源于《我们的青春都已落幕》一书，而与该书相遇也是缘分使然。当时那一批选题我都看完，有多余的时间便扫了扫那些被打回的选题。果然都平平无奇，却唯有一本，让我如获至宝，只是楔子几句话便已让人眼前一亮，待看到人设介绍以及内容简介更是精神一振。

那么鲜明的、倔强的青春感觉，像是雨后挂着闪亮水滴的树叶，细腻柔软而又有棱有角。竟是好多年没有见过了。

我看了同事的批注，只说这稿子恐怕过不了，太过晦暗萧瑟了，出版社那里恐怕就难以交代。我却觉得不然，这样好的稿子，实在是想做出来，而且读者也一定会产生共鸣，以及喜欢。

而后便认识了阿 Q 且与她熟悉起来。

与我想象的不大一样，那么有个性的稿子后面，却是一个干干净净的 90 后小女生。待到认识更深，了解她的成长与坚韧，便觉得是了。这样柔软与决绝并存的稿子，也只有她写得出来了。

她是我少见的几个极有才华的女孩子，出道又早，笔根不辍，兼顾学业与写稿，尚能一年五六本的成绩。且帮人梳理大纲，另各种题材涉猎，是被老天宠爱赋予天赋的女孩。难得的是，认真敬业，在"微笑"完稿之后，为了给读者更好的故事，她痛删前稿，重新起笔。这一点，真的很少有作者做到，而那些在很少之列的作者，现在都已经大有名气了。

所以对于阿Q我真的十分看好。

阿Q的稿子，让我触动的不仅仅是刺骨凛冽的青春，与让人刻骨铭心的爱情，更让我心折神往的是里面的女孩子，大都大方洒脱敢爱敢恨，以及这些女孩子之间生死并存的友情。我一直觉得，看一个作者的人品永远在于她如何对待笔下的人物。那些书中有同生共死友谊的作者，能把每一个女孩子（即便是反派）都写得可亲可爱的作者，多半都是善良的，且易于相处的。若是笔下人物都众叛亲离独来独往，便不免让人犯怵觉得凉薄。

所以这样对阿Q的好感又多一层。比如《我们的青春都已落幕》中拼死要护贝以南周全的柒柒，比如《你在微笑，我却哭了》中性格高傲却直来直往的秦一璐。美貌逼人，却又热血心肠，让人见了，心生向往。

或许只是因为，也许，我们都只是叶晨睿罢了吧。

平凡的、怯懦的、面对巨大的差距不知所措的、面对真爱也不敢相信的叶晨睿。

两种这么极端的女孩子，阿Q却都描写得细致入微，也许她性格本身就是这两种女孩的并存。

这本小说与《我们的青春都已落幕》不尽相同，却更引人入胜让人唏嘘。

那么多年少的、执着的、单纯的、美好的，以后都再也不会有的深情啊。独来独往的，是叶晨睿对夏息；霸道别扭的，是卞都对叶晨睿；一意孤行的，是夏息对秦一璐；不计后果的，是秦一璐对卞都；单纯莽撞的，是阿极对施恩……

我们总是在最不懂爱的年纪里，却遇到今生最刻骨铭心的人，并统统用错了方式。

所以，他们都丢掉了心爱的人，反而只有单纯的、傻傻的阿极等到了施恩。

也许吧，我们在那么用力用力地爱过一个人之后，也不会懂得爱情。在那么那么多的坚持过无助过拉锯过歇斯底里过之后，也不会懂得爱情。

我们懂得的只会是人生。

譬如就像书中最终联姻的少年，就像书中最终放弃了心爱姑娘的少年，就像书中最终终于明白距离遥远而离开的姑娘……他们都懂得到了，这才是真真切切的人生。

幸好，还有阿极与施恩幸福着。

愿看书的每一个人都喜欢上善良的阿 Q。

愿你们都有傻傻的、对爱人坚持的勇气。

愿你们最终都能幸福。

即便没有幸福，勇敢爱后也都会有所获得。

就像曾经怯懦渺小的叶晨睿，最终在大大的人生里，孤独却坚强着。

她无法忘记，有个少年那般爱她
爱到想给她一个家

WOQUEKULE

目
录

目录

楔子
XIEZI

记得小时候一群孩子围在院子里放鞭炮，阿极拿着挂鞭炮，笑嘻嘻地露牙朝夏息身上丢。夏息清俊的小脸瞬间苍白，边吼阿极，边朝卞都那边跑，像只小狗般冒冒失失地撞进卞都的怀里。

卞都手揽着夏息，冷着脸瞪向阿极，怒斥他："别瞎闹行不行！"

被训斥的阿极悻悻地将手中已经"噼里啪啦"响的鞭炮随手一丢。鞭炮落在我的脚前，不带停歇地炸开了花。我吓得嗷嗷直叫，边骂阿极边用手捂着耳朵，却忘了要逃开。

阿极在一旁笑得合不拢嘴，夏息用同情的目光望着我，卞都则恶狠狠地丢了句"笨蛋，不会跑啊"，然后用小竹竿挑开了我脚边那挂还未炸完的鞭炮。

那时候的我，吓得一双眼睛红通通的，一脸委屈地望着永远那么有主见的卞都，总觉得那冷酷的少年身上笼罩着一股英雄的光辉。

鞭炮声继续，我惯性地捂住耳朵，躲在门后偷看玩闹的伙伴们，不肯再上前跟他们一起玩。

片刻后，我爸从卞都家里打完牌出来，看到躲在门后的我，微笑地拉下我捂在耳畔的双手，说："晨睿，你把耳朵都捂住了，怎么听得到声音。"

　　于是，在我爸的强硬要求下，我放下双手，不再掩耳，学会从怯懦中走出来，开始学着去聆听这世界的欢声笑语，结果却从我妈凄厉的哭喊声中听到我爸突然去世的消息。

　　那是段很黑暗很压抑的时光，许多许多的人围在我家，我的耳边全是哭声，全是⋯⋯

　　我又一次逃避地捂住双耳，拒绝那些悲伤的声音攻陷我的耳膜，仿佛捂住了双耳，我就再也听不到那些哭声，好像我爸没死一样。

　　后来，全世界就只剩下了我剧烈的喘息声。

　　带着旁人无法感同身受的剧痛，我跪在爸爸的墓碑前哭着问他，他怎么能够要求一个八岁的孩子，去勇敢地面对这骤然碾压而来的丧父之痛呢？

　　怎么能⋯⋯

成人礼
CHENGRENLI

第一章

卞都的十八岁生日宴办得很隆重，卞叔叔在市区最好的五星级酒店龙华订了三十桌。卞家的亲戚都来了，卞都爸妈的朋友同事也都受邀在内，红包个个包得鼓鼓的，我收红包收得有些手软。

人来得差不多了，宾客们在服务员的招呼下上了桌，坐等卞都出现。我抱着堆满红包的托盘去找卞都的妈妈。卞阿姨正和她的姐妹们聊天，看到我过去，伸手对我招了招，招手间，白皙圆润的手腕上翠绿色的玉镯子很是亮眼。

"阿姨，红包放哪儿？"我小心翼翼地走近，抬头看着卞阿姨妆容浓重的脸，拘谨地问道。

卞阿姨从身侧拿出她的名牌包，随意地往旁边的空桌上一甩："都放这里吧。"

我谨遵吩咐，沉默地将那些红包悉数塞进那包中。只是，即使低着头，我还是能感觉到周围卞都的姨妈们打量我的目光。

"这就是那女孩子啊，都这么大了，她来的时候才八岁吧，记得跟小

都一样大，现在也快十八了吧？"卞都的大姨看着我说道。

卞阿姨点点头，摸摸她手上的玉镯，含笑道："晨睿比我们小都小几个月，等过完今年的生日就十八了。"

说完，卞阿姨从我手中接过装满红包的提包，挽在臂弯上，朝我道："晨睿，你去打个电话给小都，问他什么时候来，大家都等着他开席呢。"

"嗯。"我简单地应了声，手伸进裤袋去拿手机。指尖刚碰到手机的金属盖，就感到一阵微麻，恰好有人打我电话。

诺基亚手机单调的基础铃声响起，里面微带磁性的女声用标准的普通话播着"卞都"的名字，我下意识得朝卞阿姨她们看了一眼，见她们都在看我，赶紧拿起手机按下了接听键。

"卞都。"刚不轻不重地喊了声那少年的名字，我的耳膜就差点儿被卞都那边刺耳的歌声所刺穿。

"阿极，给我闭嘴！"手机另一头，卞都作怒地朝某人喊道，然而阿极的歌声却越发猖狂起来。

而后是一道用力的关门声，我耳边才稍微清净了些，卞都貌似从那喧嚣的地方走了出来。

"叶晨睿！"那人重重地喊了句。

"在。"我立刻打起精神，认真地回道。

"跟我妈说下，酒店我不去了，我和朋友们在 KIV，让他们自己吃吧，红包留给我。还有，你给我过来。"

卞都像个王者似的对我发号施令，他一说完，也不给我回话的时间，直接把电话挂断了。

卞阿姨挑眉看我："小都说什么时候到？"

我绞合着双手，不知道怎么开口，最后还是在卞阿姨她们注视的目光下，硬着头皮把卞都的话转达了下。

"他不来了？这生日宴是给他办的，他怎么可以不来？！这孩子怎么

这样啊？！"卞阿姨动气地说道。

卞都的姨妈们在一旁劝她："现在小年轻都有自己的活动空间，我们做家长的也不用管太严，过了十八岁生日都是成人了，小都想跟朋友们过就让他过去吧。"

"是啊，他来了，跟我们这群大人也没什么好聊的，我们大家也是趁这次聚聚吃一顿，还害你破费呢。"

"说什么话呢？哟，你们这些红包不是钱啊！"卞阿姨开口打断道，"算了，别管那浑小子了，我们坐上去开始吃吧，晨睿你也过来吧。"

"卞都让我过去找他，不知道什么事。"我松开手，艰涩地说。

卞阿姨探寻地看着我，目光定了定，忽而甩甩手："去吧，那我们就不等你吃了，你和小都碰面后，去他那儿吃吧。"

"嗯。"我点头应了声。

卞阿姨再也没有理我，带着她的女伴们走上了宴席。

我看到卞阿姨凑在卞叔叔的耳边耳语着什么，卞叔叔的脸色有些难看，但碍于那么多宾客在场，没有发作。旁边有人拍拍他的肩跟他打招呼，他又投入了新的谈话中。

手中的手机又振动了下，是卞都发过来的短信，说他在哪个KTV。

我有点儿疲惫地吸了口气，咬了咬发干的嘴唇走出酒店去找卞都。

忙了几个小时，连口水都没喝，饭也没吃，卞都一句话，我就得去。

这就是我的生活。

八岁那年，我爸在海上遇难后，我妈就受了刺激，身体一直不大好，没法好好照顾我。和我爸一起出海却幸运回来发家致富的卞叔叔看我们可怜，想给我一个良好的成长环境，跟我妈商议后，将我带到卞家抚养。

从此，只要卞都需要，我叶晨睿就得随叫随到，不得有任何的不情愿。

因为，我是寄人篱下的叶晨睿。

长这么大，我从未去过 KTV 那样的娱乐场所，一个是卞都出去玩的时候不愿带我，一个是我妈跟我说："晨睿，你在卞家要守好本分，你卞叔叔虽然人好愿意接济我们孤儿寡母，给你去江都上学的机会，可是那毕竟不是自己家，你可别学坏，给你爸丢脸啊。"

每每想起我爸，我就想哭。

这么多年，我都不愿意接受我爸已经丢下我跟我妈，离我们而去的事。

我一直不明白，为什么一起出海寻金，最后阿极爸爸活着回来了，夏息爸爸回来了，卞都爸爸也回来了，就我爸一个人葬身大海，连具尸首都没有。

小时候不懂事，每每想起我爸，我都会哭着问我妈，为什么老天爷只带走了我爸爸？我妈哭着回答我，说那是因为人家命大，你爸命薄。

人命真的有厚薄之说吗？

我摊开手掌，看算命人常拿来说事的手相，心想，这错综复杂的纹路，真的能看出一个人的一生吗？

恍惚间，听到出租车司机喊我，说 KTV 到了。

我愣愣地回过神，付了钱，从车上下来，茫然地看着这个门面装修得极为豪华的地方，觉得异常陌生。

卞都去的地方，一向不会太便宜，一起生活了近十年，我早已见惯了他高档次高消费的生活作风。

我略显紧张地吸了下鼻子，对着门外的玻璃柱子理了理微乱的头发，将牛仔衬衫一侧被压着的领角从针织衫里抠了出来，才敢放心地走进周围同学都爱来玩的娱乐地。

之所以会那么在意形象，是因为卞都不喜欢我不修边幅丢他家的脸，而我又不想惹卞都生气。印象中，惹怒卞都的人都没有什么好下场。

顺着卞都给的门牌号，我不急不缓地慢慢寻找着，一路上，我都在思索卞都为什么突然找我来。

他向来不爱跟我玩，特别是和他朋友在一起的时候，卞都都会直接命令我不要出现，想是小时候那些孩子的童言无忌，让他耿耿于怀到现在吧。

当年办完我爸的丧事，卞叔叔他们一家就从乡下搬到了繁华的市区。半年后，卞叔叔接我去卞家，在他们那边上学。

因为在一所学校一个班的缘故，我每天都跟卞都同进同出，好事的同学知道我寄养在卞都家的事，常常以此调侃卞都。

那时候，我们就读的小学里还流传着一首歌谣，好像是这么唱的："卞都卞都，养个童养媳妇，胖脸嘟嘟……"

我正忙着走神，口袋里的手机又一次响了起来，"卞都"这两个字叫个不停，我手忙脚乱地接起电话，里面传来卞都不耐烦的声音。

"叶晨睿，你乌龟啊？怎么还没到？！"

我数着所站走廊两侧的门牌号，看到卞都短信上发的数字，惊喜地回道："来了来了，等我十秒钟。"

我急巴巴地跑到门边敲门，开门的是有一阵子没见的阿极。看到我，阿极像哥伦布发现了新大陆一般，眼睛睁得大大的，一把熊抱住我，惊呼道："晨睿，你怎么来了？"

"我让她来的。"

没等我回答，卞都的声音就从阿极的身后响起，我人被卞都拽到了怀里，脸不自然地贴到他的胸口。

头一次跟卞都靠这么近，我惊慌得不知如何自处，下意识地推开他观察四周，发现常跟卞都玩的那几个人都在，夏息也在，正温柔地给卞都的女朋友秦一璐剥花生。

秦一璐停下嘴上的动作，定定地看着我，目光一如既往的冷傲。

整个房间灯光闪烁，昏暗的包厢里人很多，除了自小就认识的夏息、阿极，还有在卞都家里见过几次面的秦一璐，其他人我都不认识。

有人在黑暗中鼓掌起哄，大声追问卞都："她是谁啊？"

更有人想看清我的脸，啪的一下打开了包厢里的大灯。

包厢里的昏暗瞬间就被一片白光所代替，我不适应地眯了眯眼。

卞都坐回一旁的沙发中，伸手拽住我用力地一扯。

我狼狈地摔在卞都的身上，紧张地要爬起来，却被卞都按住了身体。

卞都揽着我的肩膀对众人扬起了嘴角，淡淡地说："叶晨睿，我新女朋友。"

全场瞬间安静下来，所有人的目光都在我和秦一璐之间来回移动。

阿极的嘴巴张得大大的，夏息棕色的眸子沉静地看着我，看不出任何情绪。

我大脑一片空白，处在震撼之中，身体下意识地僵直，习惯地咬住了嘴唇。

我想，这又是卞都的一项新恶作剧。

我怎么会是卞都的女朋友？

我的记忆没出错的话，就在昨天，卞都和秦一璐还在卞都卧室的大床上纠缠。

那时，卞阿姨让我去喊卞都吃饭。我跟卞阿姨都不知道秦一璐来了，因为那女孩儿没走正门，她是直接从卞都卧室的窗户爬进来的。

卞都房间的门没关好，我在外面喊了几声没人回答，只听到零碎的呻吟声，以为卞都身体不舒服，赶紧拧开门把进去，一眼就看到他跟秦一璐光着身子躺在床上。

看到我的那一刻，卞都的眼神极为冷漠，似乎想要杀了我。我脸涨得通红，尴尬地背过身去，就听到卞都咬牙切齿的声音。

"滚出去，把门给我带上！"

我慌乱地夺路而逃，还不忘帮他们关上了门，同时听到房间里传来的秦一璐肆意的笑声。

所以，我怎么会是卞都的女朋友？！

"砰"的一声刺耳的巨响，对面的沙发上和夏息坐在一起的秦一璐突然站起身来，冷着脸将桌上的啤酒瓶用力地朝我们这边扔了过来。

我也不知道她要砸的是卞都还是我，总之卞都敏捷地伸手按住我的头，将我的身体往下压去。那酒瓶就擦过我俩中间，砸在身后的墙上，顿时碎裂开来。

我身上湿漉漉的，迸射出来的啤酒溅到了我身上，脖子麻麻的，有些疼，不知道是不是被玻璃碴划伤了。

我想逃离这里，在卞都的手下无声地挣扎着。我用手按着身前的大理石桌想要站起来，没想到手心正好扎上溅落在桌面的玻璃碎片，当即疼得咬紧了牙。心中陡然间有股酸疼蹿起，不断地往外溢。

我张了张嘴，想求卞都放了我。

他们的游戏，我玩不来，也不想玩。

可卞都却丝毫没有要停止的意思，他愤怒地站起身来，粗暴地将我从地上拽起，朝着对面的秦一璐咆哮道："秦一璐，你发什么神经！"

话落，卞都将目光移向我扎伤的手，不管我疼不疼，手上使劲，拔出了嵌在我手心里的玻璃碎片，语气不耐地朝我吼："你蠢啊，不会按住止血！"

我内心忽然觉得很难过。

一起生活了这么多年，卞都跟我的关系依旧和小时候一样疏淡，他不

爱跟我玩，老爱骂我蠢，骂我笨蛋，好像我的存在让他很难以忍受。

我不擅长应对这样混乱的场面，就像我应付不了我爸的葬礼一样，我本能地伸手捂住自己的耳朵，这样就可以听不到秦一璐气恨的尖叫声、咒骂声，也不会听到周围卞都那群朋友的议论声、戏谑声……

那些声音仿佛交织成一张巨大的网，将我紧紧缚住，往无尽的深渊拉。

卞都用力地拉下我受伤的手，按着我的伤口，试图帮我止血。

那只手被他握着，所以我只剩下另外一只手捂着一侧的耳朵。

周围喧嚣不止，我胆怯地望着我熟悉的那几张面孔，想求救。

我看向一向温柔的夏息，那个自重逢以来，每次看到我难过，都会用温柔的语调轻声安慰我的少年，此刻他正站在激动的秦一璐身边，拍着女孩儿哭得颤抖的双肩，轻声地安慰着。

他的目光一直在秦一璐身上，没有看我。

接着，我就看到了阿极。

阿极不知道从哪里找来了一桶冰块，手伸进去抓了一把冰块要往我手里塞，黑亮的双眸亮闪闪的，急促地对我说："晨睿，把冰块用力地握在手里，能止血。"

我朝阿极苦笑了下，挣脱卞都的手，按他的话，抓住那些冰冷的块状物，眼睛却一直盯着阿极看。

在这样的空间里，我需要找一个支撑点转移我所有的疼痛感，这样才能坚持到卞都的游戏结束。

阿极用同情的目光看着我，担心地问："晨睿，你还好吧？"

没想到小时候最爱欺负我的阿极，这时候竟然这么关心我。我很感激地朝阿极摇摇头，想说没事，却还没来得及说，人就被卞都拉着转过身去。

卞都蛮横地扯过一旁男生脖子上的围巾，不顾那人叫嚷，板着脸，动作粗鲁地包住了我握着冰块的手，然后红着眼瞪向冲过来的秦一璐，嘴角扬起嘲讽的笑。

"秦一璐，你给我看好了。"卞都说完，修长的手指再次按住了我的头。

我感到不妙，还来不及逃避，卞都已经低下头，强硬地吻住了我干裂的嘴唇。

顿时，我的脑子里一片空白，胃里涌生出一股难言的恶心感。

时间只过去了几秒，可我却像撑过了几个世纪。卞都放开我的时候，我双腿立刻瘫软下来，像条被冲上岸的鱼，艰难地呼吸着，脑子里塞了棉花似的涨得很，耳朵里"嗡嗡"作响，其他什么也听不见。

秦一璐恨恨地剜了我一眼，又怨恨地看向卞都，涂着红色指甲油的手指用力攥紧，接着绝傲地转过身去，伸手环住了身后夏息那白皙的脖子。

夏息的脸微微有些涨红，目光深谙地望着她，却没有推开。

"卞都，别以为就你会玩。"秦一璐挑衅地看着卞都说道，踮起脚吻住了夏息。

卞都不以为意地笑笑，好像这会儿跟人接吻的女生跟他一点儿关系都没有。

旁边的男生拍手大声叫好，称赞秦一璐好样的。

夏息原本僵硬的双手慢慢地环上了秦一璐的细腰。我目光呆滞地看着他开始回吻秦一璐，胸口隐隐有些作痛。

整个场面乱作了一团。

卞都拉着我重新坐回沙发，和身旁的朋友玩骰子。

秦一璐和夏息坐在一旁，像两条接吻鱼，时不时地接吻，时不时地朝我们这边看上几眼。

阿极依旧在飙歌，整场好像就他一个人在唱。

唱累了，阿极凑到我们这边抢卞都手边的花生，歪着头问我："晨睿，你要不要唱？"

阿极是个好人，我如此肯定地觉得。

拒绝了阿极的好意，我看到他又蹦跳着去欢唱了。这时，包厢的灯不

知道被谁关掉了，我坐在黑暗中，浑身发冷。

周围明明有那么多人，我却感觉自己是一个人。

从早上到现在，一直没吃过什么东西，也没喝过什么水，我竟不觉得饿。想起从酒店出来的时候，卞阿姨让我找到卞都再吃点儿什么，忽然就觉得挺可笑的。

卞都怎么会在乎我会不会饿？

突然，一个带着酒气的身体重重地压在我的肩上，左侧的影像机发出的微光照着卞都，将他的脸照得有些苍白。

那少年眨了眨比女孩子还长的睫毛，指着黑暗中秦一璐所在的方向，对我笑了起来。

他的唇瓣有些冷，微贴在我的耳畔，轻笑说："叶晨睿，我知道你喜欢夏息。"

"我还知道夏息喜欢秦一璐，看，现在大家都知道了。"卞都将手放在我的肩上，环着我低声说道，言笑激艳。

我紧紧地盯着卞都那张帅气的脸，脑子里回想着自己最近到底是哪里得罪了他，以至于他要这么消遣我，巴不得看我难受。

可卞都却丝毫不觉得自己哪里有愧于我，不容我拒绝地拉开我放在膝盖上的手，自顾自地躺在我腿上，双手环着我的腰，使他自己不掉在地上，然后很快地就睡过去了。

我困惑地看着睡相很孩子气的卞都，心想，卞都到底是怎样的人呢？

他怎么能在伤害一群人后，这么没心没肺地睡他的安稳觉呢？

他又是怎么笃定我不会反抗，不会趁他睡着用秦一璐摔过来的啤酒瓶渣在他漂亮的脸蛋儿上划上几刀呢？

黑暗中，阿极的歌声抑扬顿挫。一首陈奕迅的粤语歌他唱得极好，周围有人为此叫好，阿极却没有笑，神情专注地继续唱那首令人哀伤的歌。

对面沙发上的两个人影动了动，站起来走向我们这边。

秦一璐用包砸了睡得正香的卞都几下，恨恨道："浑蛋，我走了，祝你十八岁成人礼后天天不举，跟你那小土包子恩爱去吧。"

我看着恶毒诅咒的秦一璐没有说话，卞都被惊醒，却没有理睬盛怒的秦一璐，翻身拉过我的手捂住他耳朵，之后将我抱得更紧。

我知道卞都没有睡着，秦一璐肯定也知道，所以她才不解气地又踢了卞都一脚，目光凌厉地剜了我一眼，朝门口走去。

夏息跟在秦一璐后面，淡漠地看了卞都一眼，然后转向我，微笑了下，说："晨睿，很高兴见到你。"

说是"高兴"，可下一秒，他人已出了KTV追着秦一璐去了。

我望着被拉敞开的大门出神，没多久就看到服务员推着个大蛋糕进来。

阿极丢下麦克风急迫地奔过去，用手指剜了一块奶油塞进自己嘴里，然后喊卞都："卞都，吃蛋糕啦！"

卞都没回。

其他人有的奔向蛋糕，有的跑来推趴在我腿上的卞都，卞都还是没动静。

"卞都，醒醒。"

我跟着喊了一声，手轻轻地推了推他的头，感觉到指尖一股湿润。我正疑惑那是什么，阿极开了灯，于是，我就看到了手上的血和卞都后脑勺儿上插着的啤酒瓶渣。

"卞都！"

不知道是谁先尖叫出声，又不知道是谁打了急救电话，我只觉得一切混乱得很。等回过神时，我发现自己已经坐在了医院手术室外走廊的椅子上。

阿极在一旁抽着烟，其他人他嫌吵，赶他们走了。

"阿极，你说卞都会死吗？"

　　我呆呆地望着手术室门檐上亮着的灯，声音颤抖地问阿极，心跳依旧很快，慌得不行，被吓得不轻。

　　阿极丢掉烟，伸手握住我冰凉的双手，故作轻松地笑道："怎么会呢，那是卞都，卞都哪那么容易死。还记得去年我惹上人被围在巷子里打，卞都来救我，我们只有两个人，对方有十多个，我被打得半死不活，卞都也遍体鳞伤，脑袋都被人用砖头砸了好几下，最后他还不是打倒了所有人，把我拖出巷子喊你来照顾，卞都命硬着呢！"

　　他顿了一顿，提高声音又重复了一遍：

　　"卞都命硬着呢！"

　　我回想起去年瘫坐在那条巷子口满身是血、目光却依旧清亮的卞都，忍不住地点头。

　　是啊，卞都命硬着呢，之前伤成那样都死不了，现在又怎么会那么容易地被秦一璐摔过来的啤酒瓶碎片扎到就死了呢？

　　这么想着，我慢慢放下了心。

　　虽然不久前我还因为卞都的"游戏"对他深恶痛绝，但是内心还是不希望卞都死的。就算很多时候卞都做的那些事都让我感觉非常难堪，可也没让我恨到恨不得他去死的地步。

　　我想，终究是卞都带给我的那些伤害还不够深吧。

　　卞都父母闻讯赶来，卞叔叔扶着哭得岔气的卞阿姨远远地就在走廊头喊我："晨睿，卞都怎么样了？"

　　我从椅子上站起身来，走上前老老实实地将事情简单地说了下，却隐去了原因，只说卞都被啤酒瓶砸到，却没说是怎么砸到的。

　　卞都向来不喜欢他爸妈多管他的事，我要是多嘴，他知道了日后一定不会让我好过。

　　卞叔叔抿了抿嘴，伸手拍拍我的背，表示自己知道了，让我也别担心。

　　"卞都这孩子命硬呢！死不了的！"卞叔叔也这么说。

"嗯。"我点了点头。

卞阿姨哭着伸手推我，斥责我没有好好照顾卞都。

"你在小都身边，怎么能眼睁睁地看着他被啤酒瓶砸呢？！"

卞阿姨宠卞都在他们整个交际圈里是出了名的，平时嘴上总是骂，但心里疼得紧呢。现在这种状况，也不怪她会激动得迁怒人。

我咬着干裂的嘴唇，任由她说着没吭声。

倒是身后的阿极听不过去地帮我出头道："阿姨，你这话不对啊，难道要晨睿扑过去给卞都挡啤酒瓶才对啊！晨睿要出什么事，她妈不也得哭死。"

我拉着阿极的手让他别说了。

卞阿姨却红了眼，反驳道："我哪里让她去挡啤酒瓶了，我只是说她应该好好看着我们小都的，我又没说要她做什么，我就说这么一句又有什么错了！我们家养了她十年，说一两句都说不得了！"

阿极呵呵地笑起来，说："是是是，阿姨你没错，既养卞都又养晨睿你最辛苦了，以后晨睿不用你养了，晨睿来我家。那次海上回来后，发家的又不是只有你们卞家，夏息老爹都当市官了，我家老子虽然没出息，但好歹也有一把钱攒在手里。晨睿爸的朋友又不是只有卞叔叔一个，怎么能只让你们家养晨睿呢？"

"阿极，怎么跟你卞阿姨说话的？！我们是你长辈知道不！"一旁的卞叔叔沉下脸，难得发火地吼阿极。

卞阿姨盯着我和阿极，气愤道："好哇，你们家想养叶晨睿就去养啊！今天你就把她的东西给我搬过去！"

虽然知道这应该是她的气话，但是我听在耳里还是觉得有点儿受伤，

就好像我只是卞家的一件垃圾，想丢就能丢出去。

我妈说："晨睿，你要忍。"

于是，我就在这样缺乏温暖的卞家忍了十年。

"给你养了，那我不是白养了。"

身后传来一声冷笑。我循声望去，就看到卞都躺在手术床上，被医生和护士推着从手术室里出来。

他头上裹着纱布，目光冷飕飕地看着阿极，视线扫过我时，鼻子里都哼气了。

我不知道自己哪里又得罪了他。

阿极闻声，噔噔噔地跑过去，睁大眼看卞都："人家被推出来都是睡着的，你怎么是醒着的，麻药没打啊？"

卞都白了他一眼，咕哝一声："麻药打了人就跟死人似的，有什么意思。"

阿极当即朝卞都竖起了大拇指："爷们儿。"

卞都不理他，躺在手术床上对着我招招手："叶晨睿，过来。"

我以为卞都是要我推他，听话地走过去，手刚触碰到手术床的扶手，就听到阿极气急败坏地对卞都说："卞都，这么多医生护士站在这儿，那么多双手推你，你干吗还要喊晨睿，没看她手都割伤了，你别老欺负她成不？"

卞都恶狠狠地瞪了阿极一眼，没看我，自顾自地说道："把手让医生消消毒。"

我知道他是跟我说的，心里微微转暖，卞都对我也不是太坏。

一个女医生从手术室带出来的器皿中找了消毒水出来，用目光示意让我把手上的围巾解开。我蹙着眉头看着过氧化氢倒在我手心的血痕上，有点儿疼，却没发出声来。

卞阿姨围在卞都病床边问他感觉怎么样，卞都嘴里哼哼了几声，说："还行吧。"

卞阿姨作怒骂他说："你这个浑小子，吓死你妈了！"

"我现在不是没事吗？"卞都淡然地说道。

卞叔叔板着脸站在一旁，厉声问了几句卞都搞成这样的原因，卞都没回答。

阿极笑呵呵地凑上前去多嘴道："是秦一璐那妞砸的，卞都甩了人家。"

"秦家那丫头？你俩关系不是挺好的吗？"卞阿姨不解地问道。

阿极还想说什么，被卞都一把拉住了。

"有完没完了，一群人挡在走廊里像什么，还让不让人进病房休息了！看人家医生都看不下去你们这么摧残病人的。"卞都板着脸说。

卞叔叔还想追问什么，被卞阿姨使了个眼神拦住了。

卞阿姨率先让开身来，就如同供着个活菩萨似的，讨好道："好了好了，妈不问了，你快躺好。"

随后，卞阿姨又转向那群医生和护士，恢复以往高傲的姿态道："医生，我们要开单人病房的，多人病房人多太杂会影响我家小都恢复的。"

"跟我来办下手续吧。"一个中年男医生站了出来，朝卞阿姨道。

卞都父母跟着医生刚走，阿极就忍不住做了个呕吐的表情，学着卞阿姨的语气阴阳怪气地说："医生，我们要开单人病房的，多人病房人多太杂会影响我家小都恢复的……"

"阿极，你不说话没人当你是哑巴。"卞都眼神冷厉地瞪向阿极。

阿极立刻识相地闭上嘴，吐了吐舌头，偷偷翻白眼。

卞都的病房安排好了，医生和随行护士将他推了过去，我和阿极跟在后面。

进门前，卞阿姨堵在门口对我说："晨睿，你回家帮小都拿点换洗的

衣服来，顺道去沃尔玛超市买些洗漱用品，小都要住上一阵子。"

　　我自然地点头说好，阿极变了变脸色，嘴巴努了努想要说什么。我赶紧拉住他的手，朝他使了个眼色。

　　阿极无奈地叹了口气，说："晨睿，你一个人拿不了那么多东西，我跟你一起去。"

　　只是衣服和必备的生活用品，不是很多，我本来想说自己可以拿的，但想到让阿极留在这边，他又跟卞阿姨他们斗起嘴来就不好了，于是便没有拒绝。

　　卞阿姨没再说什么，自顾自地走到卞都的病床边跟儿子说着话。

　　卞叔叔从口袋里拿出车钥匙走向我们："走，我正好要回公司，顺路送下你们。"

　　"小都都伤成这样了，你还回公司做什么？公司公司，你就知道你公司。"卞阿姨有些生气地说。

　　躺在病床上的卞都身子侧对着门口，不耐烦地吼道："要吵的都给我滚出去！"

　　话落，卞阿姨立刻噤了声，只是拿眼瞪着卞叔叔。

　　卞叔叔憨厚地笑："我只是回去签个文件，晚饭前过来给你们送饭，再找找有没有保姆应聘。"

　　卞阿姨不咸不淡地"嗯"了声，没再阻拦。

　　卞叔叔开车将我们送到了卞家别墅的门口，连门都没进，就要开车走，临走前他对我笑笑，说："晨睿，辛苦你了。"

　　我没觉得哪里辛苦，反而被他说得不好意思起来，只知道摸着自己的后脑勺儿干笑。等人和车都没影了，阿极推了下肩膀，我吃疼地叫了声："阿极你做什么？"

　　阿极双手插在破洞牛仔裤的口袋里，乜斜着眼看我说："我头一次看到给人跑腿还笑得这么欢的。晨睿，你就是脾气太好，所以卞都他妈和卞

都老欺负你，理所当然地把你当用人使唤。"

"哪有我这么轻松的用人，只是帮忙拿衣服而已，又不用洗衣服、做饭、拖地、清扫马桶什么的。"我边说边掏出卞都家的钥匙，开门将阿极领进了屋，随手从门口的鞋架上拿了双拖鞋递给他。

阿极却看也没看，直接穿着鞋踩着地板走了进去，嘴里啧啧道："卞都妈就是爱装样，一有钱就各种摆谱，搞得她好像不是从乡下出来的。我还记得她当年系着围裙在鸡窝里逮鸡的样子，跟现在简直就是两个人。"

阿极一边吐槽一边上楼，轻车熟路地走到卞都卧室门前拧开了门把。

我拿着拖把跟在他后面，一边听他讲话，一边忙着把他踩上的脚印子拖掉，时不时地提醒阿极："卞阿姨毕竟是我们的长辈，阿极，你以后别当着她面说这些话啊！"

阿极漫不经心地摆摆手，嘴里嚷着"知道了"，人已经伸手拉开了卞都的衣橱，随意扯了几件衣服胡乱地丢在床上。

我赶紧上去拦住他，皱着眉头急声道："阿极，你别乱动，我来拿。卞都衣服都很贵的，你这么扯要扯坏了怎么办哪？！"

"喊，有钱的又不是只有卞都家。晨睿，我爸也很有钱的，你可别忘了当年出海寻金的可是有十多个人呢！"阿极不屑地嗤之以鼻道。

我脸上的表情慢慢地凝固起来，扯了扯嘴角想要说些什么，可就是说不出话来，喉咙里像被什么东西堵住了，哽得十分难受。

当年什么事啊，不就是十几个人一起出海，最后都回来了，就我爸一个人死在了海上。

怕对着阿极忍不住掉泪，我将目光转向衣橱，动作僵硬地取下卞都的衣服。

阿极的手按在我的肩上，很是抱歉地说："对不起，晨睿，我不该提当年的事，你要难受，想哭就哭吧。"

我摇摇头，说自己没事。

阿极将信将疑地盯着我看，见我表情缓和下来，才放下心，尴尬地摸着脑袋望着衣橱问："晨睿，这里就只有衣服啊，卞都的内裤放哪儿你知道吗？"

我拉开衣橱里面的小柜子，红着脸将折叠得很整齐的平角裤从里面拿了出来，清了下嗓子说："在这儿。"

阿极讶异地看着我："晨睿，你跟卞都的关系什么时候变得这么亲密了，这么私密的东西你都知道放哪儿。还有，你俩也太不够朋友了，在一起了都不告诉我，要不是今天卞都自己提起，我都不知道。"

我想说其实我也不知道，不过没等我开口跟阿极解释，阿极放在裤袋里的手机就响了起来。他朝我做了个噤声的手势，拿着手机去外头接电话。

我留在房间里继续收拾，听到阿极在外面爆了几句粗口，具体都说了些什么，倒没听清楚。

接完电话，阿极站在门口，懊恼地挠着头对我说："晨睿，不好意思，我朋友那边出了点儿事，我得先走了。"

我没有多嘴发问，只是理解地说好。

送走阿极，匆匆整理完卞都的衣物，我拖着行李箱也离开了卞家。在别墅区外拦了辆出租车，去附近的沃尔玛，我把卞阿姨交代的东西都买了，然后再往医院赶。

等我拎着大包小包的东西赶到卞都病房时，发现大家都在等我，卞叔叔也从公司赶回来了。

"怎么这么慢？"卞阿姨抱怨了一声，从我手中接过装生活用品的袋子，仔细地清点起来，生怕我漏买什么。

我不敢闲着，将卞都的衣服从行李箱里拿了出来，一一挂在他床侧的

小衣柜里。

"晨睿，跟你说过多少遍了，买卫生纸要买卷筒纸，不要买抽纸，这些抽纸上面都带有荧光粉的，偶尔擦手可以，擦屁股不卫生。"卞阿姨不满意地拿着我买的几包抽纸提醒我道。

我连连点头，内心庆幸这会儿阿极不在，不然他听到肯定又要忍不住吐槽了。

还好卞阿姨只是脾气是这样，也不是故意刁难我，除了说我卫生纸买错了，其他也没挑刺。

跟我说完，她便不再看我，转过头去跟卞叔叔说话，问他有没有请到保姆，这段时间得有人在医院照顾卞都。两人一边说话，一边走出了病房。

我站在一旁有些无聊，看到卞都病床边的杂物柜上放着几本杂志，走过去想拿来看下。人刚走到床边，手就被抓住了，我受惊地看着突然睁开眼的卞都，有点儿被吓到。

卞都坐起身来，抬眼望了望四周，皱起眉头："阿极呢？"

"去他朋友那边了，好像有什么事。"我如实回答说。

卞都"嗯"了声，松开我的手，从枕头底下拿出台平板扔给我："我睡不着，你坐一旁打游戏给我看。"

"你为什么不自己打？"我不解地问，偷偷瞅了下卞都裹着厚重纱布的脑袋，心想他伤的是头，又不是手，犯不着连个游戏都要别人帮他打吧。

卞都拿眼横我："你不闲着没事干吗？让你玩你就玩，哪来这么多废话。"

我闲？每次他出事最不闲的就是我了，指不定一会儿卞阿姨就要找我做什么了。

我略有些埋怨地看了卞都一眼，却还是伸手将平板接了过来，心里想着卞都什么时候带的平板，嘴里不觉问出了口。

卞都侧着身子躺在床上，一手撑着头，看着平板的屏幕，闻声抬眼瞥了我一下，说："我妈包里拿的。"

　　"哦。"我简短地应了声，没想到卞都会跟我解释，这让我有点儿意外。

　　我一只手受伤了，纱布包着不好使劲，打游戏时我只能用另一只手，玩的是"神庙逃亡"，单手就是慢点，但也能玩。

　　反倒是身后的卞都嫌弃我跑得慢，忍不住地靠过身来，手摸着屏幕对我指手画脚，边点边嘲讽我："看你玩得多渣，不到十万就死。看我来……你看，谁让你瞎碰的，又死了吧。"

　　从头到尾都是他的手指在我眼前晃来晃去，我都没机会点，自己技术差，玩死了又骂我蠢，这什么人。

　　我虽内心腹诽，但脸上还是平静万分，只是眼神无奈地看着卞都，用那只没受伤的手握着平板，任由他压在我肩上，手指在屏幕上乱点一通。

　　这就是卞都嘴里的"坐一边打游戏给他看"，其实就是让我给他拿着平板他来玩。

　　自此我得出个结论，跟卞都在一起，我不吃亏谁吃亏。

　　玩了几局，卞都终于松开手让我玩，他躺在一旁看。

　　我动作迟钝地玩了几局，都是很快就死了，得不到高分，也就没心思玩了，准备把平板还给卞都，转过头却发现他靠在枕头上睡着了。

　　不知是伤口疼还是做了什么不好的梦，睡梦中的卞都眉头一直蹙得紧紧的。

　　我将平板放在他床头，怕坐在一旁吵到他，放轻脚步，离开了病房。

　　我出门就碰到了卞阿姨，没等我张嘴跟她打招呼，她先朝我招了招手，示意我跟她走。

　　一路走到走廊尽头，她才停下脚步，冷不防地问我："晨睿，你跟小都到底是怎么一回事？"

我茫然地望着她，不明白她在说什么。

"我问小都朋友了，他说秦一璐砸小都，是因为小都当众甩了她，还说什么你是他女朋友，你俩什么时候背着我谈恋爱的？"卞阿姨沉下脸问我。

意识到她误会了，我连忙摆手解释："卞阿姨，我跟卞都没什么的，我们俩没谈恋爱。"

从一开始，卞阿姨就不赞同卞叔叔收养我，自然也不喜欢我跟卞都走得太近，所以听到别人这么说，才会这般紧张地询问我。

听完我的话，卞阿姨怀疑地看了我一眼，语气生硬地说："你跟小都没什么，那他干吗要跟秦一璐分手？人家秦一璐好好一姑娘，长得好看，家里条件又好，小都这孩子在想什么？！"

我抿着唇沉默，卞都从不跟我说这些，所以我也不知道他为什么要这么做。

见卞阿姨一直盯着我看，我窘迫地握紧双手，硬着头皮道："卞阿姨，其实你可以直接问卞都的。"

"不用你说，我也会去问小都。"

问不到什么，卞阿姨脸色很不好看，停顿了一会儿，蓦地瞥了我一眼，说："晨睿，我之前问了下你们学校，你们系女生宿舍还能住人，我打了个电话给院办，你在小都出院前，从家里搬去宿舍吧。"

我惊愕地抬起头，满眼受伤地望着她。

卞阿姨避开我的视线，目光躲闪地说："你别觉得是我赶你走，小都在秦一璐面前那么说了，日后他俩要和好了，秦一璐来家里，见着你也尴尬。填大学志愿那会儿，你本来就想从我们家搬走，去外地上大学的，但最后你考上了江都的学校，就没搬成。所以现在搬，也是一样的。"

我沉默地听着头顶上飘下来的话，手指紧紧地揪着衣服下摆。

"你不吭声我就当你同意了，一会儿你就别回病房了，直接回家收拾下东西。你卞叔叔到公司去了，他今晚飞青岛出差，要过几天才回来。小都在医院，暂时也不会回家，你自己安排下时间，在他们回去前搬走。要他们问起，你想好再跟他们解释，可别说是我让你走的，你知道他们什么脾气，知道了肯定跟我急。"卞阿姨继续说道。

"那家里钥匙呢？"我将手伸进上衣口袋摸索了把钥匙出来，递给她，干涩地问了声。

"走之前放茶几上就行了。"话落，卞阿姨不再理会我，身形凌厉地擦过我的肩膀，朝卞都的病房走去。

夜色降临，走廊里昏黄色的灯光显得有些阴暗。

我站在原地，脚底生寒，右肩隐隐作痛，视线飘忽地望着卞阿姨高瘦的身影消失在灰白色的尽头，眼里一片湿润。

一个人静静地站了一会儿，我试图想使自己快乐起来，可怎么也笑不出来，伸手去扯僵硬的嘴角，指尖触碰到脸颊时，只摸到一股冰凉，然后手指就像被冻住了似的，再也动弹不得。

颓然地放下手臂，低头望着脚下清冷的大理石地面，我感觉自己的胸膛如中枪一般疼得直不起身来，弯腰蹲在地上，紧紧地抱住自己，埋头闷声哭泣。

我跟自己说，晨睿不要哭，没关系的，这么多年，你早该习惯被这样对待了。可是不管我怎么劝慰自己，都无法抑制住内心的酸楚和眼底喧嚣的泪水。

我想，我这般心酸难过的理由，是因为我还没有做好离开卞家的准备吧。

09

爸爸去世的那一年冬天，格外的冷，妈妈一直在生病，卧床不起。卞叔叔来我家探望，离去的时候，他主动提出要带我去江都生活。我哭闹着不愿意走，要留下来跟妈妈在一起。

　　我妈含泪抱着我，一个劲地摸着我乱糟糟的发辫，说晨睿乖，晨睿是大孩子了，不要老黏着妈妈。妈妈病了，没法带晨睿，晨睿跟卞叔叔走，好好听叔叔的话，等妈病好了，再接晨睿回家。

　　她边说边咳嗽，仿佛要咳出血来。我怕她像外婆一样，咳血咳死了，便不敢再吵闹，眼泪汪汪地跟着卞叔叔上了他新买的小轿车。

　　我透过后车窗能看到妈妈倚门遥望的身影，她瘦弱的身体裹在单薄的棉衣里，在缥缈的冬雾里渐渐缩成一个小小的点。直到看不到她时，我害怕得再度大哭起来，挥着拳头打卞叔叔，喊着我要妈妈，我要妈妈。

　　卞叔叔用力地抱着我，跟着我红了眼眶，说："晨睿不哭，让妈妈好好养病，以后卞叔叔家就是你的家。"

　　我默默地听着他的话，哽咽地擦眼泪，将眼泪憋回肚子里去。我不哭了，不是因为卞叔叔的安慰，而是我想起我妈说的话，她说她病好了就会接我回家。我得听话，不让妈妈生气，她的病才会早点儿好。

　　那时候，我天真地以为自己只是去卞家暂住而已，妈妈很快就会接我回家。我从来没有想过，自己会在卞家待那么久，久到时常有种错觉，以为那就是自己的家。

　　可是那里怎么会是我的家呢？

　　我一直记得第一次到卞家时的情景。

　　卞叔叔牵着我的手从车上下来，指着我从未见过的豪华建筑物说："晨睿，这就是卞叔叔的新家，今天起，你就住这里，你想要什么都可以跟叔叔说，卞都有的，你都可以有。"

　　卞都站在门口迎接我们，听到卞叔叔的话，不屑地翻了个白眼，跟卞叔叔抬杠说："是不是我长大娶老婆，你也给她娶啊！"

　　"瞎扯！晨睿是女孩子，当然要嫁出去。别废话了，你带她进去，让晨睿和你一起玩。"卞叔叔拍了下卞都的脑袋教训道。

　　卞都不情愿地抬起好看的眉眼，瞥了我一眼，咕哝了声："她又不爱

跟我玩。"

"是你不让她跟你玩，还是她不愿意，你这死小子，以后不准再欺负晨睿知道不！"卞叔叔又骂了句。

卞都噘着嘴，但还是伸手将我拉进了屋。

脚刚迈进门口，一只花瓶就朝我们砸了过来，落在我的脚前，碎了一地，清脆的脆裂声在耳边回响了很久。我吓得再也不敢迈脚上前，只是瑟瑟发抖地躲在卞都的身后，害怕地望着盛怒的卞阿姨。

卞阿姨指着我朝卞叔叔吼："她姓叶不姓卞，又不是你亲生的，你养她做什么！"

她边说边拼命地砸东西，卞叔叔跟她吵了起来。我吓得蹲在地上，双手捂着耳朵，身体颤抖地掉眼泪。

卞都就站在我身旁，面无表情地看着他父母争吵，然后回头冷漠地瞪着我，恶狠狠地说："叶晨睿，都怪你！"

"叶晨睿，都怪你！"

"她姓叶不姓卞！"

"……"

到卞家的第一天我就知道，那里不是我的家，永远都不会是，因为我姓叶，不姓卞。

总有一天，我会离开卞家，可当这一天真的来临时，竟让我如此的措手不及。

搬离
BANLI

第二章

一直都知道这栋别墅很宽敞，只是从未像这般让我觉得孤寒凄冷过。

独自一人躺在柔软宽大的床上，我望着头顶被夜灯照亮的米色天花板，久久地发着呆，直到眼皮沉重得再也无法睁开，才昏沉地睡了过去。

半夜似乎下起了雨，雨滴打在玻璃窗上发出淅淅沥沥的响声，我困在梦魇里不安地挣扎着，却挣脱不开。

醒来的时候已经是早上七点，我手忙脚乱地穿好衣服下床，伸手捶了下涨疼的脑袋，昨晚做的梦已经变得模糊不清，只大致记得自己身处在荒无人烟的空地上，四周一片昏暗，一望无垠。

没时间去思索关于那梦的细节片段，我简单地洗漱完，然后拎着昨晚就收拾好的行李走出了卞家。

大门要关上的那一刻，我内心涌出一股不舍，不由得伸出手来想要阻止那扇门闭合起来，可还是晚了一步，门重重地关上了。

以前常放在口袋里的钥匙被留在了屋内的茶几上，我再也不能开门走进那里。

想到这些，我鼻尖忍不住泛起一阵酸楚，可又无力改变，只能整理好情绪，拖着行李箱离开别墅区去学校。

跟辅导员约好上午九点在办公室见面办理寄宿的事，我在敏达办公楼下等了半个多小时都不见她来。

当我担心她有事今天不来学校时，就收到她发来的短信，说她车堵在大桥上，让我等等她。于是，我又安心地等了会儿。

一楼有几间教室有学生在上课，我坐在拐角处的长椅上安静地望着他们。

坐了会儿，我拿出手机看了下时间，还有几分钟就要下课了。担心遇到下课人潮，我从椅子上站了起来，准备找个僻静的场所继续等。

我刚站起身，拖着行李箱往前走了没几步，下课铃声就响了，旁边教室的后门被人拉开，一群人拥了出来。

我来不及躲，一个男生就莽莽撞撞地朝我撞了过来。感到左脚扭了下，我没站稳脚跟，整个人连带着手里的箱子一同摔在了地上。

"同学，你没事吧？"那男生慌张地伸手将我从地上拉起，紧张地问道。

周围围聚过来好些人，大都是那男生班上的同学，站在一旁好笑地调侃着他。

我将手臂从那人手里抽了出来，摇头说自己没事，俯身要扶起还倒在地上的行李箱。

男生见状，动作飞快地先我一步扶起箱子，拉出拉杆递给我。

"谢谢。"我低声道了谢，急切地想要离开。

脚往前刚迈了一步，脚底就传来一股钻心的刺疼，伴随着清脆的"咔嚓"声，疼得我当即蹙紧了眉头。

身旁的男生瞬间变了脸色，满面担忧地要上前扶我。

我触电般地避开他的手，想早点儿离开那里，于是脸上装出一副轻松

的表情来，微笑地制止他上前，然后拖着箱子行步如风地离开了人群。

一口气跑到敏达楼后面的小山坡上，我才敢停下来，坐在陈旧的矮木椅上疲惫地叹了口气，竟然有种劫后余生的感觉。

脚踝处传来阵阵刺痛，我伸手卷起运动裤宽大的裤脚，望着青肿起来的踝骨皱起了眉头。

先前只觉得左脚扭了下，没想到会这么严重，应该是我自己刚才跑得太快导致伤情恶化了吧，不过还好，我行李箱里常备着药箱。

我之所以有这个习惯，还得感谢卞都。

卞都常跟人打架，回家的时候多少都带着伤，若非伤得太重，他都不爱去医院，嫌医院消毒水味道难闻。他伤到了，总不能任由伤口干晾着。他自己倒无所谓，但卞阿姨看到后，总会心疼得落泪。卞都见不得他妈哭，更受不了她的唠叨，所以每次跟人打架，回来第一件事就是找我给他清理伤口。

久而久之，我那里就多了一堆药，随便整理下，都能放满一整个药箱。

我正想要打开箱子拿药物，放在口袋里的手机突然振动了下。我停下手中的动作拿出手机翻看了下，是季老师发来的短信，说她到办公室了，问我在哪里。

我手忙脚乱地回了条信息给她，说我这就过去找她，然后顾不得给自己上药，拎着行李箱一瘸一拐地下了山坡。

走到敏达楼楼下，手机铃声又响了起来，是卞都打来的。

电话刚被接通，里面就传来了卞都略带磁性的嗓音。

"叶晨睿，你今天还来不来医院，这个点都不见人？"

卞都这么问我，看来他还不知道我要搬到学校住的事。

早上出门的时候，我有跟卞阿姨打过电话说今天搬走，卞阿姨应该没跟卞都说。

想来也是，卞阿姨让我自己想理由跟卞都他们解释，自然不会在我之

前告诉卞都的。

不过卞都早知道晚知道，结果都是一样的。

卞阿姨说得没错，卞都拿我当挡箭牌，万一他跟秦一璐又在一起了，我待着确实尴尬。

反正早在上大学前，我就想从卞家搬走，去外地上学了。卞叔叔无偿收养我，一年一年地在我身上耗心血，还给我妈钱让她调养身体。这些年，他为我们母女俩所做的事，一直让我们觉得受之有愧。

我怕欠他的恩惠太多，日后还不清，所以才打算离开，想着能少麻烦卞叔叔点，就少麻烦他。

填大学志愿时，我故意全选了外地学校，打算上大学后，抽业余时间打工赚钱当作生活费，争取不再花卞叔叔的钱。

没有想到的是，我填的三个志愿都落空了，最后学校通知我去填平行志愿，卞叔叔强烈坚持让我跟卞都念了同一所大学。

他这么做的原因，无非是想向我证明他对我做过的承诺——卞都有的，我都可以有。对他来说，我跟卞都是一样重要的。

我就算再迟钝，也能发现卞叔叔对我的宠爱，超越了叔叔的身份，像极了一个父亲，他在努力地填补我缺失的父爱。

可是他为什么要对我这么好？我又不是他亲生的，也算不上是他的养女，只是他好心收养的朋友家的孩子，他为什么要对我这么好？

有次我忍不住问了卞叔叔这个问题，他告诉我，那是他欠我的，如果不是他一再怂恿我爸跟他们一起出海，我爸也不会就此死在海上，我也不会没有了父亲。

我爸的事是意外，不是他的错，是我爸爸自己福薄。

我这么跟他说，卞叔叔抱着我，头贴着我的头，轻轻地摇了摇头，说事实是这样没错，但是他过不了自己那一关，他心里一直存有着愧疚，只有看到我们娘俩幸福，才会觉得内心好受点儿，才觉得对得起我爸。

就算卞叔叔说了那样的话，我还是无法把他对我的恩宠，当作是理所应当的。特别是因为我的存在，害得卞叔叔跟卞阿姨时常吵架，我心里也过意不去，强烈的内疚感促使着我更想要从卞家离开。

现今真的离开了，我除了感到些许难受与不舍外，更多的，我想应该是释然吧。

"卞都，我今天一天的课……可能……不去医院了。"

还没想好合适的理由解释搬出来的事，所以我只能先撒谎骗卞都说自己有课，所以没法去医院看他。

卞都的语气听上去很是不爽，冷哼道："不来就不来，说话慢慢吞吞的，老半天才说一句，我挂了！"

"我……"

想说的话未能说出口，通话就断了。

卞都总是那样，不等人把话说完。

我无奈地将手机放回口袋，忍着脚疼准备去三楼的辅导员办公室，结果在一楼的楼梯口就碰到了正下楼的季老师。

季老师看到我，脸上露出惊喜的神色来，说："我正下楼要来找你，没想到在这里碰上了，正好一起去女生宿舍。叶晨睿，你这么瘦，拎那么大一个箱子累不累？要不要我帮你？"

说完，她热心地朝我伸出手来。

我怎么好意思让她帮忙，赶紧退后几步，摇头说："没事的，老师，我自己拎得动。"

逞强间，脚上的疼痛感只增不减，但我还是因为可以少走那三层楼梯，暗自松了口气。

跟着季老师一路走到了女生宿舍二站，我们会院的宿舍被分配在这里。

季老师率先进了管理处找宿管老师，我在门外等着。

可能是走多了路，脚上的疼痛感觉减轻了点，不像最初那般难忍了。

宿管老师不在，季老师从办公室里退了出来，微笑地对我说："我打个电话给她，你先把箱子放一边吧，找张椅子坐会儿。"

我应了声，环顾了下四周，办公室外横着张登记的长桌，旁边放着张同色的木椅。

想着季老师都站着，我一个人坐显得很没礼貌，于是就没有上前。

"嗒嗒"的脚步声从开水房通往宿舍楼的走道里传来，不消多久，拐角处就冒出一个女人的身影，四十出头的年纪，穿着较为正式的黑色西服套装，手里拿着本线装本，朝我们走来，见到季老师，圆润的脸上露出微笑，应该是宿管老师没错了。

"怎么现在才来寄宿？开学的时候为什么不办呢，现在估计没空床位了。"宿管老师刚从女生宿舍检查完卫生回来，听到我们的来意后，皱着眉头说道。

"院里跟我说我们院的宿舍还剩了两个床位啊，现在都没了吗？"季老师帮我问道。

"你说那两个床位啊，上个月不是有个女生转院过来就占了一个啊，剩下的那一个床板坏了，没法睡人了。"宿管老师进了办公室，坐在办公桌前，边开电脑边说。

听完，季老师朝我转过脸来，表情有些悻悻。

我放在箱子拉杆上的手不自然地捏紧，抿着嘴不知道该说些什么。

季老师轻轻拍了拍我的肩膀，安抚我没事，然后又转头继续跟宿管老师说话。

"那你帮我查查其他院还有没有空床位。"

"应该有的。"宿管老师直了直身，望着电脑屏幕说道，手按着鼠标

点开了几个数据表,往下查找了一番,继续道,"金融院那边还多了个空床位,要不她住那儿?"

季老师看向我,咨询我的意见。

我连忙点头,也只能这样了。

到金融院的女生宿舍之前,我完全没有想过会在那里见到秦一璐,早前听卞都说起过,秦一璐也不寄宿。

因此在204女生宿舍门打开后,看到席地坐在大厅里的瑜伽垫上,和她们班的几个女生正在打纸牌的秦一璐时,我愣站在门口,忘记走上前去。

冥冥中,我有种预感,搬宿舍的事可能会不大顺利。

秦一璐也看到了我,狭长的凤眼微眯了下,不动声色地移开视线,继续跟身边的人说笑,好似完全不认识我。

宿管老师走在前面,率先走进了宿舍,拍拍手,说:"都没去上课啊,我过来说个事,你们宿舍2寝是不是还有张床空着……"

宿管老师边说边走向了中间2寝的位置,推开门朝里望了一眼,又退回来道:"床铺还空着,2寝的人都在不在,在的话把6床上的东西收拾下,有新同学要搬进来住。"

提到"新同学"三个字,在宿舍里走动的几个女生都停下了脚步,目光探寻地朝我看了过来,连洗手间里的人都好奇地探出头来。

我沉默地站在门外。

见没有一个人回答,宿管老师又拔高嗓子喊了声:"2寝的人呢?都在吗?2寝?"

"2寝的在这里。"

冷不丁的有人冒出来一声,坐在地上玩纸牌的几个女生举起手来。

季老师忙不迭地走过去,语气温和地和她们打招呼说:"同学们,我们系叶晨睿同学以后住在你们这儿,希望大家相亲相爱,友好相处。"

"叶晨睿？她就是叶晨睿？"

"没听错吧，就是她？"

"她就是抢了秦一璐……"

"嘘嘘，小声点儿，别被听到了。"

"……"

"……"

耳朵里传来女生们小声的议论声，即使她已经很刻意压低声音了，可我还是能大致知道她们在说些什么。

许是昨天卞都干的好事，已经在学校里传遍，成了大家闲暇时候的八卦谈资了。

上学伊始，卞都一直是引人注目的焦点，在学校女生中很受欢迎。和卞都一起生活这些年，不管我隐瞒得多好，时间久了，学校都会有人知道我们俩住一起。为此我没少被爱慕他的女生骂过、打过，甚至还遭受了更残酷的对待。

从一开始的恐惧害怕，到现在的坦然面对，对于这种事我早已习以为常。因而，一般人说些什么，我都不会放在心上。

只不过这次的情况有点儿特殊，这是卞都第一次直接地拿我当挡箭牌，被甩的对象竟然还是秦一璐。

秦一璐和其他女生都不同，她是卞都愿意交往的第一个女生。

我想对于卞都来说，她肯定是特别的。

她不仅对卞都是特别的，对夏息亦是。

倘若将她比作一种植物的话，她应该是带刺的玫瑰，即使浑身都带着刺，但却有着别样的魅力，高贵冷艳，生人勿近，象征着浓烈的爱。

而我则是不起眼的狗尾草，不起眼，默默无闻，不被任何人所注意。

这样渺小的我，就算脸皮再厚，面对秦一璐，也不可能像什么事都没发生过一样镇定自若。

　　"老师，我们这床位有人睡的，叶同学不好搬进来。"2寝的一个女生从地上站了起来，双手环胸，表情倨傲地说道。

　　季老师纳闷道："那张床不是没人睡吗，上面还放着其他人的东西。"

　　"那不是我们的东西，我们可不敢乱动，要弄坏了，谁来赔啊！"又一个女生站出来，望着我嘲讽地说。

　　人群中有人偷笑了声，季老师一头雾水地看了她们一眼后，又回头看我。

　　我张了张嘴，却没有发出声音。

　　反倒是宿管老师按捺不住脾气，发问道："那床位是谁的？说有人睡，我天天查房怎么都不见那儿有人睡过？都是一个学校的，你们这些孩子瞎闹什么？学校分配你们睡哪儿，你们就睡哪儿。现在学校让叶晨睿同学睡这儿，你们也得学着接纳人家。"

　　"但是学校已经先让我睡这儿了，怎么办啊？寄宿费我交了，这床位我是睡还是放东西，都是我的自由，还轮不到你一个宿管老师来管吧。"一直没出声的秦一璐突然开口说道。

　　许是秦一璐的态度太过嚣张，宿管老师的脸色当时就阴沉了下来，用手指着秦一璐，厉声责骂起来。

　　"你说那床位是你的，那你怎么不睡，你天天晚上跑去哪儿了？你不知道学校校规上写着外宿是要受处分的！你叫什么名字，金融院哪个系哪个班的，你们辅导员是谁？就你这态度，不受点处分，当宿管是什么人了？"

　　宿管老师气急了，季老师在一旁拉她，示意她不要跟学生吵，她丝毫不听，越骂越凶。

　　随她怎么骂，秦一璐都只是不以为意地冷笑着。

　　人群中不知道谁好事地多嘴了一句，呵呵地笑着说："老师，她是秦

一璐。"

话落，宿管老师整个人像被霜打过的茄子，瞬间没了气势。

所有人都知道，"秦一璐"这三个字对这所学校来说意味着什么。这所学校背后的投资董事姓秦，叫秦长斌，是秦一璐的父亲。

站在一旁的季老师见状，赶紧上前打圆场，说："这样吧，这事就先算了。沈老师，我们先走吧。"

宿管老师虽然面上挂不住，但是也不敢再闹，见有台阶下，恨不得赶紧走人，季老师带着我紧跟在她后面。

临走的时候，秦一璐倚靠在宿舍门口，手里夹着根细长的烟，放在嘴里，也不见她点燃，就这么随意地叼着那根烟，似笑非笑地望着我们。

那神情跟她昨天在 KTV 挑衅卞都时的一模一样。

我不是卞都，对于他们之间的爱恨纠缠，我并不在意。此刻，我只想有个床位能让我暂且住下来。

从楼道口出来，宿管老师愤怒难平地还在骂骂咧咧。

季老师一脸苦笑地看着她，转过身来安抚我："叶晨睿，反正你亲戚家就在江都，不如你先回去再住几天，这边暂时真的腾不出床位来。这两天我让学校看看那块坏掉的床板能不能修好，再通知你过来，你看这样可以吗？"

卞阿姨找学校问宿舍时，直接找的院办。可能是她不想让别人知道我住他们家，也可能是不想让人知道是她让我搬走的，怕人说卞家闲话，所以院办找季老师的时候，只说了有个女生寄住在亲戚家，现在亲戚家有事，要搬去学校住，而那个女生就是我。

季老师是个不爱八卦的人，也没追问我为什么突然搬到学校来，所以她并不知道，我已经不好意思再回卞家了。

我跟卞阿姨说了我今天会搬走，如果再搬回去的话，她会以为我想赖在卞家不走，会不高兴的。

可离开了卞家，又不能住学校的我，此刻还能去哪里呢？

即使心里一片茫然，但看着季老师为难的样子，我也只能点头说好。

江都那么大，总会有我容身的地方的。

季老师一会儿还有事要忙，我不好意思再耽误她的时间。跟她道别后，我一个人拎着行李箱朝学校大门走去。

经过食堂时，我去里面的自动取款机上取了点儿钱，准备出校门后，先到学校附近的小街上找个小旅馆住上几天。

人都说倒霉的时候，连老天爷都想整你。从食堂出来，天上就下起了毛毛雨。我翻箱找了下雨伞，没找到，泄气之下，只好拖着箱子在雨中跑了起来，受伤的脚越发刺痛起来。

这里离学校大门还有挺长的一段路程，奔跑的过程中，我一直在祈祷着雨不要下大，就这样好了。

可是天公不作美，我才往前跑了没多久，原本打在身上的牛毛细雨一下子变成豆大雨滴，打在脸上隐隐有些疼。

行李箱底部进了水，轮子开始打滑，拖的时候，我自己没注意，外侧的两个轮子什么时候坏的也不知道，只是觉得拖起来磕磕绊绊的，不似先前那般顺畅，停下脚步俯身一看，才发现是箱子坏了。

我蹲下身，摸着坏掉的轮子试图想要将其修好。这时，雨像直接从天上倾盆倒下来似的，将我整个人浇得湿透。

最后，我像落汤鸡一样，傻傻地坐在地上，望着无法再拖行的行李箱，说不出的颓然。

那时候我多想自己是灰姑娘，对着榛树祈祷便能看到仙女，赐我一把雨伞，一个完好的行李箱，一套干爽的衣服。

自暴自弃地在地上坐了会儿，我自嘲地笑了笑，最终还是决定站起来，总不能一遇到挫折就想放弃，一觉得难过就想哭，生活还在继续，阳光总

是在风雨之后等着我们。

　　我努力地安慰自己打起精神来，打算继续前行时，突然听到身后有人叫我。

　　"晨睿。"

　　闻声转过头去，我看到了夏息。

　　那个少年就像烟雨江南缥缈着的白雾，又像是西北岭南皑皑不化的白雪，白皙素手撑着把烟灰色的格子伞，站在这场越演越烈的大雨中，温柔地对我微笑着。

　　我的眼眶湿润起来，长久以来，憋在心里的所有委屈，仿佛一下子找到了释放的出口。

　　雨水猛烈地打在我的脸上，混杂着我冰凉的泪水，我张嘴轻声唤了下那人的名字。

　　"夏息。"

　　下一秒，我又很快地低下头去，望着自己满身的污泥，感到自惭形秽。

　　总是这样，与夏息的每一次见面，他都干净纯白得像幅美好的画。

　　而我，总是这么的狼狈不堪。

　　卞都说我喜欢夏息。

　　我为什么会喜欢上夏息呢？

　　高中毕业典礼那天，是全班人聚在一起的最后一天。各班的人都忙着去班级聚餐，卞都他们班也是。

　　我向来不参加班级活动，所以班上的同学直接把我当成了透明人，聚餐的事连说都没跟我说过。

　　所有人都走了，整栋高三楼空空荡荡的。

我拿完毕业证，背着书包一个人回家，因为卞都不在。

卞叔叔派来专门接送我们的司机像往常一样，把车停在学校外五百米的那个十字路口。

卞都不想别人知道我跟他住一起，所以每次车经过那儿，他就喊着停车，然后他下车先走，让司机送我过去，造成我们根本不熟的假象。回家的时候也是这样，放学后都是分开走，到十字路口才碰面，一起坐车回家。

那天对我来说，跟以往的每一天没什么不同。

我从校门出来，一个人沿着马路内侧走着，只要走五百米就能上车回家。

只是没有想到的是，我刚走到路口，拐角处突然冲出一群人来，上来就堵住了我的嘴，不准我出声，直接将我拖到了附近阴暗的小巷里。

带头的是几个女生，有点儿眼熟，我似乎在学校里见过。

她们打扮张扬，脸上化着大浓妆，满嘴的粗话，嬉笑着总算毕业了，想做什么就做什么，再也不怕被学校知道处分停学了。

她们边说边让人压着我的四肢，不顾我反抗，开始撕扯我的衣服，嘴里骂着："就是你这个臭婊子，跟卞都住一块儿来着，听说死了爸被收养来着。瞧你长得一副克星样，怪不得你爸死了。"

卞都，又是卞都。

我奋力挣扎着，嘴巴被人堵着，说不出任何话来，心里拼命地喊着卞都的名字，喊他来救我。

近十八年的岁月，十年的孤单守望，那样的情况下，我所能想到的能来救我的人只有卞都。

哪怕心里埋怨着若不是他，我不会遭受这样的对待，可是我还是殷切地默默哀求着，卞都快来，卞都快来……

可最后，卞都也没有来。

我衣不遮体地蜷曲在巷尾的角落里，把自己越缩越紧，用四肢遮挡着身体，狼狈地为自己遮羞。

那些人拿着手机对我拍来拍去。

终于没有人再捂着我的嘴巴，我痛苦地尖叫着、哀号着，却发不出只言片语。

有男人淫邪地朝我笑着，问那些女生："可不可以……"

女生笑着："随便你们，别弄死就行。"

说完，那群女生先拿着手机走了，剩下的几个男人朝我走来。

我恐惧地发着抖，喊出了声来，却不再是"卞都"两个字，而是"救命"。

谁来救救我，不管是谁都好。

几分钟后，我就看到了夏息。

他像天神一般伟岸地降临在我的面前，浑身散发着温暖的光芒，赶走了那群龌龊的男人，将我从悬崖边拉了回来。

为什么会喜欢夏息呢？

我想是因为在我最绝望的时候，只有他出现了吧。

他脱下自己的衣服裹住我的瞬间，眼里纯净得没有一点儿瑕疵。

他抱起我时，动作很温柔。我将头靠在他的怀里，能闻到他背心上散发出来的洗衣液的清香，能感受到他胸膛的温暖，能听到他强有力的心跳。

那种感觉，让我很安心。

我就是这样喜欢上了夏息，那个对谁都这般温柔的少年。

迷恋上他的那一刻，我并不知道，我的喜欢从一开始就不会有任何回应。

我暗恋的少年，他有着自己的暗恋。

夏息抱着我走到巷子口时，我看到一个红衣黑发的混血女孩儿。

初见秦一璐的那一刻，我以为我看到了精灵，那么美，那么娇艳。

"你怎么这么慢，我这边都完事了。"秦一璐把玩着手中的铁管，朝夏息抱怨道。

她的脚边躺着先前离开的那几个女生，旁边有个燃着的杂草堆，火堆里隐约还能看到几部被砸得稀巴烂的手机，还有被烧得焦黑的芯片。

　　我望着火堆上燃着的红色火苗，内心松了口气。

　　像是怕被误会似的，夏息将我放了下来，嗔怪秦一璐不该下手那么重，把人打成那样。

　　我发现，那个少年跟谁说话都这么温柔，不仅对我，对秦一璐也是。

　　只是不同的是，他看着秦一璐的时候，眼里像住进了星辰，闪烁着莹莹亮光。

　　他喜欢她吧。

　　我这个猜想在以后的相处中，得到了充分的认证。

　　秦一璐不以为意地笑笑，斜眼看我，问夏息："她怎么办？要不要报警？"她刚说完，我就体力不支地往地面倒去。

　　晕过去之前，我只记得自己拉着夏息的背心，哀求他不要报警。

　　卞都个性那么暴躁，他要知道的话，肯定不会善罢甘休。就算他平素不待见我，但是印象中，我每次受欺负，卞都都会为我出头，好几次还因为我跟人动起手来。

　　卞都是个很讲朋友义气的人，想来他是把我当朋友的，所以才会替我出头。不过他跟人打架难免会受伤，卞阿姨他们看到总归要心疼的。

　　我已经没事了，都过去了，那些藏在手机里的照片也都被销毁了。即使那些不堪的画面会停留在我的记忆里，或许会成为一道不可触碰的伤疤，但是我已经没事了。

　　真的，我说的是真的。

　　所以……

　　"不要报警……"

　　"不要告诉卞都……"

　　睡梦中，我还在哀求着夏息他们。

　　那便是我跟夏息的第一次重逢，也是跟秦一璐的第一次相见。

醒来的时候，我已经回到了卞家，躺在了自己的卧室里，身上换上了平常穿的睡衣。

家里的保姆在一旁照顾我，她见我醒来，欣喜地告诉我，说我中暑晕倒在马路上，还好认识的人看到，把我送回来了。

认识的人？我感到十分困惑。

听到楼下一片热闹的喧哗声，我从床上走了下来，穿着鞋子下楼，又一次看到了夏息，秦一璐却不在。

卞阿姨难得高兴地喊我，说："晨睿，你醒了，快过来，认识这是谁吗？你们小时候常一起玩的，夏息，还记得不，你夏叔叔的儿子。"

夏息啊夏息。

救我的那个少年，他竟然就是夏息。

是那个从乡下搬到江都后没多久，就被送出国学习的夏息吗？

如果不是卞阿姨说，我完全认不出眼前的这个少年就是夏息。

他比小时候高了很多，白衬衫黑裤子，干干净净，模样温婉。

那件衬衫就是之前穿在我身上的那件。

我的心跳突然加快起来，低着头，脸上发烫地想着这件衬衫他又穿回去了，那我回来的时候穿的是什么？

这时，保姆阿姨拿了条洗好的连衣裙出来，要拿去阳台晒。

卞阿姨见状，嘲讽地对我道："中午吃饭的时候，我还跟李阿姨说晨睿怎么还没回来，原来是去商场买新衣服了。所以说现在小年轻都比我们懂得享受啊，一毕业就各种放松去消费了。"

碍于夏息在，卞阿姨就没再说下去，自顾自地扯开话题说："卞都那孩子，怎么还不回来，都跟他说夏息来家里玩了。"

夏息温和地笑着说："没事的，反正我回江都长住了，以后跟卞都碰

面的时间很多。"

很多话说着说着就成真了。

夏息的确很快就融入了卞都的朋友圈，跟阿极他们打成了一片。

夏息跟秦一璐从小在美国生活，两家是邻居的缘故，他们俩可以算青梅竹马。我们高中毕业后的那个暑假，夏叔叔结束了他在美国大使馆的工作，带着全家选择回国发展。看到夏息回去，父母离异、在美国跟着母亲生活的秦一璐也回到了江都，跟她父亲一起生活。

遇到我的那一天，是他们刚回国的第二天。

那天在小巷里发生的事，我们都默契地缄口不言，成了我跟夏息以及秦一璐三人的秘密，谁也没跟卞都提起过，那群惹事的女生，自然更是不敢说。

因为夏息的缘故，秦一璐也认识了卞都。

那个夏天，他们所有人几乎整天都玩在一起。

深受美国文化影响，个性乖张的秦一璐，彻底迷上了同样特立独行的卞都。

巧合的是，除了没考上大学在高中复读的阿极外，卞都、夏息、秦一璐以及我都上了同一所大学。

在大学的开学典礼上，秦一璐突然出现在主席台上，当着全校新生的面，向卞都表白了。而一直看起来对谈恋爱不是很感冒的卞都，竟然接受了她的表白，引得全场一阵轰动。我却忙着寻找夏息，最后在人群末尾处看到了落寞离开的他。

夏息的背影看上去很是忧伤，我停下脚步，没有追上去，周身被一股浓浓的伤感所包裹住。

我悲哀地发现，原来当你的眼里只剩下一个人时，他的情绪会感染到你，他快乐，你跟着快乐；他难过，你会觉得整个世界都在凋零萧索。

之后，卞都跟秦一璐便成了学校最风云的情侣。

之后，我再也没见夏息笑过。

直到卞都生日，他宣告跟秦一璐分手，这一切，才被重新洗牌。

司机专注地开着车，眼睛一直注视着前方，不曾回过头来。

我的衣服在不停地往下滴水，即使车内的空调开得很暖，我还是忍不住瑟瑟发抖。

夏息脱下身上的白色毛衣外套，倾身过来，将衣服披在了我的身上。

因为他的靠近，我的身体变得很是僵硬，垂在两侧的手紧张地收紧，头埋得低低的，不敢抬头看他，就怕自己多看一眼，就又陷入那弯温柔的池水里，不可自拔。

"晨睿，你还好吗？"

听到夏息喊我，我恍惚地回过神，眼神迷蒙地望着他，慢慢地凝聚成一个光点。

"嗯。"我淡淡地回了声，望着只穿着单薄衬衫的夏息，我的脸微微地红了下。

"晨睿，你在卞家是不是发生了什么事，所以才会一个人拎着行李箱在雨里跑？"夏息歪着头探寻地问我，深邃的双眸紧紧地盯着我。

我紧张地绞合着双手，不知道怎么回答他。

卞阿姨是我的长辈，不管她做什么事，自有她的顾虑与考量，我肯定不能跟夏息说是她赶我出来的。

可是，我到底该怎么跟夏息解释呢？

"我……我……"

"是卞阿姨吧。"没等我把话说完，夏息像什么都知道似的，直白地对我说道。

我惊愕地看着他，嘴唇翕动了下，没有发出声音，只是默默地低下头去。

"对不起，晨睿，如果不是因为我，你也不会被卞阿姨赶出来，也不会没法住学校，一个人在外面淋雨。"夏息突然跟我道歉道，脸上带着愧疚的表情。

我抬起头来，不解地望着他。

"夏息，你为什么要道歉？不是你的错，该说对不起的那个人是我，我老麻烦你，现在又害得你没法去上课。"

"如果你从卞家搬出来的原因，是因为卞都跟秦一璐分手的话，那么，该道歉的那个人确实是我。因为是我让卞都跟秦一璐分手的。"夏息态度坚决地对我说道。

我呆呆地看着他，喉咙像被堵住了似的，说不出话来。

我从来没有去想过卞都到底为什么要跟秦一璐分手，所以根本猜不到会是因为夏息。直到夏息亲口告诉我，是他，是他求卞都跟秦一璐分手的。

"从小我就喜欢秦一璐，在美国时，所有人都知道我喜欢她，她也知道。我以为她没有拒绝我的亲近，便也是喜欢我的，直到她跟卞都表白，我才发现，我的自认为只是个极尽嘲讽的笑话。"夏息将视线移开，眼神哀伤地望着窗外的景色，幽幽地说道。

我在一旁安静地听着，听着我喜欢的人说着他如何喜欢着别人，看着他脸上细腻的感情变化，快乐与忧伤，我表面虽然不动声色，但内心却在下着滂沱大雨。

暗恋，就是这样子的吧，始终被搁在天堂和地狱之间。

"之前我跟自己说，只要她幸福，她跟谁在一起都没关系，那个人不是我也无所谓，但她却并不快乐。她不是个脆弱的人，跟卞都在一起后，她却好几次来找我，哭着对我说，怎么办，卞都并不喜欢她。每次看到她哭，我的心就像被揪住了似的，疼得说不出话来。其实我也很想问她，你让我怎么办，你不爱我。我说不出安慰的话来，也看不得她不幸福，所以我就去找了卞都，让他跟秦一璐分手。他既然不爱她，那就不要给她任何念想，把她还给我。我没想到卞都真的放手了，更没想到的是他拿你当了挡箭牌。抱歉，晨睿，因为我的私心，害你遭罪了。"夏息转过头来，愧疚地跟我解释。

我安静地听夏息把话说完，慌忙地摇头，嘴上笑着说没关系，心里却在偷偷下着雨。

夏息说得没错，只要你喜欢的那个人幸福，就算站在他们身旁的那个人不是你，你都可以找到足够的理由说服自己，藏下所有的心酸。

他是这样的，我也是。

可是夏息，他现在幸福吗？

我想起了昨天在 KTV 时，他跟秦一璐不停亲吻的场景，我想，夏息他，应该会幸福的。

我不清楚卞都是否像夏息说的那样，从未真心地喜欢过秦一璐，但是我知道，夏息是真的爱惨了那个女孩儿，所以他才会放下自己的骄傲，去请求卞都放手。

这么努力地去爱一个人的夏息，他一定要幸福才可以。

车停在一幢高档公寓的楼下。

从车上下来，夏息让司机先回去，然后带我去他在外租的公寓。

夏息说他当初租这间公寓，是为了一个人想静静的时候，能有个藏身的地方。只有不开心的时候他才会来这里，平时都是住家里，我暂时没地方可去，可以先住他这儿。

我站在公寓门口，望着里面光滑整洁的地板和低调奢华的装饰，再低

头看了下满身狼狈的自己，双脚像被定住似的，不敢走进去。

"夏息，其实我可以先住小旅馆的。"我自惭形秽地说道。

夏息有些生气地看着我："晨睿，你如果把我当朋友的话，就别拒绝了。"

我拗不过他，手被他拽着，脚步跌撞地走进了屋里。

夏息从卧室拿了一套运动服出来，表情又变得像以往那般温和，微笑地把衣服递到我的手边，说："晨睿，你淋了雨先去洗个澡吧，不然会感冒的。"

我迟疑地接过衣服，将行李箱留在了一旁，任由夏息帮我收拾，自己尴尬地走进了浴室。

洗完澡，我站在浴室里的镜子前，望着穿着男式运动服的自己，脸上有点儿发烫。

夏息的运动服对我来说太大了些，我将衣袖跟裤管都卷起了一些后，又看了眼镜中的自己，内心躁动不安地拉开门走了出去。

夏息在厨房里煮东西，看到我，扬了扬手中的鸡蛋面包装，问我饿不饿。

我想摇头说不饿，可是肚子却不识相地"咕咕"叫了几声，把我给出卖了。

"你先坐在沙发上看会儿电视，我很快就好了。"夏息温柔地说道。

我红着脸点点头，没有听夏息的话去看电视，只是返身回了浴室，想把脏衣服洗了。

刚在盆里放完水，放在洗手台上的手机便响了起来，我擦干手上的水，慌忙起身去接，是卞阿姨。

"晨睿，卞都是不是跟你在一起？"电话刚被接通，就听到卞阿姨激动地问我。

"没有啊。"我惊疑地回道。

卞都怎么会和我在一起，他不是在医院吗？

"小都他不见了，我找遍了整个医院都找不到他的人，早上我看到他跟你打电话来着，你是不是告诉他你搬走的事了，所以他才离开医院的！他头上伤都没好，不待在医院又瞎跑！"

　　"卞阿姨，我还没有跟卞都说这件事。"

　　我努力地为自己辩解，卞阿姨完全听不进去。

　　"我问你了，你现在当然赖掉说没有了。晨睿，你在我家这么多年，我也算没亏待你吧，你怎么能挑拨我跟小都的母子关系呢？因为你，我跟你卞叔叔都争了多少回了，现在连小都都不理我了，你这孩子，对得起我吗？我要是你……"

　　卞阿姨的话越说越难听，我必须得硬着头皮听下去。

　　那些带着恶意的伤人的话，就像仙人掌上不断生长的刺，不会随着时光的流逝而消失，只会越来越尖利地刺伤你。

　　十年过去了，哪怕全身被尖刺刺得千疮百孔，我还是无法让自己变得麻木，麻木到听到那些话，胸口不会有任何疼痛。

　　卞阿姨对着我发泄完，后又松缓了语气，安抚我说："晨睿，阿姨我也不是怪你，你知道的，我也是担心小都。他要真没和你在一块儿那就算了，我再问问其他人。"

　　卞阿姨总是这样，给个巴掌后再赏你一颗甜枣吃，可是她不知道，甜枣再甜也比不过巴掌带来的疼。

　　纵使内心有万千悲酸在汹涌，我也只能安慰自己一声，习惯就好。

　　"我去找卞都吧。"我哑然地开口。

　　"你要愿意的话，那自然是最好的。你也知道，你们小年轻玩的地方我也不熟悉，小都平常爱去哪儿，你应该比我清楚。"卞阿姨说。

　　我嗯了声，点了点头，忘记了她根本看不到。

　　我也不知道卞都会去哪里，对于卞都平时的生活玩乐，我就跟卞阿姨一样感到无从下手，我们所有的接触，大多都只限于在卞家。但即使是这样，我还是主动说要去找卞都。因为我知道，就算我不开口，卞阿姨也会要求我这么做的。

　　谁让我是叶晨睿，不属于卞家人的叶晨睿。

挂掉电话，我伸手揉了揉酸疼的眼角，放下未洗完的衣服，准备先去找卞都。

从浴室出来，我在门口碰到了等在外面的夏息。

夏息就靠在浴室门外的墙壁上，双手插在裤袋里，看到我出来，轻微地抬了下眼，淡淡地问："要去找卞都吗？"

我震惊地看着他，意外他是怎么知道的。

"浴室的隔音不是很好。"夏息笑着解释说，人走向沙发，拿起放在上面的外套穿上，然后回头看我，"走吧，我带你去，我知道卞都这会儿在哪儿。"

夏息说昨天有人在阿极家的酒吧里闹事，管理酒吧的是陈叔叔的小弟东子，陈叔叔人不在江都，东子找不到人就找了阿极。

阿极赶过去时就看到一帮小流氓围着打一个女孩儿，那群流氓是一个叫鹰哥的人的手下，鹰哥在道上小有名气，陈叔叔不在，东子他们不敢妄动，就站在一旁看着女孩儿被打。若不是阿极赶到，插手救人，那女孩儿可能要被打死了，但阿极也因此，得罪了鹰哥。

今天鹰哥亲自带着人去酒吧找阿极要人，阿极早早就在微信群里嚷嚷着这件事，喊人去撑场，要是动起手来也多个人手。

夏息说卞都不在医院的话，可能是看到消息去阿极那儿了。

我想起昨天阿极在卞都家突然接到电话有事要走，可能就是去的酒吧。

我觉得夏息的推测很有道理，如果阿极那儿真的出事的话，卞都肯定会去帮忙的，没谁比他更看重朋友了。

我妈偶尔跟我聊起往事，常常不忘念叨阿极，老叹着气说阿极这苦命的孩子不知道怎么样了。我们都住乡下的时候，陈叔叔成天游手好闲的，

又嗜赌成性，喝了点酒就打阿极跟他妈妈出气。小方阿姨受不了这样的日子，狠心之下抛下阿极跟男人跑了，为此阿极从小就没妈妈，在家吃饭有一顿没一顿的，我妈看他可怜，常把他喊过来吃饭。

后来一场蓄谋已久的海上寻金，改变了我们所有人的命运。

我爸出事后没多久，卞叔叔他们搬去了江都，夏叔叔他们去了国外，陈叔叔则带着阿极去澳门混了。澳门的圈子就跟电影里一样的乱，阿极他们去了之后，就跟这边所有的人都断了联系。

当大家都以为阿极爸爸可能早就在外出事了，阿极跟着遭难时，在我和卞都小升初的那个暑假，阿极毫无预兆地回江都了。他的个子蹿得跟卞都一般高，皮肤是健康的小麦色，一双眼睛黑亮得很，走哪儿都有一堆小弟跟着，威风至极。

那时候，阿极爸爸在澳门赌场有了一定的地位。

阿极刚回来就来找卞都玩，卞叔叔警告我们，特别是卞都，让他离阿极远一点儿。陈叔叔是混黑道的，仇家不少，阿极又是从小在那圈子里玩的，做事就跟他爸一样，痞子气十足，动不动就把人揍得送医院。卞都平时跟人小打小闹他不管，但是别涉黑。

可是卞都照样不听卞叔叔的话，他跟阿极玩得超级好，阿极得罪人，他帮忙一起扛；阿极被人追着砍，他拉着阿极东躲西藏。

去年那次，阿极被十几个社会上的人堵在巷子里，打电话跟卞都求救。大家都说要报警，卞都说等警察去，阿极早没命了，他让我报警，自己一个人去了。

那天，他比阿极都伤得重，差点儿连命都丢了。事后他在医院里醒来，卞叔叔大发雷霆，让他跟阿极断绝来往。

卞都却说，在他眼里，阿极永远是小时候在乡下院子里跟我们住一起的阿极。

不管是去了澳门又回来的小痞子阿极，还是去了国外又回来的好少年

夏息，对卞都来说，他们从未离开过，从未改变过，他们一直是他童年最好的兄弟。

这么看来，卞都其实是个很善良的人！

夏息似乎也没去过陈叔叔的酒吧，还是问了朋友才知道确切地址。

因为赶时间，夏息没有让自家司机开车过来，而是在马路边拦了辆出租车，拉着我一路坐了过去。

出租车司机直接将我们送到了酒吧门口，刚下车，酒吧门口突然拥出一群人来，夏息拉着我往巷子口躲。

我一眼就认出了混在人群中大展拳脚的卞都，他的头上还裹着白色的纱布，表情狠厉地一脚踹上身前的男人，又敏捷地回头，一拳揍在身后提棍的男人小腹上。

两人吃痛地倒下，卞都却无暇顾及，面色冷凝地又朝围向他的几个男人迎了上去。

一个矮小的男人，直接被人从酒吧里面踢了出来，躺在地上嗷嗷大叫。

我惊惧地别过眼，再度回头时，就看到了满头黄发的阿极。

"你大爷的，这里整条街都是小爷的地盘，你说不知道我是谁！我开着门跟你好好谈，你却给我掉腰子，爷爷我今个儿非得打得你这辈子都记得我叫陈天极！"

阿极冷呵着，一屁股坐在地上那人的身上，啪啪扇了他几耳光。跟卞都比起来，阿极显得太慢条斯理了。

我分不清哪些是阿极的朋友，哪些是那个鹰哥的人，眼睛一直紧盯着在战圈里忙碌的卞都，整颗心都悬了起来。我知道卞都很会打架，可是他头上的伤还没有痊愈，万一出什么事……

我想都不敢想，就算整个人都怕得发抖，还是紧张地望着纷乱的人群。

街道口突然停下两辆车，车里下来一批拎着长刀的男人。

不知道谁喊了阿极一声，阿极抬头看到那群人，瞬间变了脸色，连向来镇定的卞都，也拧起了眉头。

夏息脱下外套，将衣服丢到我怀里，示意我往巷子深处躲，自己则冲了出去，上前帮阿极他们。

上帝保佑，大家都不要受伤。

我内心默默地祈祷着，一颗心狂跳着。

夏息不比卞都他们身经百战，很快就处于下风，脸上挨了好几拳。

我担心地望着他，眼睛都不敢眨一下。

那群拿刀的人来势汹汹，一来就朝卞都他们砍过去，之前被阿极压在地上打的那个男人瞬间来了气势，躲在人后操着一口外地口音，破口大骂。看架势，他就是那个领头的鹰哥。

阿极他们人少，明显占不到优势，就连卞都也显了疲态。

我六神无主地站在原地，不知道怎么办，手正好摸到口袋里的手机，颤抖地拿起来准备报警。

突然一把刀朝我飞了过来，擦过我的眼前，钉在了墙缝里。我吓得忘记了出声，眼眶有点儿胀痛，完全没有意识到自己跑到了巷子外。

"晨睿！"

耳朵里嗡嗡地响着，我恍惚听到有人喊我的名字，瑟瑟发抖地抬头望去，只看到夏息望了我一眼，但又很快地转过头去，忙着躲开他人的攻势。

接着，我又看到了卞都，他一脸气急败坏地朝我吼着："叶晨睿，还

不快跑！"

我听着卞都的话，双腿哆哆嗦嗦地要逃，可是双脚像被定住似的，完全没法移动。

我懊恼地急红了眼眶，不敢发出声音，怕卞都他们分神。

即使我知道，我已经成了他们的累赘了。

鹰哥的人看到了我，不停地要过来抓我，卞都跟夏息一直往我这边移动着，帮我挡人。

我不能留在这里害了大家。

心里只剩下这一个念头，我努力地催促自己要跑，然而脚刚迈出去一步，对面的巷子里突然冲出一个人，手握着长刀就要朝离巷口最近的夏息砍去。

我一直都移动不了的双脚突然灵活了起来，本能地朝夏息扑了过去，嘴里惊呼着夏息的名字。

扑到夏息身上的那一刻，我闭紧了双眼，以为自己会就此死去。就算不死，那把刀也会砍伤我，一定会很疼。以前切菜的时候，我被菜刀割破过手指，一直都记得那时的感觉，像被针刺了一般，钻心地疼。我想，被刀用力砍上一刀的感觉，一定会比那时候疼上好几倍，甚至好几十倍。但是幸好，疼的那个人是我，不是夏息。

这么想，我觉得整个人轻松了，也感觉不到任何疼痛了。

我以为我死了，所以才会毫无痛感，然而耳边却响起了阿极的尖叫。

"卞都！"

我猛然睁开眼，就看到了近在咫尺的卞都。我整个人被卞都抱在怀里，他的胸膛压着我的，整张脸一片惨白，右手臂上鲜血直冒，染湿了整个衣袖。

"叶晨睿，你是猪吗？！"卞都面色清冷地厉声呵斥着我。

我惊愕地望着他手臂上汩汩流淌出来的鲜血，头一次觉得卞都骂我的话是对的，我是猪，我真的蠢得像猪。

眼泪什么时候流出来的也没有察觉，等我回过神，想伸手按住卞都的

伤口替他止血时，他推开了我的手，一手护着我，一手受着伤却还在抗敌。

我自责地只知道流泪。

当大家以为，今天我们所有人可能都要命丧在此时，周围传来了刺耳的警笛声。

那群人像鸟兽般突然散开来，就像不曾出现过似的，瞬间就消失了，只留下我们几个人还站在满地狼藉的酒吧门口，身心俱疲。

一辆大型商务车从小巷里开了出来，车上摆着个警铃，车里有人喊我们上车。

阿极率先冲了上去，没好气地拍了下开车的男人脑袋，大骂道："东子，你死哪儿去了，让你去叫人，你这会儿才来，差点儿就出人命了。"

车里坐满了人，东子很是抱歉地对阿极笑，说："极哥，路上堵车啊！"

"堵你妹的车！你大爷的！"阿极又爆了句粗口。

东子开着车在马路上横冲直撞，急着送受伤的人去医院。

宽大的商务车里，夏息坐在副驾驶的位子上闭目养神，我和卞都坐在后头，一路我都在忙着帮卞都包扎伤口，手指哆哆嗦嗦的，眼泪噙在眼眶，想哭又不敢哭，怕惹卞都心烦。

卞都不知道是累了还是伤口太疼，靠在椅背上没有说过话，也不睡觉，只是沉默地望着喋喋不休的阿极，像是在听阿极讲话，又像是在发呆。上车后，他就没正眼看过我一下。

他应该是在生我的气吧，如果不是因为我，他也不会受伤。

想到这儿，我的心又一次泛疼起来，望着卞都手臂上那道狭长的血口子，内心满是愧疚。

阿极一直在骂鹰哥不讲道义，说好好好谈判的，结果一听到没他要找

的人，就开始撩桌子动手了，这是趁他爸不在，欺负他一个小孩子啊。

　　他说这话的时候，车里除了我跟卞都外，其他人都忍不住地憋着笑，就连夏息也听不下去地睁开眼睛，捂着嘴偷笑。

　　阿极瞪眼，说："你们都笑个屁啊！笑什么啊？！"

　　东子实在忍不住地提醒阿极，说："小极哥，你看车窗就在旁边，你该凑过去照照，都这个年纪了，还怎么好意思自称小孩子的。"

　　阿极"呸"了他一声，忍不住伸手又打了下东子的头，没有控制住手上的劲，把东子的头打得直接撞到了方向盘上，车子瞬间脱离了原来的路线，东撞西撞起来，最后撞到了路旁的电线杆上。

　　车撞坏了，一群人被迫下车。阿极边忙着骂东子不带眼睛，边忙着打电话喊人过来修车。那几个受伤的弟兄，阿极拦了辆出租车直接让他们打的去医院了。

　　安排好其他人，阿极过来问卞都，说："卞都，你怎么样？还撑得住吗？出租车就拦到一辆，你跟夏息是先等等，还是怎么着？"

　　卞都难得地沉默，阿极觉得奇怪，还想拉着卞都说些什么，夏息上前拉了拉他。

　　"别吵他了，流了那么多血，他估计疲乏了。这里车不大好打，我打电话让老陈过来下。"

　　老陈是夏息家的司机。

　　阿极点点头，说："这样也好。"

　　夏息在车外打电话喊老陈过来，阿极在看东子修车，让我跟卞都先坐在车里等着。

　　车子很大，就我们俩坐着，很是宽敞，但我却感到一股沉重的压迫感，这压迫感来源于卞都。

　　都这么久了，卞都总算是愿意看我了，却也只是看着我不说话，但已经让我很高兴了。

我吸了下发堵的鼻子，略带哭腔地问他："卞都，你疼吗？"

卞都瞟了我一眼，懒得回我，一副"你说的都是废话"的表情。

我咬了咬嘴唇，一下子不知道该怎么继续说下去。

"叶晨睿，你身上的衣服是谁的？"他突兀地问了我这么一句。

我被他问得一时没反应过来，成了哑巴。

见我不回答，卞都的脸色变得更加冷凝了，定定地看着我。

我被卞都看得毛孔生寒，总觉得卞都的眼里夹杂着太多我看不懂的深意。

我张了张嘴，想要跟卞都解释。卞都却先我一步开了口，轻蔑地朝我笑了下，嘲讽道："夏息的吧。"

他既然都知道，为什么还要问我？

我感到奇怪地看着卞都，他已经将视线从我身上移开，转向车窗外。

"你为什么会穿他的衣服？"气氛僵硬了几秒后，卞都再度开口问道，语气莫名的有些别扭。

"今天下雨，我在学校没带伞，淋了雨正好遇到夏息，他带我去了他公寓换了下衣服。"虽然不知道卞都怎么了，但是我能感觉到他在生气，卞都生气的时候，耳朵会泛红，所以我老实地回答说。

卞都冷哼了声，转头看我，眼神似冰："你不是说全天有课吗？忙得都没法去医院，还有空去夏息那儿换衣服，叶晨睿，你真是好样的！"

我终于明白卞都为什么生气了，原来还是因为我没去医院。

"就算我去了医院，你也不在啊。"想起之前卞阿姨在电话里对我说的那些话，我憋屈地小声说道。

卞都"哼"了声，不再理我。

我尴尬地坐在一旁，由着他耍他的少爷脾气。

车门突然被拉开，夏息站在车外喊我们下去，说老陈到了。

卞都坐在椅子上不动，我伸手轻轻地拉了下他的衣袖，有点儿讨好地说："卞都，我们走吧。"

卞都抬眼瞥了我一下，终于起身下了车。

夏息先坐进了车内，看到我们过去，打开了车门。

阿极跑了过来，手上全是黑色的机油，噔噔噔地赶在我们前面，冲到了夏息那儿，一股脑儿地钻进车内，然后朝我们挥着手，喊："卞都，晨睿，磨磨蹭蹭干什么呢，快过来啊！东子，你好好地修车，修不好就等拖车吧，我先跟他们走了。"

我望着阿极留在夏息家白色车壁上的乌黑手印，哭笑不得地扬了扬嘴角，准备跟过去，却发现卞都不在身后了。

我着急地四下寻觅了一番，就看到卞都站在不远处的马路边对着我招手，像呼唤小猫小狗似的，朝我道："叶晨睿，过来！"

阿极搞不明白地从车内探出头来，说："卞都，你干吗呢？不上车，还去不去医院啊！"

卞都没理他，不耐地又喊了我一声。

我不明所以地朝他跑了过去，哀求地说："卞都，我们去医院吧。你从医院跑出来，卞阿姨都急疯了，你不回医院你去哪儿呢，你手上的伤……"

我还没有说完，卞都就打断了我，突然孩子气地对我笑笑，说："叶晨睿，我们先回家。"

我不明白卞都的意思，他又开口多加了句解释。

"回家换衣服。"

话落间，一直没等到的出租车终于出现了，卞都拦下车，就拽着我上车。

我说不清自己在怕什么，只是内心陡然间泛起一阵恐慌，挣扎地要从卞都的手里挣开。可是我越用力，卞都的手拽得越紧。我看到他好不容易止住血的伤口又开始流血了，瞬间放弃了挣扎，任由卞都拉我上车。

那时候，我并不理解卞都执着地带我回去换衣服到底是为了什么？我以为他只是在生气，生气我没有去医院看他，却有空去夏息家换衣服。卞都长这么大，一直都是被所有人摆在第一位的，突然间，他不是第一个被

想到的人，所以他不开心了，所以这般执拗地想匡扶自己的位置。

可是后来，我才发现我错了，错得很离谱。我以为我了解卞都，其实我根本不了解他心里都在想些什么，或许说，我从未想过去了解他。

上车后，卞都依旧没有松开我的手。我被他拽得生疼，却又不敢动，因为我发现卞都在发抖。

出租车从夏息家的车旁经过，透过车窗我能看到站在车门外跳脚的阿极，也能看到坐在车内安静如山的夏息。我看不到他们脸上的表情，眼里只剩下满头冷汗的卞都。我的心被攥得紧紧的，说不出来的疼。

跟夏息重逢后，这是我头一次在有他的地方，却看不清他脸上的表情。也是头一次发现，在我印象中，强大得从不哭泣的卞都，原来也有这般脆弱的时候。

我的内心突然涌出一股冲动来，我很想伸手抱住卞都。但很快的，我就被这样的想法吓了一跳，赶紧打消了这样的念头。

我怎么能去拥抱卞都呢，那是卞都啊！带着无数光环的江都卞少，一直很讨厌我的卞都，卞阿姨宠爱至极的儿子，所有人眼里的伟大存在……

我怎么可能去拥抱这样的卞都？

"卞都，我们去医院吧。"我只能这样求他。

卞都不吭声，攥着我的手更用力了些。

我无奈地吸了口气，疲惫地对卞都说："我不能跟你回去，卞都，我不会再回卞家了，我已经从那里搬走了。"

说完，我觉得心里空落落的。

卞都睁开眼，满眼血丝地死死盯着我，咬牙切齿地问："你刚说什么，

你再说一遍？"

"我……我搬走了。"

"什么时候的事？为什么我不知道？！"

卞都的手抖得更厉害了。

我吃疼地皱紧眉头，不敢去看卞都脸上愤怒的表情，低着头回答："今天一大早，你打我电话的时候，我就走了。"

"叶晨睿，你好样的！"卞都又一次这么说。

我只能沉默。

"搬去哪里？"

"学校宿舍。"

"为什么搬走？因为我吗？"

过去每一次遭受责难，十之八九都是因为卞都。虽然暗自埋怨过卞都很多次，但是他亲口问起时，我却无法对他说出那些抱怨的话来。

因为卞都吗？所以一直以来，老受到其他女生的欺负。

因为卞都吗？所以老被卞阿姨责骂，甚至被赶走。

因为卞都吗？

……

可是卞都有什么错呢？叫人欺负我的不是他，让卞阿姨骂我的也不是他，赶我出卞家的也不是他……

他甚至在那样的情况下，还为我挡了一刀。

我怎么能责怪那样救我的卞都呢？

"不是，是我不想老麻烦你们，所以才想搬走。"我抬起眼，小声地跟卞都解释。

卞阿姨让我想一个不出卖她的理由，其实没什么好想的，理由一开始就有了，是我自己想走，从来不是他们任何人赶我走的。

"所以还是因为我，你才想搬走。"卞都自嘲地冷笑了一声。

　　我看不得他这个模样，有种说不出的心疼，急着解释说："不是的，跟你没关系，卞都，你别多想。"

　　"那到底是为什么？"卞都激动地朝我咆哮起来。

　　我整个人瘫软在位子上，低低地垂着头。

　　"你跟夏息一起出现，穿着他的衣服，你既然住学校了，为什么还会在外淋雨，就算要换衣服，也可以回宿舍换啊！"

　　"宿舍暂时没有空床位，所以……"

　　"所以你就先住夏息那儿了。"卞都帮我接话道。

　　我没有否认。

　　卞都突然长舒了一口气，喊司机停车，然后让我下车。

　　我茫然地看着他。

　　卞都转头朝我冷笑了下，拉开车门，就像刚拽我上车一样又将我拽下了车。

　　"我明白了，你搬走是为了夏息。我早该想到了，叶晨睿你喜欢夏息。不过现在我甩了秦一璐，她肯定回去找夏息了，叶晨睿你怎么办哪？"卞都坐回车里，残酷地对我说道。

　　我无声地看着他。

　　卞都摇上了车窗，就这样把我丢在了半路上，一个人坐车走了。

　　临走的时候，他丢给我这么一句话，说："叶晨睿，既然你已经走了，那就别再回来了。"

　　我僵直着身体站在原地，看着卞都所坐的出租车越驶越远，视线渐渐模糊了起来。

　　这才是卞都，永远那么冷酷无情的卞都。亏我还以为，他为我挡刀，或许不是那么讨厌我。

　　原来，是我想太多了。卞都他，还是那么讨厌我。

　　学生宿舍的床铺很快就修好了，我从夏息的公寓搬了出来，住进了自己系的女生宿舍。

　　那次跟卞都分开后，我在学校就没碰见过他，他也没再跟我联系。我不知道他有没有回医院治伤，想来应该是回了的，不然卞阿姨找不到他，也会打我电话追问的。

　　不过后来卞阿姨也的确打过我几次电话，没有提卞都的事，只是询问了下我寄宿的情况。

　　我粗略地回答了她，大致说的是我挺好的，让他们不用担心。

　　卞叔叔出差后回来，发现我不在卞家了，特意跑来学校找过我一次，询问我缘由。

　　我说是想适应下群体生活，改善下生活脾性。

　　卞叔叔虽然觉得意外，但还是接受了这个理由。对他来说，我作为一个孩子，确实太沉闷了些，是该多接触下人群。怕我在学校生活得不够好，他又给了我足额的零花钱，但我没有收，直言他过去给我的钱，我都没怎么花过，不好再收了。

　　卞叔叔拗不过我，也不再强求，只是让我和我妈打电话的时候，跟她说下我寄宿的事，怕她误会我在卞家过得不好。

　　我说我妈不会的。

　　卞叔叔他们是什么样的人，我妈心里比我更清楚，她知道他们不会亏待我。哪怕卞阿姨是个刀子嘴，但心肠也不算坏的，也有她柔软的一面。

　　陌生的寄宿生活并非像我预想的那般艰难，同室的女生们都很友好，只是我太过内向，不大会主动交朋友，因而搬进宿舍近一周，也没跟大家说上多少话。有时候看着她们围聚在一起聊校内八卦、日常生活琐事，我听得也觉得有趣，只是不知道怎么插话。

偶尔她们也会主动跟我交谈，我也是紧张地回应着，生怕说错什么话，惹人反感。

还好，大家相处还算融洽。

校内关于卞都跟秦一璐分手，劈腿于我的八卦很快被秦一璐跟夏息在一起的消息给盖住了。一开始大家也不确定他俩是否在交往，但是同宿舍的同学回来说看到他俩最近常一起出现，举止亲密，氛围甜蜜。

她们说这些的时候，看到我，起初还欲言又止，后又忍不住好奇心，追问我跟卞都又是什么情况。卞都甩了秦一璐，是真的和我在一块儿了吗？

没等我回答，她们又自问自答起来，说看样子也不像啊，你跟卞都要真交往的话，又怎么会住学生宿舍呢，网上传说你们俩是从小一起长大，你寄养在他家的啊！但是看你们平素也没有任何联系，就连你搬进来，也不见卞都来找过你。

每次我都是静静地听着，笑笑不说话。

不是不想说，而是对于她们的猜测，我也没什么好多做解释的。

卞都怎么会喜欢我呢？他明明是那么讨厌我。

提到卞都，即使内心酸楚，我还是忍不住担心起他的伤势来，想着在学校那么久不见他，是不是他还在住院？头上的伤好了没有，手上的伤又好了没有？他是不是还在生我的气……

这么想着，我稀里糊涂地又度过了好几天。

即使已经很努力避开了，但学校也就这么大，我还是在选修的思修课上遇到了几日不见的秦一璐。

思修是大课，每周日的晚上在三报大礼堂上，一起上课的有一百多人，涵盖了好几个系的学生。

那天宿舍有个女生下午有事，让我帮她代上了傍晚第九节的美术鉴赏课，以防老师点名喊到。我正好没课，就答应帮她了。

上完第九节课出来，再去食堂吃饭，又回宿舍整理下思修课的东西，

等我匆匆赶去三报的时候，已经很晚了，离上课时间就差几分钟了。

我慌慌张张地忙着爬楼梯，在进门之前，看到了在拐角处抽烟的秦一璐，而她也正好看到了我。

其实我只要推开门，就能进三报大厅了。但是我跟秦一璐虽谈不上相熟，也总归是认识的，碰见了连个招呼都不打，不是很礼貌。所以我停下脚步，朝她点了点头，然后准备进教室。

本来以为秦一璐会像以前那样，完全不理会我，继续做她的事情，她却破天荒地喊住了我。

"叶晨睿，我们谈谈吧。"她左手撑在阳台上，转过身来望着我，嘴里吐着烟圈道。

我习惯性地咬了下嘴唇，在原地站了几秒后，还是硬着头皮朝她走了过去。

踱步走到秦一璐身旁，我默默地站定，盯着脚下的水泥地面上的黑色污迹，为了给眼睛找一个关注点。直到秦一璐的声音从我头上飘下来，我才慢慢地抬起了头。

她用手指掐灭了手中的半截烟，指甲上的黑色指甲油被抠得七零八落她也毫不在意，目光一如既往高傲地扫视了我一眼，从精致的小皮衣口袋里拿出一根黑色的头绳递给我。

"我不习惯我的地盘上有别人的东西。"秦一璐对我说道。

那是我的东西，从夏息公寓匆忙搬走的时候，可能不慎遗落了。

夏息好不容易得到他想要的幸福，我不想因为我影响他跟秦一璐的关系。

所以我赶紧伸手去接头绳，急切地跟秦一璐解释："我忘记拿了，你别误会，我跟夏息没……"

"我没有多想。"

不等我说完，秦一璐就出声打断了我的话，冷傲地看着我，嘴角微微扬起："我知道夏息有多喜欢我，所以我不会误会的。"

她自信地说道。

我尴尬地低下头去，为自己先前的多言感到懊恼，手里紧握着那根拿过来的头绳，背过身，准备去教室上课。

秦一璐却再度喊住我。

"叶晨睿，对你来说，卞都是什么？"

闻声，我回过头去，诧异地望着她，不知道她为什么突然提起卞都。

同住一个屋檐下这么多年，几乎每天都能见面，要说是不熟的人也说不过去。虽然卞都不爱跟我玩，也不怎么爱搭理我，但倘若我遇到什么困难，找卞都帮忙，他嘴上会说我麻烦，实际上还是会帮我。

所以，卞都对我来说，应该是这十年的孤单岁月中，唯一一个一直陪在我身边的朋友吧。

"好朋友。"我抬起头朝秦一璐说道。

即使不知道卞都是怎么看待我的，但在我心里，我是把卞都当朋友的，并且固执地加了个"好"字。

似乎觉得我的回答很可笑，秦一璐突然忍不住笑出声来。

我一头雾水地看着她。

数十秒后，秦一璐停住了笑，恢复一贯的高冷模样，身体朝我凑近了些，那张精致好看的脸差点儿贴到我的左脸颊。

她俯身凑在我的耳边，低喃一般的轻声对我说："叶晨睿，你知道你只当成朋友的卞都，他一直都喜欢着你吗？"

秦一璐的一句话，像小石子般轻轻地投射到我的心湖上，却激起了浩瀚波纹来。

我震惊地睁大眼睛，完全不敢相信我刚听到了什么。

她说卞都喜欢我。

不可能！

几乎是立刻，我的内心冒出个强有力的声音来，加以否认。

"看你的样子，你果然什么都不知道啊！"秦一璐重新站直了身体，笑着朝我说道。

那双黑棕色的漂亮眼睛里，透出毫不掩饰的嘲讽。

不等我反应过来，她便丢下呆愣的我，转身快速地跑下了楼梯。

我慌忙地追下楼去寻找她的身影，想要追问她，可她就像暗夜的精灵，动作极快地消失在秋天暗沉的夜色里，让人遍寻不到。

我紧绷的身体瞬间松垮下来，一个人无声地站在空静的广场上，耳畔在不停地回响着秦一璐离开前说的话。

她竟然说，卞都一直喜欢着我。

过往的种种瞬间在脑海里翻涌起来。那些从卞都好看的唇瓣中吐出来的伤人话，至今都让人记忆犹新。

"叶晨睿，都怪你！"

"叶晨睿，你不要跟我玩！我不想看到你！"

"叶晨睿，在学校要装作不认识我，要让别人知道我们俩住一起，你就死定了！"

"叶晨睿，别人欺负你，你不会还手吗？每次都要我出手帮忙，知不知道我很烦！"

"叶晨睿，穿好看点儿，别给我丢脸！"

"叶晨睿，你是猪吗？"

"叶晨睿，既然你已经走了，那就别再回来了！"

"……"

老对我一副生冷模样、爱答不理的卞都，怎么可能喜欢我呢？

因为去得晚，靠后的座位都已经坐满了人，我坐在第一排靠近教室讲台的位子上，手边放着本思修书，眼睛一直盯着前方的投影机。

讲师饶有趣味地对着他做的 PPT 上的内容讲课，我却什么也听不进去。

心里藏了事，我就没心思好好上课了。

整整三节课，我一直在神游太空，满脑子都在想秦一璐说的那些奇怪话，觉得她是因为不喜欢我，所以在拿我开玩笑。

我一再地否认她说的话，可又忍不住在想，万一，万一她说的是真的呢？

不不，不会的。

卞都要一直喜欢我的话，当初怎么会接受秦一璐的告白。

这一定是秦一璐的恶作剧。

那个跟卞都有着相同脾性的女生，肯定是还在生卞都的气，所以拿我撒气吧。

我反复地告诉自己这些，努力强迫自己静下心来好好听课，然而一颗心就像被搅乱的春水，始终都无法平静。

这样的状态一连持续了好几天，我甚至萌生出一种冲动，想要去金融院找秦一璐问个明白，她有什么证据能证明卞都喜欢我。然转念一想，她若真想告诉我的话，那天就不会突然消失了。

最终我还是忍不住去了医院，哪怕卞都对我说了那般冷酷无情的话，我还是觍着脸皮去了。

一是想看看他的伤好得如何了，二是想向卞都求证秦一璐说的是不是真的，但我又不知道怎么跟卞都开口问那些，所以一路上我都在忙着组织语言。

半路上，我特意去了卞都最爱的小吃店，给他打包了一份"驴肉火烧"带走，才又急急忙忙赶去了医院。

从电梯里出来，我拎着东西朝卞都的病房走去，远远地，就听到了阿极夸张的笑声，还有其他人的调笑声。卞都的朋友们似乎都在，但没听到卞阿姨的声音。

想来她是不在那儿，不然定不会由着一大群人闹卞都的。

我暗自猜想着，人已经站在病房外，正犹豫要不要敲门时，病房的门被人从里拉了开来。

一个从来没有见过的女生站在我眼前，看到我，她脸上露出惊愕的表情来，很快又恢复了镇定，侧着身子想要出门。

我慌忙地往后退了几步，给她让路。

她朝我笑了笑，麦色的脸上还带着瘀青，笑起来算不上好看，但很阳光。

不等我收回打量的目光，阿极突然朝门口冲来，嘴里喊着："施恩，等下我！"

看到我，阿极连忙抱住门板，刹住脚步，半截身体贴在门上，露出惊喜的笑容来。

"晨睿，你什么时候来的？手里拿着什么好吃的？给卞都的，我能吃吗？"他边说边凑过来要翻我手中拎着的塑料袋。

之前要走的女生，忽然停下脚步，回头鄙夷地对着阿极摇了摇头，不耐烦道："你还走不走啊？"

话落，阿极立刻止住了手，望着她连连点头："走走！"

阿极追着那女生跑了出去，他一走，我微微地松了口气，望着敞开的门，低着头走了进去。

病房里挤满了人，他们全都挤在病床前闹着。估计是双休，卞都的朋友们都挑了这天一起来看望他。卞都躺在床上，被一群人挡着，我看不到他人。

我静默地站在门边，犹豫着该不该走上前。

有人先认出了我，吹了声口哨，笑着朝病床那儿喊了一声："卞都，你那挡箭牌来了！"

闻声，周围一阵哄笑。

莫名地又多了一个绰号，我不自在地皱了皱眉头，却没有出声。

卞都突然丢出了一样东西，正砸在刚说话的那男生额头上。

男生痛叫一声，捂着额头朝卞都吼："你用什么东西砸我，这么疼！"

"我靠！虽说苹果新款又要出来了，卞都，你也用不着这么土豪地砸手机吧！"男生望着地上的手机不满地说道。

病床边的人全都散了开来，然后我便看到了卞都，他面无表情地躺在病床上，手里端着个驴肉火烧的外卖盒子，正在吃，没有抬头朝我这边看一眼。

旁边坐着的女生，一头长发又黑又直，忙着给卞都递纸巾，嘴里发出娇柔好听的声音，问卞都东西好不好吃。

卞都没说话，只是接过她的纸巾，擦了下嘴。

我下意识地将手中的塑料袋往身后藏了藏。

气氛变得有些尴尬起来，我埋着头，能感觉到周围的人都在看我。

卞都那群好事的朋友，就怕气氛不够热，你一句我一句地开始调侃卞都。

"卞都，你怎么不理人家？！"

"卞都，你生日那天说的话是开玩笑的吧！跟秦一璐分手，拿她做挡箭牌吧……"

"她不是你家那个小保姆吗？好像叫什么叶晨睿来着吧……"

"哦，就是她，小学那会儿你那个传闻中的童养媳啊！听说她爸没了……"

"喂！卞都，她爸是真死在海里了吗？"

"……"

　　我也不是第一次从别人的嘴里听到这些难听的话，就算我已经努力去适应了，但是听到他们拿我的事情当成笑话一样说时，我还是没能撑得住。

　　这世界的声音不好听，一点儿都不好听。我学不会，学不会适应那些看似调笑却带着伤害的语言，学不会融入那样的世界。

　　"啪！"

　　手里紧握的塑料袋突兀地掉在地上，打包盒里的汤汁流了一地。

　　连抬头的勇气都没有，我只顾着捂着耳朵，转头逃一般地跑出了病房。

　　身后一片嘈杂声，我不想再听。

　　在走廊里碰到折返回来的阿极，他惊讶地看着我，追着问我："晨睿，你怎么哭了？"

　　我置若罔闻地一直往前跑，不等他追上来，就躲进了电梯里。

　　憋着一口气从医院里跑了出来，一路跑到公交车站牌，我弯着腰剧烈地喘息着，眼泪混杂着额头上滋生出来的细汗，滴落在灰黑色的煤渣路上。

　　我撑住膝盖，用力地吞咽了好几下，才止住了惨烈的喘气。我终于能直起身来，伸手擦了下湿润的眼角。

　　来医院之前，我因为听了秦一璐的话，心里还有所躁动，现在一颗心又像死灰般沉静了下来。

　　那些好不容易鼓起勇气想要询问卞都的话，全部被我憋回了肚子里，已经没有问的必要了。

　　卞都是很骄傲的人，他如果真喜欢我的话，肯定要被他的朋友们笑死。他那么好面子，不用问都知道，他绝对，绝对，不会喜欢我的。

　　对卞都来说，我或许只是他的挡箭牌，他的小保姆，他朋友嘴里可以随便嘲讽的存在。

　　不过，这样也好。

　　反正，我也从未奢望过卞都喜欢我。

　　内心有种如释重负的轻松感，却夹杂着微微刺痛。

　　我抬头仰望蔚蓝的天空，手摸着胸口，还是忍不住难过起来。不是因为卞都不喜欢我，而是我发现，我跟卞都已经完全成了两个不同世界的人，他高高在上，而我始终卑微。

　　不仅是他，还有阿极，还有夏息……

　　我们四个人早已不再是小时候聚在乡下院子里玩闹的伙伴了。

　　这十多年来，我遇到的人中，最强不过江都卞少，最狂不过浑球阿极，最好不过少年夏息。我们明明是青梅竹马，然而从来只有我一个人，卑微地存活在他们之间，就像乡下老旧的院落里，那棵被渐渐遗忘的百年梧桐。

　　无人理会，肆意伤害。

　　时光，它从不停留。它带走了很多东西，又改变了很多东西，留给我的，只有遗失的美好和童年短暂而又心酸的回忆。

　　卞都出院的那一天，我没有去医院看他。

　　卞叔叔打电话给我，说晨睿，今天回家吃饭吧，小都出院了。卞阿姨在一旁不满地拦阻他，丝毫不避讳地说她走了，你还喊她回来做什么。卞叔叔怒斥了卞阿姨几句，然后又笑吟吟地跟我说话。

　　我装作没听到卞阿姨说了些什么，但还是找了个借口婉拒了，说要去帮同学的忙，已经答应好人家了，不好爽约的，所以可能来不了，帮我跟卞都道个歉吧。

　　其实我也不算骗卞叔叔，宿舍里的一个舍友在市区的西餐厅找了份兼职，临时有事，要找人带班。她刚来找我问了下，只是我还没答应，卞叔叔就打电话过来了。

　　听我这么说，卞叔叔很是无奈，语气感伤地对我说："那你好好照顾自己，之前小都住院家里没人，往后每周还是回来一次吧。晨睿，你卞阿姨说什

么你别放在心上，卞叔叔还在这儿呢。"

卞叔叔说的话太窝心，我当时坐在上铺的床上，听着眼眶泛湿，若不是四周有床帘遮着，被同学看到这番模样，我都不知道该怎么解释。

为了不让卞叔叔担心，我调整声音，抑制住哭腔，说了声"好"。

卞叔叔还想跟我说什么，但是卞阿姨催他做事，他只好仓促地又跟我说了几声，才挂了电话。

看到我在打电话，舍友到隔壁宿舍问了一圈又折返回来，因为找不到人帮她代班闷闷不乐地站在我床铺下，小心翼翼地问了声："叶晨睿，你电话打完了吗？能帮我吗？"

我慌张地伸手摸了把眼泪，平复好情绪，拉开床帘，答复她："好的，你把地址跟我说下吧。"

"叶晨睿，你人真好！"舍友高兴地跳起来，扑过来抱住我的脖子说道。

我被她吓了一跳，脖子被牵制住，身体被扯出了大半悬空，差点儿摔下床。

所幸她终于意识到不对劲，快速地松开手，满脸抱歉地看着我傻笑。

我没事人一样朝她微笑了下，暗自松了口气。

舍友叫郭书宁，我也是看了她给我的工作牌才知道的。

平时我待在宿舍的时间并不多，白天有课的时候去上课，没课的时候我都在图书馆自习，图书馆晚上十点才闭馆，我都是闭馆后才回宿舍的。

宿舍十一点熄灯，所以我回去后，洗漱完又洗完衣服没多久，就差不多到熄灯的时间了，真正和大家在一起面对面聊天的时候很少，宿舍人的名字也都知道，但是就是名字跟脸老对不上号，又不好意思开口问。

郭书宁把地址用短信发到了我手机上，并且一再言谢。我被她谢得反而不好意思起来，也不好再耽搁下去，在床上换好衣服下来到浴室洗了把脸后，就背着包出发了。

宿舍到校门的那段路，郭书宁和我一块儿走的，她也要出校门。

她暗恋的男生，今天来我们学校找她玩，她赶着去接他，所以没法去上班了。解释完，她又要跟我道谢，我赶在她开口之前摆手说没关系的。

那个西餐厅离学校说远不远，说近也不近，地铁坐四站就到了，但是每站都有七八分钟。

从地铁站出来，我开了手机导航沿路找了过去，那餐厅比我想象的好找且高档得多，进去后，我便感到不安了。

我没打过工，更别提来这种高档餐厅打工了，所以我怕自己做不好，连累到郭书宁。

还好餐厅的经理人比较好，我跟他说明是来顶替朋友后，他拍着我的肩膀安抚我说："没事的，谁也不是生下来就会做这些的，我找个人带你下。"

然后，他朝厨房喊了声："施恩，你出来下。"

我觉得"施恩"这名字很是耳熟，便看到了从厨房推门出来的女生。

女生穿着干净整洁的工作服，一头爆炸头用皮筋扎成高高的发髻，满脸不耐烦地走了出来，嚼着口香糖没好气地吼："又喊我干吗？"

经理把我推到施恩面前，说："她是来顶替书宁的，新手你带下她！"

"我也是新来的，怎么没见你找人带我。"施恩翻着白眼吐槽道，某种程度上，她让我想到了阿极。

经理没理她，自顾自地朝洗手间走去，施恩对着他的背影做了个鬼脸，然后回头，眯着眼看我，神情像只狡黠的狐狸。

我看着她，手在背后擦了擦，朝她伸出手去，尽量让自己显得自然地打招呼说："你好，施恩，我是叶晨睿。"

"又不是第一次见，在医院不就见过了，你没必要这么紧张。"施恩没有回握我的手，转身朝厨房走去，头也不回地对我说了句，"跟上，午餐是十点往后，这个点厨房是最忙的，服务生也得去帮忙。"

我愣了几秒，赶紧跟上前去。

西餐厅的厨房很是干净，没有中餐的油烟，我跟施恩走了进去，厨师

长让我们摆盘，其实就是把一些好看的花和雕刻精致的小蔬菜先摆在盘子里装饰起来，到时候客人来吃，上面直接放热菜。

我看到电视里那种西餐厅连装饰都是现做的，不免觉得奇怪。

看出我的疑虑，施恩在一旁解释说："这里说是西餐厅，其实还是中国人做西餐，这店档次没你想的那么高，给中低层小白领服务的，到饭点人多，现摆来不及的。"

我默默地听着，学着施恩的样子开始做事。之后施恩又教我怎么点餐。估计是新手替班的缘故，他们也就让我做了这些，其他没怎么做。

中午忙到一点多，大家有了段休息时间。

郭书宁只上半天班，所以我忙完就可以回学校了。离开前，餐厅经理找我，问我有没有意向留下来做兼职，他们这边蛮缺人手的。

我想了想，说让我回去考虑下。

施恩拎着垃圾袋出去倒垃圾，我和她一起走了出去。

我去地铁站的路跟她去垃圾站的路正好是顺路，两个人走在一起也不好不说话。但是我实在不知道跟她说些什么，除了知道她叫施恩外，我完全不了解她。

那天是在卞都的病房里看见她的，她是卞都的新朋友吗？所以阿极也认识她。

我垂头望着地面想着，施恩突然"喂"了我一声，说："你那天在医院为什么哭着跑了啊？"

我惊愕地抬起头看她。

她耸了耸肩，无所谓道："你不想说可以不说的，我就是在医院外面看着陈天极追你，有点儿好奇。"

说完，她突然朝我凑了过来，脸差点儿贴到我的额头，定定地问："不会是他弄哭你的吧？"

我被她吓得往后退了几步，摇摇头。

施恩"哦"了声，了然道："那我知道了，是那病房里的人吧！那帮人挺恶心的有没有？我就是待不下去才走的。"

"你不是和他们一起的吗？"我惊讶地问。

"谁？他们？不是啊！我又不认识他们，我是去那儿找陈天极的。不过听说躺在病床上的那男的因为我的事还伤了手。"

我一下子知道施恩是谁了，她应该就是阿极在酒吧里救下的那个被流氓围殴的女孩儿。

"你跟陈天极熟吗？"施恩冷不丁地问了我这么一句。

我傻愣地看着她，不知道该点头还是该摇头。

"八岁前挺熟的，之后就有点儿疏远了。"我老实地回答道。

施恩激动地拍了下双手，问道："那你知道陈天极是不是脑子坏了，都不认识的人，他也愿意出手帮忙，还得罪了社会上的痞子帮，也是蛮蠢的。"

我还是头一次听到有人这么说救命恩人的。

"你为什么会惹到那群流氓啊？"我忍不住问道。

施恩看上去除了穿着打扮非主流一些，其他跟别的乖女生差不多，年纪也不是很大的样子，怎么会惹到鹰哥那种人的。我一想起那天在酒吧门口的场面，就心有余悸。

"唉，人在江湖漂，哪能没几个仇家呢。"施恩万分感慨地说道，一副饱经沧桑的样子。

"你不上学吗？"我惊奇地问。

施恩脸上的表情突然冷凝了下来，厉声朝我道："你以为谁都能上大学啊！"

我哑然地看着她，不知道自己哪里说错了话，惹到了她。

施恩撇下我，板着脸拎起地上的两个垃圾袋，快速地跑到附近的垃圾站那儿，丢掉后又走回来，阴沉着脸走到我面前，咬牙切齿道："你回去跟陈天极说下，让他能不能别缠我了，不就是救了姐姐我一次，难不成要我以身相许才行啊！我又没让他救，烦死了！"

说完，她丢下我走了。

我一脸茫然地站在原地，望着施恩离去的背影，完全不知道她怎么了。

施恩往前走了几步，停了下来，深吸了口气，又回头找我，脸色缓和了些，幽幽地说："你还是别帮我说了，不然他肯定得追问你我在哪儿，我好不容易摆脱他。还有，经理的提议你考虑考虑，大学生来这儿兼职的蛮多的，你要缺钱的话过来吧，薪水还不错。"

施恩她真的是个奇怪的人，情绪来得莫名其妙，让人着实有些看不懂，但看上去性格挺直的，想说什么就说什么，也不扭捏。

我点头对她说了声好的，怕又说错话触到她，便不再多说。

跟施恩分开后，我们各自朝两个方向走去。

突然的告白
TU RAN DE GAOBAI

第四章

　　郭书宁跟她暗恋的对象谈起了恋爱，连学习都无暇顾及，更别说去兼职了。

　　她去餐厅辞职时，跟经理聊起了我，回宿舍后就成了经理的说客，一再怂恿我去兼职，顶替她的班。

　　我本来还在犹豫中，最后还是被郭书宁说服了。

　　我愿意做兼职的最大原因，还是因为想赚钱贴补生活费，这样就可以慢慢不用卞叔叔的钱了。寄宿，兼职，除了大学还在江都外，现在的生活差不多就是我高中毕业那会儿预想的生活。

　　只是，我不知道日后该怎么跟卞叔叔解释我做兼职的事。我突然搬走，已经让他感到自责，觉得对我不够好了。

　　餐厅那边急着要回复，我想了想还是先应承了下来，卞叔叔那边还是等他问起再好好跟他说吧。

　　卞都出院后的第二天，就来学校上课了。

　　大学不像高中，每节课都上，每个班的同学一天到晚聚在一起，低头

不见抬头见。

　　整个学校，有着几千个学生，好几个院系，上百个班，课程又是纷繁迥异，所以即使卞都来了学校，除非我们俩特意去找对方，不然也难碰面。

　　就连他来学校，我也是从班上同学上课前的闲谈里听到的。

　　确定卞都很讨厌我，并且深刻地意识到我与卞都、阿极，甚至夏息之间的阶级差距之后，我学会了一点，那就是把自己藏起来，远离他们，默默无闻地生活着。

　　只有离卞都他们的圈子越远，我才不会因为挤不进他们的圈子而暗自难过，也不会因为听了一些难听的话，就哭着跑开。

　　我可以继续做我的胆小鬼，懦弱地躲在自己的世界里，虽然会感到孤单寂寞，但是不会受到任何伤害。

　　卞都没有找我，我也没有找他。本以为在学校不会见面了，但我们还是碰到了。

　　因为有课，不能天天去餐厅兼职，经理念及我是在校学生，交了份额外的工作给我，让我在学校发餐厅的广告传单。

　　一共有五千份，他没有要求我什么时候发完，就让我有空的时候，在学校发给同学。

　　我没发过传单，但是也看过其他同学发过，反正不认识的人都要上前发给人家，这对我这般过分内向的人来说，着实是个挑战。

　　不过还好，发传单不用说话，只要看到人递过去一张就行了。

　　见到卞都的那天是周五，想起卞叔叔让我周末回卞家吃饭，我那一天做什么事都有点儿心不在焉。

　　昨晚冷空气突然来袭，早上起来的时候，风能直接穿透外套，熨帖着肌肤，冻得人发抖。

　　上午第四节课一下课，我就抱着沓传单去了沁园食堂，站在门口发。

　　学校建在山地上，沁园食堂又在最高的那个山坡上，地势越高，风就

越大。

我人站在风里，双脚有些站不住，头发早就被吹乱了，不常修剪的刘海儿像调皮的孩子，遮挡着我的眼睛，把我的视线都给遮住了。

虽然比较冷，但是想着发完就可以走了，我咬牙继续着。

一个不慎，手中的几张传单被风吹了出去，我伸出手来要去捡，结果被刮走的传单越来越多。

少几张传单倒也无所谓，反正很多学生拿到传单都直接丢进旁边的垃圾箱的，但是传单飘在地上，还是有些影响校园环境。

想了下，我还是动身去捡了。边蹲边捡，怀里的传单还在不停地往外飞走，我不免头疼起来，有种焦头烂额的感觉。

一阵飓风猛然地刮过，我惶然地抬头，看到校园清洁车朝我这边驶来，车上的大叔不停地朝我挥手，生气地吼我走开。

大脑片刻死机，没等我反应过来，只觉得手臂上一痛，我整个人被人从地上拽了起来。

抬头就看到了盛怒的卞都，我张了张干涩的嘴唇，没有发出声音，任由他拽着我到了沁园食堂旁边的咖啡厅。

卞都拉开门，就将我用力地推了进去。

我踉跄地往前扑了几步，怀里紧紧地抱着那些传单。卞都就像疯子，不知道哪里来的怒气，一把抢过我手里的传单，随手丢在咖啡厅门口的铁皮垃圾桶里。

我瞬间红了眼眶，抬起头有些生气地瞪着卞都。

"你有病啊！外面风那么大，瞎晃悠什么！车来了都不看，眼睛长着干吗的？！"卞都怒气冲冲地朝我吼道。

虽然我不知道卞都为什么一看到我就这么生气，但是我知道人不是机器，都是有情绪，有感官的，每个人都有自己的底线，我也有。

我安静地望着被卞都丢在垃圾桶里的那堆传单，想起自己先前像傻瓜一样，努力地蹲在地上把散落的传单捡起来的愚蠢样子，我就感到鼻子发酸，有点儿想哭。

卞都总是这样，过于霸道，想说什么就说什么，想做什么就做什么，完全不去思考，他嘴里说出来的那些话是否会伤到人，他做的那些事是否会让人难受。

就算他是太阳系，所有人都围着他转，可是他也不问一下，人家高不高兴，人家难不难过。

他是卞都，想要什么都可以拥有的卞都，为所欲为的卞都，他永远也不会懂得，他随便践踏的东西，对别人来说，或许很重要。

自我们进门后，咖啡厅里的人都在看着我们。即使来这儿吃饭的学生不多，但是零星也有好几个。

我的生活好不容易安定下来，我不想又因为卞都成为大家八卦闲谈的对象。

所以，就算心里委屈、难过、生卞都的气，但是我也没有发作，只是默然地朝垃圾桶走去，将那些传单一一拣出来。

卞都过来，再度拽过我的手，传单掉了一地，我想捡，卞都不让。

"叶晨睿，你为什么要这样做？搬走，不愿回来也就算了，为什么还要做这些？你难道想靠这些养活你自己吗？卞家对你来说，真的这么难以忍受吗？还是说，我让你难以忍受？！"卞都面无表情地质问我。

我的视线慢慢地模糊起来，牙齿紧咬着嘴唇，努力地压抑着自己不要哭，可还是没能控制住眼泪。

卞都愤怒地甩开我的手，说："你就知道哭，一说你，你就哭！"

周围传来就餐同学的小声议论声，卞都暴躁地一脚踹开身旁的椅子，怒道："滚出去！"

那群人就像受惊的鸟兽，瞬间散了开来，全都跑出了咖啡厅。

然后整个咖啡厅里就剩下了我跟卞都。

四周突然安静了下来，只有咖啡厅里播放的舒缓蓝调在安静地回旋着。

我垂眼看着地面，不吭声，眼泪一滴滴地往下掉。

卞都伸手捏住我的下巴，迫使我抬头看他。

倘若我的眼里没有那么多泪水的话，我便能看清那时卞都脸上压抑的痛苦，还有眼底暴露无遗的伤痕。

可是，我没有。

在卞都手碰到我脸后的下一秒，我也不知道自己怎么了，内心积压已久的情绪全都涌了上来，我突然伸手用力地打掉了他的手。

耳边响起卞都吃痛的闷哼声，我不忍去看他，转身推开门跑出了咖啡厅。

我要回头看一眼的话，就能看到，卞都那曾替我挡了一刀才刚结痂的手臂上，隐隐有血丝从他的灰色风衣里渗透出来。

是流了多少的血，血才能渗透衬衫、毛衣、风衣的层层阻隔，流出来。

图书馆顶层有个宽大的高尔夫球场，一般很少有学生过来。最大的原因在于，有钱的只是少数学生，在这所学校就读的绝大部分学生都是普通家庭出来的。

对他们来说，高尔夫球是有钱人的休闲活动，与其让他们花大价钱买根高尔夫球杆玩，还不如用那些钱来包个宿舍网或者去网吧打游戏来得实际。

我一口气爬到了图书馆顶楼，推开了门，走到了绿色的球场上。

风吹得我站不大稳，我索性瘫坐在地上，颓然地望着眼前空旷的景色，被卞都拽过的手在微微颤抖。

风呼呼地在耳边吹过，我的脑海里却只有卞都被我甩开时，喉咙里发

出闷哼声的场景。

我一定是弄疼他的伤口了，所以他才会发出那种声音来。

想到这些，我懊恼地拍打着自己那只作恶的手。

我怎么就这么冲动，那么多年都熬过来了，卞都的臭脾气也很了解了，可是怎么还是没忍住，怎么还偏偏打了他那只手。

只要一闭上眼睛，我眼前浮现出来的都是那天卞都抱着我，用手替我挡刀的样子，那道血红的伤口，像只鬼爪般紧紧地抓着我的心脏，让我喘不过气来。

最终，我还是受不了内心的煎熬，跑回咖啡厅去找卞都。

卞都已经不见了，偌大的咖啡厅里只有两个服务员在忙着拖地打扫。

我进去前，两人还在抱怨，看到我立刻没了声音。我知道他们应该在议论我和卞都，但都不重要，重要的是，卞都他，还好吗？

我失魂落魄地出了咖啡厅，找了一圈儿也不见卞都的身影，之后口袋里的手机铃声响起，是施恩找我。

我在附近的银杏树下找了张长椅坐着接电话。号码是不久前刚给施恩的，答应餐厅经理去兼职后，经理说为了让我早点儿上手，就让我跟施恩交换了联系方式，方便指导。

"叶晨睿，是不是你告诉陈天极我在哪儿的，我后来不是跟你说了让你别告诉他吗，你这人干吗多管闲事啊？！"电话一被接通，里面就传来施恩劈头盖脸的质问声。

我被她骂得一头雾水，抿了抿唇，回答说："没有啊！我都很久没跟阿极打过电话了，而且，你让我别说的，我肯定不会说的。"

"那不是你说的，是谁啊？！知道我在西餐厅又认识他的除了你还会有谁？！"施恩气呼呼地说道，不大相信我。

我不知道该怎么解释了，她又自顾自地换了语气，泄气道："算了，谁说的不重要，他这会儿在餐厅里等着呢，我让别人告诉他我不在，他不

走说要等到我来，我这会儿被逼着躲在洗手间呢。还有半个多小时就到饭点了，我躲着没法做事，人手不够，叶晨睿你过来替我下。"

"我……"

"别我、我、我了，你这人说话吞吞吐吐的，听得人也累。好了，就这么说定了，你过来，我看看洗手间的窗户能不能打开，要能打开的话，我先溜走了。你要是碰到陈天极，决不能把我卖了，不然有你好看。"施恩像放炮似的干脆地把话说完，完全不给我开口的机会，就把电话给挂了。

我望着"嘟嘟"响的手机发愣，太阳穴那边突突地胀疼着。

叹了口气，把手机重新放回口袋，我无奈地回了宿舍，收拾了下东西，然后匆匆赶去西餐厅。

内心庆幸下午还好是堂选修课，电影艺术赏析的那个老师不大喜欢点名，我才敢放心逃课。

其实我很想问施恩一句，她为什么非要躲着阿极呢？

这问题很快就有了答案。

到西餐厅后，我推门走了进去。

经理正在门口查看清洁卫生，见我进来，脸上露出惊讶的表情，微笑地问："晨睿，你今天不是要上课的吗？怎么过来了？"

"我……"

"我知道了，你是来顶替施恩的吧。施恩那丫头先前还在的，现在不知道死哪儿去了，怎么也找不到人。"经理一副恍然大悟的样子说道，然后开始数落起施恩来。

听他的意思，施恩应该已经从洗手间跑掉了。

我没有否认，只是朝经理干笑了下，然后弓着身子准备进更衣室换工作服。走过去的时候，我特意看了下餐厅四周，想找阿极的身影。

结果不用找一眼就看到了他，阿极就坐在靠窗边的位子上，百无聊赖

地把玩着手里的手机，时不时地凑到玻璃杯前吸上一口西米露。

我怕他看到我，赶紧加快步伐要走。

阿极却眼尖地看到了我，立刻朝我挥手，惊喜地喊了声："晨睿！"

我偷偷皱了下眉头，微笑地转过身，硬着头皮朝阿极走了过去。

03

"阿极，这么巧，你怎么在这儿？"我装出一副完全不知道阿极在这儿的样子，震惊地说道。

我是个演技很差的人，说这话时，紧张得双手都有些发抖。

还好我对面坐的是阿极，阿极向来粗线条，丝毫没看出我在做戏，很是兴奋地回我道："我来找人啊！不过，晨睿，你怎么在这儿啊？你是来吃饭的？"

我摇了摇头，跟阿极说自己在这儿兼职。

阿极听完点点头，身子朝我凑近了些，眨巴着大眼睛，认真地问："晨睿，那你认识施恩吗？她也在这儿上班。你见过她的，那天在卞都的病房前跟我一起走的那女孩子。你知道她去哪儿了吗？我刚问了这里的其他人，他们说她没来上班。可是我朋友明明看到她在这里，通知我后，我立刻赶来的，她肯定是又躲着了。"

阿极很是懊恼地用手挠了挠他那头乱糟糟的鸡窝头，然后一脸幽怨地抬眼看我，表情很是委屈："晨睿，你们女孩子都这样吗，无助的时候需要个男人帮衬着，一没事就把人给甩了，躲得远远的，让人找不到。"

我被阿极问得哑口无言，虽然都是女孩子，但是我实在不是很了解施恩的性子，就觉得她是个心直口快的女生。

"施恩她下午有事，让我临时替班的，她不是故意躲着你的，是真的

有事。"我努力地为施恩辩解，然后尽量把话说得委婉点儿，不让阿极知道施恩是真躲他，省得他伤心。

"她有什么事啊？"阿极怀疑地追问我。

我"呃"了会儿，脑子里在不停地翻找理由。

没等我想出来，阿极很是傲娇地"哼"了声，将手边的那杯西米露一口喝尽，很懂施恩地说："晨睿，你别帮她解释了，她就是故意躲我呢！"

我微窘看着阿极。

阿极义愤填膺地开始骂起施恩没良心来。

"她就知道躲，那在医院那会儿，交医药费的时候怎么不躲我啊？！没人照顾的时候，怎么不躲我啊？！那时候电话打得一个勤呢，左一声阿极哥右一声阿极哥来着，伤一好就变脸。哼，躲我可以啊，把医药费先还我啊！"

听了会儿，我隐约有些听明白了："阿极，所以你来找施恩，是来问她要钱的？"

"也不是。"阿极像泄气的皮球，瘫软地趴在桌上，歪着头无精打采地回我，"我就是看看她过得怎样，鹰哥那帮人有没有再找她麻烦。那次的事，虽然后来我爸出面摆平了，鹰哥看我爸的面子，承诺不会找施恩的麻烦了，但是你知道的，他们那种人说话不算数的太多了，我怕她又出事。"

我一直都知道阿极是个热心肠且善良的好人。

"施恩她挺好的，没听她说那群人又找她麻烦。"为了让阿极放心，我把自己所知道的都告诉了他，但没有说施恩躲他从洗手间逃跑的事。

阿极问我，施恩为什么要躲他。我说我也不知道，可能是因为她怕阿极找她是让她还钱吧。

阿极"喊"了声，说："我稀罕那点儿钱吗？！小爷我有的是钱。"

我无语地看着他，阿极从旁边拿出一个纸袋给我，放到我面前。

"晨睿，你帮我把这个转交给施恩，这是她去学校报到要用到的资料

档案。让她有什么不懂的就找我，反正我电话号码她知道的。还有跟她说让她别躲了，我真不是问她要钱。那天她说她考上了大学都没钱上，我就找了秦一璐，托她爸把施恩弄进你们学校去了。她高考分数能进那所学校，所以还算比较好弄，就是花点儿钱。考个大学不容易，既然考上了，那就好好上，像我们这种成绩不好，考不上才是混日子，能上还是去上的好。"阿极很是感慨地说道。

难得看到阿极这般正经的样子，看来他对施恩很上心。

"对了晨睿，你跟卞都怎么了？是不是吵架了？那天打完架说好一起去医院的，他搂着你走了，我就觉得挺纳闷的，后来去医院看卞都，问起晨睿怎么没来，他那臭脸摆得生怕人看不见似的。之后你来医院了，还哭着跑了，卞都不知道发什么神经，把其他人都赶走了。我问他吧，他也不说，就知道站在窗边发呆，装颓废。卞都出院，大家都去卞家吃饭了，你也没去，卞都那天就像丢了魂似的，任谁喊他都不应。"阿极突然扯开话题问我道。

卞都他……把那些人赶走了吗……

为什么他要这么做……

因为我吗……

可是，他不是很讨厌我吗？

"晨睿，我觉得卞都挺在意你的。"阿极一针见血地对我指出来道。

我慌乱地从椅子上站了起来，差点儿碰倒桌上阿极喝光的果汁杯。

阿极动作敏捷地扶住杯子，诧异地看着我，问："晨睿，你还好吧？"

我点点头，想跟阿极说，不要跟我说那种"卞都在意我"的话，我会忍不住多想的。

就像秦一璐说卞都喜欢我，但事实呢……

餐厅里的客人越来越多了，看我久久不换衣服，经理忍不住走过来催了我一下。

我将纸袋从桌上拿到了手里，跟阿极说我要先走了。

阿极表示理解地对我挥挥手，随后也站起身来，从口袋里掏出钱包去柜台结账了。

等不到施恩，阿极也要走了。

我送他到了门口，阿极朝我笑笑，说晨睿，你进去吧。

我应了声，看着他高瘦的身板没在宽大的潮流衣裤里，双手插在硕大的裤袋里，看起来吊儿郎当的，可是又很阳光帅气。

我妈老说，阿极长得可爱，其实，真的一点儿都没说错。

我嘴角轻扬地关门进了餐厅，朝更衣室走去，路上不禁想起阿极对我说的那些话，有关于卞都的。

怕自己再像上次一样胡思乱想，我赶紧晃了晃脑袋。

04

阿极走了一个多小时后，餐厅也忙完了中午最忙的时候，接下来便是员工休息，到下午四点再开工做事，中间还有两三个小时给我们休息。

施恩在这里是全职，所以我没法做完午班就赶回学校，只能一个人在休息室里消磨时间，其他兼职的人做完就走了，全职的都有员工宿舍，这个时间点都回宿舍睡午觉了。

我正想打电话喊施恩过来时，手机也正好响了。

十分钟后，逃走的施恩又从餐厅的洗手间窗户爬了进来，偷偷摸摸地进了餐厅到休息室找我。

我换下了员工服，把阿极留下的纸袋转交给了施恩。

施恩本来嘴里还在碎碎念，怪阿极阴魂不散，让她不得安宁。我把袋子给她时，她别扭地接过，还嫌弃地说给我留了什么乱七八糟的，边说边掏袋子来看，看到里面的具体东西后，她突然沉默了，一向嚣张的头颅此刻垂得低低的。

　　我注意到施恩垂在身侧的双手拼命地攥紧成拳头，我既担心又怕自己多嘴惹毛施恩，犹豫再三，还是出声问了句："施恩，你还好吧？"

　　施恩没回，眼眶却泛红。

　　我急了，不知道施恩怎么了，赶紧伸手拍她的脊背安抚她，说："施恩，你别哭啊？"

　　施恩一把推开我，凶巴巴地说："谁哭了，你别瞎扯。"

　　我微窘，尴尬地笑了下，说："你没哭就好。"

　　施恩只是嗯了声，然后说："陈天极真的是个傻瓜，我就是随口一说，他就上心了。他干吗要对我这么好？"

　　我想说我也不知道，可是话到嘴边就成了："施恩，难道你是骗阿极的吗？那考上大学没钱上……"

　　施恩用力地白了我一眼，我识相地住了嘴。

　　我只是担心阿极被骗而已。

　　施恩伸手抹了把鼻涕眼泪，跟我说"考上大学是真的，没钱上也是真的。

　　"我是个孤儿，南城人，刚来江都不久。我爸在我很小的时候，就在外面找了小三，跟我妈离婚了，和别人组成了新的家庭。我妈一个人带着我生活，为了供我上学念书，打了好几份工。我还算争气，成绩在班上一直遥遥领先，高考只要不发挥失常，我考大学是绝对可以的。

　　"那时候高三班主任让我们填目标大学，并且写下为什么。我写了我要考清华我要考北大，我要出人头地，赚钱养家，让我妈不要再那么辛苦，让我爸后悔，后悔丢掉了那么优秀的女儿。

　　"可是命运就是这么无常，我高考的时候，我妈在打工的餐馆猝死了，医生说她是过劳死。我是在她死后两天才知道消息的，就因为她死之前用最后一口气哀求着人别告诉我，说她女儿在高考，不要影响我，怕毁了我的前途。可是一个人，连活在这世界上最后的牵挂都没有了，那还要前途做什么呢？我妈死了，我却连她最后一面都没见到，就为了那可笑的高考，可笑的前途。我妈都不在了，就算我考上了大学还有什么意义。而且家里也没多少钱，怎么去上学呢？所以我就放弃了，我妈在的时候，我很乖，也很要强，我拼命地让自己变好，就是为了让她知道，就算她被我爸抛弃，就算她觉得全世界都抛弃了她，还有我，我这个女儿在，我能给她撑起一片天。可是到头来我才发现，被全世界抛弃的人是我，不是我妈。"

说完，施恩自嘲地对我呵呵笑起来，像只迷途的羔羊。

她哭着对我说："叶晨睿，你能明白那种感受吗，你想努力做个好女孩儿，可是你不知道为谁努力，为谁变好。不如就那么浑浑噩噩地活着，反正谁也不会在乎。所以后来，我就没去大学报到，我跟社会上的人混在一起，抽烟喝酒打架，之后还得罪了鹰哥的老大，被追着逃到了江都来。有时候人也真是可笑，明明生无可恋了，却还舍不得死。被追杀的时候也想着逃，而不是等死。真好笑。"

我愣愣地望着有些自暴自弃的施恩，忍不住有些心疼她。

她问我明不明白她的感受，我当然明白，那是种什么样的感觉，我知道。

"如果你妈还在的话，她一定不想看到你这个样子。她那么努力工作赚钱，甚至身体受不住负荷死去，都是为了让你能出人头地不要像她那样。"我攥紧拳头，朝施恩大声说道。

我头一次发现，原来我也可以这么大声地说这么多话。

"施恩，孤单的人不只是你，我爸也在我很小的时候就去世了，我妈身体还不好，我寄养在卞叔叔家……"

我也不知道为什么要跟施恩说自己的成长经历，只是看着那样的施恩，我不由得想到自己。

我妈以前常跟我说，晨睿你要乖，当个好女孩儿，不能给你爸丢脸。他如果还在的话，一定希望你是个好女孩儿，希望你比谁都幸福。

所以我想施恩妈还在的话，一定也希望她做个好女孩儿，希望她能得到幸福。

有时候，父母不能给我们很多东西，虽然他们比不上人家父母优秀、美丽、智慧、会赚钱……但是他们给了我们生命。

不管生活有多么残酷艰难，好好活下去，永不放弃，是对生命最大的尊重。

我一再鼓励施恩不要自甘堕落，既然阿极帮忙，她就该好好去学习，完成她的梦想。

施恩终于哭了，她哭着抱着我，一再地跟我说："叶晨睿，你不知道，生活对我来说，已经没什么意义了。我就是不想死，所以才活着罢了。"

那时候我并不明白施恩为什么要说这般丧气的话，我以为她是一个人活在世上，无依无靠，太过绝望才这么说的。

所以为了让她对生活重拾信心，我紧握着她的双手，慷慨地对她说："施恩，只要你愿意，以后我妈就是你妈。等寒假了，我带你回我家，去看我妈。"

我忘了那场惊天动地的痛哭具体是怎样收场的，但清楚地记得，我跟施恩之间的深厚友谊应该是从那天声泪俱下的促膝相谈开始建立起来的。

05

施恩最后还是想通了，打算接受阿极的帮助去上大学，继续读书。

我让她以后别躲阿极了，把阿极的话传给她听，说阿极不是要她还钱，她不用老躲着他。

施恩笑着摇头，说，晨睿，我躲阿极不是因为不想还钱，我是怕连累他。算命的说我天生孤煞命，跟我在一起的人都没什么好结果，所以你也不要跟我走得太近了。

我听着很不是滋味，嘴上说施恩迷信，心里又对她惺惺相惜起来，觉得施恩跟我一样，都是个孤单的人。

跟施恩分开后，回去的路上，我突然特别地想我妈。她在工厂做工，身上没备手机，宿舍也没电话，平素跟我通话还得等她月底休假，她到外面的公用电话亭打给我才行。

她找我好找，而我找她很不容易。所以就算再想她，我也联系不到她，跟她说不上话。

为此，我感到十分的难过，一个想法在心底骤然生起，那就是等我拿到兼职的薪水后，我一定要给我妈买个手机，这样我就能天天跟她打电话了。

施恩说的没错，她说我最起码还有我妈。

是啊，不管生活有多孤单，但我不是一个人，我还有我妈，哪怕她没法一直在我身边看着我成长，但是我们的心灵是相通的，爱是相通的。

那晚睡在宿舍，我久久无法入眠。回想起白天发生的所有事，一股说不出的心酸在身体里蔓延着，我躲在被窝里，默默地流着眼泪，鼻腔里堵得厉害，万分难受。

后来什么时候睡着的也不大记得了，只记得那一个晚上我做了个既悲伤又温暖的梦。

我梦见我带着施恩回到了乡下的老屋，我妈在井边打水洗菜，我跟她两个人坐在院子里的那棵梧桐树下聊天。

吃饭的时候，我妈摆了一桌子菜，招呼我们过去。

施恩红着眼眶喊我妈叫妈，我妈望着我俩微笑，说欢迎回家。

周六一大早，卞叔叔开车到了学校。怕我再找借口不回去，他亲自来接我。

我坐在他的车上，两只眼睛因为昨晚哭久了，此刻红肿得厉害，怕被卞叔叔看见，所以上车后我一直低着头。

卞都不在，卞叔叔说他跟朋友出去玩了，中午不知道回不回来吃饭。

说这话的时候，他又忍不住数落了卞都几声，大致说的是卞都这孩子一点儿都不听话，整天在外头瞎混，让他们操碎了心。卞都要像夏息一样，安分地玩玩也就算了，但是他出去十次有九次都跟人打架，老弄得一身伤。说到伤，卞叔叔又说起阿极来。

在阿极这件事上，卞叔叔跟卞阿姨难得地达成一致，夫妻俩都不大喜欢卞都跟阿极一起玩，主要还是因为陈叔叔混黑道的缘故，怕卞都跟阿极走得太近出什么事，毕竟卞都没少因为帮阿极打架受过伤。

"晨睿，我听阿极跟小都聊天说起你，说你在西餐厅打工，这事是真的吗？"卞叔叔边开车边试探性地问我道。

我没想到他会把话题突然转到这上面来，被问得有些手足无措，嘴里"嗯"了声，不知道该说什么好。

卞叔叔叹了口气，目光紧盯着前方的道路，语重心长地跟我说："晨睿，其实你不说，叔叔我也知道你心里都在想些什么。你卞阿姨有时候说话是不大好听，但是她就是刀子嘴豆腐心，卞都这孩子跟他妈有点儿像，说话也老是口不对心的。要他们说了什么难听的话，你别放在心上，也别觉得住在卞家受之有愧。当年你爸要是没出事，你现在应该跟小都他们一样，吃穿不愁，被宠着长大。

"你也念了那么多年书了，也清楚我们当初做那些事是违法的，所以大家回来后也没敢提起。就连你爸遇难，本来你妈可以去政府那儿寻求支助，孤儿寡母的，政府多少有点儿补贴的。但大家商量后，还是把你妈拦住了，私下给了你妈一笔钱，让她别说。因为一说，非但你爸要被查，大家都要被查。那笔钱你妈没收，说是你爸拿命换来的钱，那是贪心钱，她不要。你陈叔叔他们都不是热心的人，你妈说不要，他们也就没客气。但我看不下去，就把你接了过来抚养。

"知道这件事的人，都以为我们那次出海寻金寻到了很多金沙，所以才发家致富的，其实不是，那座岛上根本没金子，大家白冒了一次险，你爸还丢了命。真正让我们发家的是海盐，大家发现贩卖海盐可以赚钱，所以回来一起办了个盐场，赚取了第一桶金。

"说白了，就连卞叔叔我照顾你，也是出于私心。那些花在你身上的钱是你妈没要的那笔，你爸要没死的话，盐场也该有他一份，所以晨睿，你不要觉得有任何负担，这是你该享有的。"

等卞叔叔把话说完，我的眼眶早已通红。

卞叔叔让我别在意钱的事，可是，就算那些钱是我爸该得的，留给我的，但我欠卞家的何止是那些钱呢，还有这十年来的养育之恩啊！

卞叔叔又说："晨睿，对我来说，你跟我亲生女儿没什么两样。无论你做什么决定，卞叔叔都尊重你的选择，叔叔只希望你能过得幸福。如果从卞家搬走，兼职赚钱能让你觉得轻松快乐的话，我也不会阻止你。只是晨睿，卞家也是你的家，别忘了常回家看看。"

后来，就算当我对卞家的恨凌驾于爱之上，我还是无法忘记卞叔叔对我说过的那些善意的谎言。

他说，我就像他亲生女儿一样。

就因为这句话，我连恨都做不到决绝。

周六的中午，卞都没有回家吃饭，卞阿姨打电话给他询问缘由，他说跟朋友一起吃了，懒得回来。卞阿姨还想问什么，他就把电话挂了，引得他妈一阵悻悻。

我沉闷地坐在餐桌上，心神不宁地吃饭，都忘记了夹菜，默默地吞了大半碗白饭。

我隐隐有种感觉，卞都是故意不回来吃饭的，他可能是不想看到我吧。

也是，昨天我那么用力地打伤他的手，他对我怀恨在心也是应该的，我兀自幽幽地想。

吃完午饭，卞阿姨赶着去牌局，卞叔叔要回公司。他让我留下来住一晚，正好晚上卞都回来，大家一起去外面吃一顿。

我看了下一旁卞阿姨的脸色，找借口拒绝了，说是期末快要到了，想回学校抓紧复习。

卞叔叔无奈，看我执意要走，也不便强留，开车顺路送我去了学校。

放假的时间总是过得很匆忙，好像都没做多少事，就又是新的一周了。

施恩来学校报到的那天，阿极打电话给我，他是从卞都那儿要到了我的手机号。阿极觉得既然把人救了，就要对人家负责到底，他生怕施恩在学校不适应，要我帮衬点。

现在对我来说，施恩也是我的朋友，就算阿极不特意叮嘱我，我也会照顾好施恩的。

听到我承诺会好好照顾施恩，阿极才放心。还没挂断电话，我就听到他被班主任喊出去罚站，原因是他又在课堂上玩手机，竟然还跟人通话。

我不免为阿极今年能否考上大学担心起来。

挂掉阿极的电话，我打给了施恩，没多久便在校园内找到了四处闲逛的她。

我带着施恩去他们系的校办公室找到他们班的辅导员办了必要的手续后，又带着她把学校逛了一圈，介绍了些常要去的建筑物，最后施恩说肚子饿了，我带她去沁园食堂吃饭了。那儿的铁板烧很好吃，而且不贵。

学校的宿舍没有空床位了，阿极帮施恩在外面的小区里租了间小公寓。

吃完午饭，施恩让我去帮她收拾东西，我才发现阿极给施恩租的那套公寓就在夏息所租的公寓隔壁。

施恩指着夏息的公寓门对我说："陈天极说他朋友住这儿，所以特意给我租在这里，让我有事找不到他的话，就找那个人。我这人不爱麻烦陌生人，想了下，找那人帮忙，还不如让你搬过来跟我一起住呢？"

听到施恩这么说，我立马摇头拒绝。

"还是别了吧，我在宿舍住得挺方便的。"

既然已经决定远离夏息他们的圈子了，还是不要住得太近了。

施恩探寻地看了我一眼，努了努嘴不再强求地说了声："好吧。"

帮施恩整理完房间，都快下午四点了，午饭吃得较早，这会儿我跟她都饿了。施恩问我要不要去校外的堕落街逛下，她坐车过来的时候，发现那条街好长，有好多吃的，想去那儿玩玩。

我来这所学校也快大半个学期了，到小街玩的次数屈指可数，主要是平素都一个人，也没多大玩乐的心思。这会儿被施恩充满好奇的样子所感染，我点点头，答应了。

两个人从小区出来，步行十几分钟才走到小街。没来过这里的施恩，对所有东西都感到新奇，她一路逛一路买吃的跟小玩意儿塞进自己那硕大的背包里，最后塞不下了又塞到我怀里。

我默默地跟着她，无奈地笑着。

来回走了一遍，脚底有些累，施恩拉着我到了一家川菜馆吃川菜。

我其实不大能吃辣，但是施恩很爱吃，买烧烤串和凉粉时，她都一再要求老板多放辣椒，恨不得把所有东西都浸在辣椒粉里才满意。

想起施恩的那些悲伤往事，为了尽量让她开心，我不动声色地跟着她走进了餐馆，入座后由着她点了好几个光听名字就觉得辣的菜。

最终还是没能撑得下去，菜端上后吃了没几口，我便忍不住地泪流满面。

施恩不停地给我递水，拍着我的背，很是愧疚地说："晨睿，你不会吃辣你说啊，干吗都顺着我，快别吃了，我再叫几个不辣的菜。"

我抓着施恩的手，摇头："还是不要了，菜很多了，两个人吃不完，再叫就浪费了……"

赚点钱不容易……还是别浪费了……

没等我把话说完，施恩把手从我的背上移开，豪气地拍着自己的胸脯

说："没事，姐姐我有钱！"

我欲哭无泪地望着她，心想：施恩啊，你的钱也还是阿极给的吧。

但是施恩却像知道我想法似的，突然朝我凑过脸来，倔强地说："晨睿，吃饭的钱我自己还是有的。"

我抿了抿嘴，"嗯"了声对她笑笑。

又吃了会儿，我总感觉有人一直在盯着我们看，施恩也感觉到了，她敏锐地指着右手边那桌在吃饭的男生们跟我咬耳朵道："晨睿，你有没有发现那个戴眼镜的男生一直在偷看你？你认识他吗？"

我顺着她的手指，偷偷地朝那边看了眼，正好撞见那男生的目光。那男生看到我立刻低下了头，清俊的脸色微微地泛红。

我朝施恩摇了摇头，说："不认识。"

施恩咂了咂嘴巴，从凳子上站了起来，几步走到那桌，双手环胸，下巴微扬，表情冷傲地向那桌人质问道："你们谁啊？吃饭就吃饭，干吗老偷看我们？！怎么，没见过美女啊？！"

施恩说这句话的时候，周围其他人都在看着我们，旁边还有人在偷笑。我感到脸颊在不停地发烫。

施恩还在那边跟那群男生理论，一副"你不给我好好解释，我跟你没完"的架势。

桌上的几个男生都在撺掇着戴眼镜的那男生，那男生在施恩的逼问下，满面羞红地站起身来，兀自绕开施恩，朝我坐着的位子走了过来。

所有人的目光都朝我投射了过来。

我不知那人想干吗，全身的神经悉数紧绷起来，困惑地看着他。

他在我的眼前站定，脸上满是青春的痕迹，伸手，弯腰，羞涩地微笑着道："我是刘旋风，叶同学，我喜欢你。"

那是我收到的第一场告白，我脑子里一片空白，拼命地在脑海里搜寻着有关那男生的所有景象，但是徒然地找不到任何蛛丝马迹。

可是那男生却说："叶同学，我们见过的，还记得那次吗，我不小心撞倒了你，还未来得及送你去医院，你就跑掉了。之后在学校里，我又见过你几次，但是都不好意思跟你打招呼，今天终于有勇气跟你说这些话，我喜欢你，叶晨睿，你能告诉我你的答复吗？"

男生腼腆地笑着，旁边响起围观的人起哄的声音。

不明真相的施恩也跟着他们一同起哄，拍手鼓掌喊着："晨睿，快回答他啊，晨睿！"

我耳朵里嗡嗡地响着，大脑无法正常运转，紧张地将双手攥成拳头，目光望向了远方。然后我就看到了卞都，他站在餐馆的门口，准备推门而入，身旁站着上次在医院里见到的那个给他买驴肉火烧的长发女孩儿。

女孩儿的声音很脆，问卞都："卞都，你怎么不进去？"

卞都乜斜了她一眼，又冷漠地瞥了我一下，松开放在门把上的手，转身走了，女孩儿紧跟了过去。

似乎除了我，谁也没注意到卞都曾来过，大家都在等着我回复那男生的告白。

不知道是谁吹了声口哨，餐厅里播放起舒缓的音乐来，在同学的怂恿下，站在我身前的男生突然单膝跪在了地上，再度向我表白道。

我的脸更加发烫了，比起羞涩，我感到更多的是尴尬、困窘、无所适从。

我依旧不习惯应对这种场面，所以迫切地想要逃离。我捂着耳朵，没有回答那男生的话，从座位上站了起来，就要朝外跑。

男生突然伸手拽住我的手，一脸的受伤与恳求。

我想挣扎，可是力气敌不过那男生，根本无法挣开手。

我近乎求救般地望向施恩，可施恩却误会了我的意思，以为我是害羞，还在一旁给我打气，说："晨睿，不用害羞的，被人喜欢又不是坏事！答不答应就一句话，别让人家小哥等急了！"

施恩她，根本不懂我的心。

我怎么可能答应那个人的告白呢，我已经有喜欢的人了。

那个人是……

"砰！"

餐馆的门被重重地撞开，卞都去而复返地站在门口，像座冰雕般满身寒气地出现在我的眼前，垂着眼，定定地望着我被那男生握着的手臂。

仿佛一场冷风暴突袭了过来，我觉得浑身刺骨寒冷，感觉不到一丝温暖，望着卞都的眼里是无奈与痛楚。

卞都看了几秒后，突然嗤笑出声，抬眼紧盯着我，眼里是控诉，是斥责，是愤恨。

"叶晨睿，你好样的！"他说。

我望着卞都，不等我开口解释，下一秒，卞都像飓风一般走到了我的面前，将我从别人的手里拽到了他的怀里，不管我愿不愿意，直接将我拽出了餐馆。

卞都将我拉到附近空旷的空地上，才松开手，一脸不爽地教训我："叶晨睿，你哑巴啊！嘴巴长着用来干吗的？！不喜欢那个人就说啊！被拉着手不会挣开吗？！要是他抱你，你也任由他抱吗？！你怎么就这么蠢呢？！"

本来心里也没觉得那么委屈，这会儿被卞都骂了，我竟然觉得特别难受起来。眼泪一下子涌上了眼眶，低着头不想被卞都看见，不然他肯定又要骂我软弱了。

最后，我只是无声地挣扎着，想将手从卞都的掌心里挣脱出来。

却没想到我这样的小动作彻底惹怒了卞都，我越是想抽开手，他越是

攥得紧。最后我放弃挣扎，抬起红通通的双眼，泪眼模糊地望着卞都，小声地抽噎说："你说的被拉着手要挣开……"

卞都眼里的伤痕顿时暴露无遗，他猛地松开了我的手，对着我呵笑着，说："叶晨睿，你怎么就看不明白呢？！你怎么就一点儿都看不出来呢？！"

卞都他，老说这种让人听不懂的话。

可是，我又不是他肚子里的蛔虫，我怎么知道他在想些什么？

我只能硬着头皮问他："卞都，你到底想让我明白什么，我不知道，你可以说给我听啊！你每次都骂我笨我傻，可是你从来不告诉我你在想什么。"

卞都看着我，目光深谙地问："你确定你想知道我心里在想什么？"

我突然感到害怕起来，想要伸手捂住自己的耳朵，不愿去听卞都接下去要说的话，就怕他一说出口，什么都无法回头了。

似乎看出了我的意图，卞都抢先抓住了我的手，不给我任何躲避的机会，逼近身来，咬牙切齿地说："叶晨睿，如果我说，我喜欢你呢。"

"我从来就没有喜欢过秦一璐，我喜欢的人一直是你，你怎么办？"卞都用力地攥着我的手说道。

我睁大着眼睛，近乎惊恐地望着他，不敢相信自己都听到了什么。

卞都说，他喜欢我。

就像秦一璐说过的那样，他说他一直喜欢的人是我。

但是……怎么会……

"好，你都知道了，那么，现在，该你回答我了。"卞都放开我的手，一脸阴鸷地站在一旁，表情冷酷地逼着我做选择。

"夏息跟我，你选哪个？"

他竟然问我，他跟夏息，我选哪一个？

为什么要让我选？无论是他，还是夏息，我都不敢奢望。他们都是天之骄子，我是卑微杂草，我有什么资格选。

我望着卞都，摇头退后。

我不选，选择权从来就不在我这里。

夏息喜欢秦一璐，所以不管我怎么选，我跟他都是不可能的。

至于卞都……嗝……那是卞都啊……那个我连仰望都需要很大勇气的人，我怎敢奢望……怎么敢……

卞都却不放过我，由不得我继续往后退去，几步上前将我拽进了他的怀里。

我想开口呼救，刚张开嘴，唇瓣就被卞都堵住了，极淡的草木气息瞬间将我包裹住，那是卞都的味道。不管我怎么拼命挣扎，伸手捶打他的脊背，卞都就是不放手。

他用力地啃噬着我的嘴唇，仿佛要把我拆了吞进腹中才罢休。

我的眼泪夺眶而出，一滴滴掉在卞都的肩膀上。

"晨睿，无论你的选择是什么，这是我的选择！我的！生日时我说的一切都是真的，不是拿你当挡箭牌，那是真的，我用心的，鼓足了勇气，挣扎了许久，迟来的告白。

"叶晨睿，以后你只能是我的！"

卞都，依旧是那个霸道的卞都，任性地说着他想说的话，做着他想做的事，从未不在乎别人怎么想。

后来，回首往事时，我还记得，我一生听过的最动情的话，来自于卞都，听过的最伤人的话，亦是来自于卞都。

卞都是我的不可求，我的无力反抗，我的执迷不悟，我的万劫不复……

番外一
BIANDU

卞都

"我从来就没有喜欢过秦一璐，我喜欢的人一直是你！"

是的，就是这句话，藏在心里许久，都没有机会说出来。

内心喟叹了一声，我望着受惊的叶晨睿，一颗心绷得紧紧的，跳得很快。

我有很多话想跟叶晨睿说，可是又怕吓着她。她那么怕我，甚至有点儿讨厌我，不然也不会老躲着我。

但是，我真的很喜欢她啊！

为什么会喜欢叶晨睿呢？她明明那么不起眼，都没有倒追我的女生们一半好看，为什么心里偏偏只放得下她呢？！

没有为什么，因为她是叶晨睿，陪伴在我身旁整整十八年的叶晨睿。

自懂事起，我们就认识了。那时候所有人都住在一个院子里，大人们做事，孩子们玩闹。我永远都是孩子王，而叶晨睿总像只胆怯的小鹿躲在门后面偷看着我们。

起初，我是不喜欢她的。那么沉闷无聊的一个人，跟她玩还不如逗家里的小猫小狗有趣呢。身为一个女孩子，长得还没夏息这个男孩子漂亮，动不动就哭，太矫情。

但变故总是来得让人始料未及。

那天，我跟阿极他们在河里游完泳，上岸各自回家。大家都将瘦弱的身板赤条条地裸露在外，周身就穿着半截短裤。到家后，我就躲在小屋里换衣服。

那个丫头走路竟然一点儿声音都没有，我只听到门外有几声叫唤，声音小得像蚊子叫，以为自己听错了，便继续换衣服，没料到未关好的屋门突然被人推开来，叶晨睿满面惊慌地站在门外，手里还握着根小木棍。

她看看我，我也看看她，两人大眼瞪小眼，是谁先叫出来的不重要。重要的是，她推门的时候，我光着身子，什么也没穿，内裤拿在手里还没来得及穿上。

我又气又羞地对她吼，让她转过身去。看着她满面通红地捂脸离去，我整个脖子都红透了，慌忙地穿好衣服出去。

那时候虽然只有六七岁，但已然有了孩童的羞耻心。

事后再碰到叶晨睿，我因那件事生她的气总骂她笨蛋，而她总是一副可怜兮兮的样子，跟我解释说她什么也没看到，下一句却又开始解释，说她是来送西瓜给我们吃的，但是喊了几声没人应，又听到小屋里有窸窣声，以为是有小偷，所以才拿着棍子冲进来，没想到我在换衣服。

这种并不值得记下的事，那蠢笨的姑娘，后来很长时间见到我，第一句话就是道歉，然后像祥林嫂一般重复地解释。

我实在不想听那种羞耻的事被一次次拿来说，所以每次碰到她，未等她开口，我就先骂声"笨蛋，不要跟我一起玩"此类难听的话，仿佛这样骂了，就会觉得心里舒服点儿。

事实上一点儿都不舒服，因为我发现她怕我了。

夏息跟阿极在院子里玩的时候，看到她，喊她过去，她还会凑上去一起玩，但是一看到我，立刻躲得远远的，好像我会吃了她似的。

喊，她不想跟我玩，我还不想跟她玩呢。

那时候对她也谈不上喜欢，那么小的孩子，懂什么喜欢呢。反正认识

的女孩子也就她一个，不知道她算好看的还是算不好看的。

之后，她爸去世，爸爸把她接到了我们家。

我妈不喜欢她，觉得非亲非故的，为什么要给别人养孩子。我爸则觉得愧对他们家，觉得她爸离世，他也有责任。

在她还未来之前，爸爸妈妈就老为接不接她过来的事吵架，我听得都要烦了。本来就对她没什么好感，也便更加讨厌她了。

爸爸去乡下接她过来的时候，她穿着很土的衣服，梳着难看的发型，跟城里的女生完全不一样，那张小脸比我之前在她爸葬礼上见到时更清瘦了，表情怯懦地躲在我爸身后，看上去怪可怜的。

我妈砸了花瓶又跟爸吵了起来，她躲在门口吓得捂着耳朵发抖，瘦弱的身体蜷曲成一团。

那时候，我突然很想抱抱她，想说晨睿，到哥哥这边来，可是话到嘴边又成了伤人的语言。

"叶晨睿，都怪你！"

我怎么能跟她说那样的话，事后我无数次懊悔，可是又无数次地犯错，无数次地说着违心的话，看着她默默地听完，然后双眼暗淡下去，不发一言。

我被她逆来顺受的样子气到，想让她别这么低声下气，有点儿脾气，别这么卑微。可是每次开口，说出来的话，即使是出于好意，听起来却又带着指责。

小学时，我们上了同一所学校。班上的同学喜欢拿她开我的玩笑，还有人编了歌来唱，说我有个童养媳，胖脸嘟嘟。

我表面看起来挺生气的，不准他们乱说，但是私下又因为这童谣，偷偷打量起叶晨睿来。我觉得那歌编得挺不错的，她现在确实脸胖嘟嘟的，比刚来我们家那儿圆润多了。仔细一看，其实她挺好看的，眉清目秀，温温吞吞的样子比我们班上那些凶巴巴的女孩子好看多了。有时候逗逗她，她虽不会发作但也会生气，眉头不高兴地皱起来，很可爱。

　　我妈从小就教我，要做个有经济头脑的人，给我的零花钱别到处乱花。我童年脑子里最有经济打算的一件事，莫过于就是把叶晨睿养得白白嫩嫩的，然后长大了做我媳妇。如果她嫁给了别人，那我们家就太亏了，白养了。

　　若不是出了那样的事，或许我会对她很好，很好的。

　　高年级同学欺负低年级的同学，这是每个学校都有的事。我四年级的时候，锋芒毕露，招了不少男生忌妒，外加我又不懂得遮掩，树敌太多，大部分都是高年级的。他们拿我没办法，就拿晨睿下手。

　　都说孩子是最单纯的，可是在我印象中的小学生，是很残忍的，无任何道理可讲的残忍。

　　若不是有人跟我泄密，我都不知道她被他们抓了，就知道在私家车里等，想着叶晨睿怎么还没出来，不会又被留下打扫卫生了吧。

　　结果等我冲过去的时候，就看到她跟一个又肥又丑的男生被一群人押着，要求他们亲嘴。

　　我要是晚来一步，那么我绝对不会放过那群人，还有那个一同遭难的小胖子。

　　事实上，我的确也没放过他们。

　　那是我第一次跟人打架，一个人对一群人，即便是无所畏惧，一腔孤勇，但双拳还是敌不过四手，我被打得遍体鳞伤，还好老师及时赶到，才使我的伤不至于更加严重。

　　受了伤，不想回家，要是被我妈看到，肯定又要小题大做，送我去医院了。我不喜欢医院那消毒水的味道，觉得很难闻，何况都是些皮外伤，用不着去医院，就在药店买了点儿药，让晨睿给我敷。

　　她抽抽搭搭地哭着，眼泪好像永远都流不干似的，哭个不停，一个劲地跟我说对不起。可是她为什么要说对不起，该说对不起的那个人是我啊！要不是因为我，她不会被欺负。

　　看到她哭，我心里突然有了个坚定的想法，那就是自己得强大起来，

强大到能保护她。

我越来越会打架，当我以为我能保护她时，却发现自己错了。她离我越近，受的伤害越多。

女人的忌妒心真的让人匪夷所思，学校的那些女生知道她跟我住一起，常常欺负她、骂她，她都是默默地承受着，也不跟我告状。若不是有次被我看到，她被初中部过来的女生推下楼梯，我都不知道原来在我看不到的角落，她一直被伤害着。

那是六年级，我第一次背她出学校，因为她摔伤了腿。虽然她已经比小时候胖了点儿，但是背在身上依旧没多少分量。我总觉得她太瘦，恨不得把所有好吃的都扔给她，让她吃胖点儿，又怕她不敢吃，我都会找借口说是自己不爱吃，留着浪费不如她给我吃了。

背着她到了停在校门口的私家车里，司机开车送我们回去。一路上，我们都在沉默。她一副做错事的样子，耷拉着脑袋，不敢跟我说话。

我每次看到她这样，都是又生气又心疼。

"叶晨睿，你以后离我远点儿，在学校别让我看见你，也别让别人知道我们住一起！我怕麻烦！"

又说了那样伤人的话，只是希望她跟我疏远开来，这样她就不会再被欺负了。

只要我不理她，我对她不上心，我装作讨厌她，就没人再会欺负她了。

那是我年幼时以为做得最对的决定，也是我后来最懊悔的决定。

因为她真的与我疏远了，她把我的话当成圣旨一般履行着，上初中后，在学校我几乎看不到她，就连毕业后，同学在我家玩，看到我们的初中毕业照，有人还指着角落里的她惊呼，说她跟我们在一所学校吗？

嗬！她听话得竟然让我觉得恼火，可明明是自己说出去的话。而且，确实自那之后，她就像隐形人般存活在校园里，没多少麻烦找上她了。还是说，她依旧被欺负着，只是她没有告诉我。

熬到大学就好了，那时候大家都长大了，都不似以往那般幼稚了，人人都有自己的生活，自己的梦想，不会把太多注意力放在别人身上了。周围都是陌生的人，他们并不了解我，也不了解晨睿，只要到那会儿，我想跟她在一起，没人再会做那些无聊的事了，我也有足够的能力保护她。

高中那三年，我都是这般告诉自己，心里万分煎熬，却又不得不继续装着对她冷漠。

倘若，夏息没有出现的话，那么，她一定是我的。

一定是……

家里办聚会，周围很吵闹，阿极他们嚷嚷着喊我一起打台球，我毫无兴致，遍寻过去找她的身影，却在她的房间里找到了那封藏在日记本里写了一半还未送出去的情书。

致夏息……

在我迫切地想要把藏在心里已久的心意告诉她时，她却喜欢上了夏息。

她怎么能喜欢上夏息呢？

她在我身边十几年，怎么能喜欢上突然重逢的夏息呢？

像有团火在我的胸口猛烈地灼烧着，我疼得有些无法呼吸，手紧紧地攥着那封信去找她，最后在花园里看到了跟夏息聊天的她。

聚会上的喧嚣与他们无关，他们两个人就这么闲适地坐在橄榄树卜，有说有笑地聊着天，无视夏日的炎热，仿佛自有清风徐来。

她注视夏息的眼里有着我从未见过的光芒，让我忌妒得抓狂。

我想冲上去把她拽过来，不准她这么看他，我不准。

可是，没等我冲过去，秦一璐就出现了。

那个女孩儿，像蝎子般狡黠妩媚。

她笑着问我，你是不是喜欢她？

喜欢她吗？喜欢叶晨睿吗？

是！是！

我喜欢！

从小就喜欢。

内心有个声音在剧烈地叫嚣着，话到嘴边未说出口，秦一璐又泼了我一盆冷水，残忍而又直接地说，可是她好像喜欢夏息哎。

她喜欢夏息啊！

是啊，她喜欢夏息啊！

那一刻，手中握着的信早就被攥得惨不忍睹。像有针刺在我的胸膛上，我隐隐感到刺痛，还有舌苔被咬破带血的苦涩。

她怎么能喜欢夏息，而不喜欢我呢？

"你喜欢她吗？"秦一璐又问了我一遍。

我攥紧了拳头，不愿再看院子里谈笑风生的他们。

"不喜欢。"

我不喜欢叶晨睿，因为她也不喜欢。

这是十七岁的我不容被践踏的骄傲，我说我不喜欢，可是心里却又在自嘲地笑，这是多么可笑的谎言，连我自己都不相信。

"那好，我喜欢你。"秦一璐说，说得那么大声，那么响亮，引来了所有人的目光，唯独吸引不了还在院子里的她跟夏息。

又被表白了，可说喜欢我的人不是她，所以，没什么可快乐的。

我兀自上了楼，没有回答秦一璐的喜欢，身后是阿极他们的调侃声，很烦人。

那阵子心情很不好，很想追问叶晨睿，为什么喜欢夏息，而不是我？

然问不出口，就怕从她嘴里听到不想听的话，伤到了自尊。

心里像食了黄连一般苦涩难言，又怕见到，怕自己忍不住想从她眼里寻找她看夏息时的那种目光，所以只能一天天在外跟朋友瞎混。一次，我在陈叔叔的酒吧碰到了几个不入流的小流氓，听着他们吹嘘不久前做过

的一件大事。

　　从他们嘴里我听到了晨睿的名字，终于明白了她为什么会喜欢上夏息。

　　那天，我为什么要去参加班级聚会，为什么不陪她一起回家，为什么在那样的时候，出现救她的那个人不是我呢？

　　一再地说要变得很强大，要护她周全的我，成了自打嘴巴的笑话。

　　他们说她当时有多绝望，可是，我却没有出现。

　　没有……

　　她就是这么喜欢上了夏息，那个在她最需要的时候出现的男人。

　　我拥有夏息比不过的跟她相守的岁月，却比不上在她最渴望人帮助的时候，夏息出现的那几分钟。

　　所以，我只能当个失败者，只能借着酒意把那群人打得半死，只能事后推开拦架的阿极，一个人躲在江边哭得像个被抢了最珍爱的玩具的孩子。

　　我输了，是我自己输掉了她。

　　她喜欢夏息，可夏息喜欢秦一璐，秦一璐喜欢我，我却爱着她。

　　只要我爱的女孩儿一生平安喜乐，我可以放手，让她追寻她的幸福。

　　所以，在那次开学大典，众目睽睽下，我接受了秦一璐的告白。可看着晨睿一路寻找着失落的夏息，看着她为夏息掉泪，我心如刀绞。

　　我以为，只要我放手，她就会幸福，她就能跟夏息在一起了。可是，夏息却来求我，让我跟秦一璐分手，说他有多喜欢那个女生，喜欢到没了自尊。

　　我跟秦一璐分手，不是因为夏息的请求，而是我意识到夏息对秦一璐的执着有多深，不亚于我对晨睿的。他那么爱秦一璐，他的一颗心里都是秦一璐，哪还有空地留给我的晨睿。如果是这样的话，那我的女孩儿，她怎样才能幸福。

　　既然夏息不要她，那我就不该再让步了。我已经错过了一次，输给了夏息一次，放手了一次，而这一次，我绝不会再放手了。

可是晨睿啊，这个笨蛋，她怎么能一次又一次地伤我呢？

怎么能从我家搬走，住在夏息那儿，还穿着他的衣服？怎么能在我的面前，不要命地去救夏息？

又怎么能在秦一璐质问她，我对她的意义时，她回答的是朋友！

对她来说，我只是朋友吗？

我只是朋友吗？

她怎么可以，在我对她掏出了整颗心后，却对我毫不动心呢？

不想再因她受伤，所以我告诉自己就这样吧，退回朋友线上，做她希望的朋友。不要再越界，不要再多爱一点儿。

因而在医院强装冷漠，她来时故意不看她，就怕自己忍不住心软，却又在她哭着跑开之后，忍不住赶走了所有的朋友，慌忙地去找她。在找不到她时，感觉心被掏空了似的，人茫然得不知怎么办才好。

看着她在冷风中瑟瑟发抖地发传单，对她发火，看她难过地跑开，又忍不住捡起那些被丢弃的传单，一个人默默地发着。

朋友的妹妹缠了我好几天，要吃川菜，又碰到了她，她被男生表白。我明明已经离开了，可还是忍不住退回来带走她，厚着脸皮地逼她选择，是夏息还是我？

是夏息还是我？

是我给的问题，是我等着回答，却又不敢听她的回答，就怕她选的那个人不是我。

所以在她要开口的那一刻，就冲过去吻住了她，决然地告诉她，她是我的，是我的。

夏息说真的爱一个人，可以不要自尊的，不要骄傲的。

我想，我真的是爱惨了叶晨睿，所以一次次为了她放下了自尊与骄傲。

可是她呢？

会爱我吗？

以爱之名
YIAIZHIMING

第五章

施恩打电话过来的时候，我正被卞都拉着坐在一辆不知道前往哪里的出租车上。上车前，卞都跟司机耳语了几声，我没听清他们都说了些什么，手就被卞都抓着上了出租车。

"叶晨睿，你在哪儿啊？那谁神经病啊，到底把你拉哪儿去了，我在附近找了一圈儿都找不到你人！"施恩在电话里激动地咆哮着。

我偷偷地看了眼坐在身侧闭目养神的卞都，目光又落在那只被他一直紧握着没有放开的手上，微微地叹了口气，用闲置的另一只手拿着手机，小声地回施恩："施恩，你先回去吧，我有点儿事。"

"什么事啊……"

施恩还在追问，卞都的身体突然动了下，朝我靠了过来，微微睁开了眼，淡淡地看了我一眼，垂下视线，伸手环住了我的腰，像那次在KTV时那样，半躺着睡在我的怀里，再度闭上眼，咕哝了声："好吵。"

我看了眼手机，施恩的声音在里面聒噪地响着，我却匆匆跟施恩说了声对不起后，挂断了电话。

出租车在宽阔的柏油马路上极速地行驶着，穿过拥挤的车流，独自开上了一条荒无人烟的大道。夜幕被拉了下来，深蓝色的夜空中飘浮着缥缈的白雾，凄迷缱绻，更显得四周的环境孤寂阴冷。

我却丝毫不觉得害怕，或许是因为卞都就在身旁吧。

垂眼静静地望着睡着的卞都，我没有查看他是真睡还是假寐，只是兀自幽幽地想，卞都他，到底是怎样一个人呢？

在对我做了那样的事后，他怎么能什么话也不说，也不解释，就这么睡着了呢？

这不是我第一次想这个问题，也不是最后一次，这个问题，在往后很长的一段岁月里一直伴随着我成长，我越是深究下去，在卞都的囚牢里就陷得越深。

车内的气氛很沉闷，司机百无聊赖地抽着烟，车窗被拉了下来，烟雾袅袅地从车窗飘浮出去，混杂在奶白色的雾气中，是雾是烟难以分辨。

车上山了，卞都发出轻微的鼾声，像孩童般抓我的手指不放。

他是有多久没睡了？

我将手臂换个姿势，为了让他睡得舒服一点儿，然后抬眼眺望外面的天空，只能看到斑驳的黑色树影，再无其他。

周围一片沉寂，可我的脑子里却思绪涌着，像涨潮时澎湃的海浪。

卞都说他喜欢我，即使真的让人觉得难以置信，可他就是这么说了，一点儿也不像是在开玩笑，表情是那么认真。他说他喜欢我，让我待在他的身边。但我不可能留在他身边的，不是因为我喜欢夏息，就算我心里装着夏息，我也从没想过能和夏息在一起。我跟卞都的事跟夏息无关，卞阿姨知道卞都想要跟我在一起，是绝对不会答应的。

冷静地想了一会儿后，我觉得我很有必要跟卞都好好谈一谈。

车驶了漫长的一段路后，终于停了下来，下车的时候，我终于知道卞都带我来哪里了。

/ 111

这是江都北山口的一座悬崖。

司机说了声："到了。"

卞都从我的腿上移开了身体，揉了揉惺忪的睡眼，付了钱，拉着我下车。

似乎觉得大晚上跑这儿来的人挺不正常的，司机怪异地看了我们一眼，但是没有说话，掉转车头开车下山了。

大腿被卞都压了一路，麻得我有些站不稳。见我摇晃地要跌倒在地，卞都快速地伸手扶住我，揽住了我的腰。

无心顾及我跟卞都之间亲密的肢体接触，我用手紧紧地抓着他的胳膊，问："卞都，你到底想干什么？"

"想让你陪我看日出。"卞都说，"去年我让人在上面修了座小木屋，在山路上安置了路灯，当作自己的十八岁生日礼物，准备以后看日出的时候，晚上就睡那里。"

"可是卞都，我不想看日出。"我小声地说道，在卞都的怀里挣扎。

卞都双手大力地钳住我的肩膀，迫使我转过脸去看他，阴冷地笑着，说："叶晨睿，这事由不得你，出租车走了，我让他明天早上再来接我们，你这会儿就算要走也没法走了。"

我有些生气地瞪他。

卞都不以为意地扬起嘴角，拉着我继续往山顶上走："就当是你这些年欠我的生日礼物，我生日，你从来都没送过我礼物。"

卞都的话像石头般砸在我的胸口，心脏泛起细微疼痛来。

不是不想送他礼物，他生日，我都会手工制作些小东西放在礼品袋里准备送给他。但是每次看到其他人送他的昂贵东西时，就觉得自己做的那些东西粗陋得拿不出手来。我怕送出去被卞都的朋友们嘲笑，于是每次都只是做了藏在自己的书柜抽屉里，没有送出去。

"卞都，我给你发了祝福短信啊！"望着卞都稍许失落的背影，我急于出口辩解道。

卞都突然停下了脚步，回头恶狠狠地瞪我，抓狂道："短信才一毛钱！在你眼里我就值一毛钱吗？"

我理亏地低下头，心里嘀咕着，人的心意是不该用金钱来衡量的。但想想这些话跟卞都说了他也不会明白，见惯了高档礼品的卞都，怎会知道为了这一毛钱的短信，我打了多少次草稿，最后编辑好才敢发过去。

"卞都，我们能谈谈吗？"

卞都松开我的手，继续往前走，仿佛要与这黑色的天际合为一体。

我僵立在原地，忍不住出声喊住了他。

卞都没有回头，他似乎猜到了我要跟他聊什么，加快步伐走到了山顶，站在悬崖边上，声音混杂在凛冽的冬日晚风中，传递到我的耳朵里，像刀一般刮着我的耳膜。

"叶晨睿，我说过了，从今天起，只要我想，你就得陪在我身边，哪儿都别想去。你要敢拒绝的话，我就从这里跳下去！"

卞都他，霸道得近乎无耻。

我转过身去，不想理他。其他什么事，我都可以迁就他，可是这件事不能。

卞都他不是小孩子了，他不该这么任性地决定他人的人生。而我是个人，不是他说喜欢的时候就可以宠着，不喜欢的时候就可以丢掉的玩具。

说爱一个人，是要负很大责任的。卞都说想跟我在一起，是一秒、一分钟、一个月、一个季度，还是一年、一辈子……

很多话，说的人只说了几秒的时间，听的人却记了一辈子。

我不愿接受卞都的心意，不是卞都不够好，是我自己的原因。我不够美丽，不够聪明，家世不够显赫……最大的原因，还是我不够坚强。

原谅我长了一颗脆弱的心脏，太容易受伤。

我怕我听信了卞都的话，忍不住心动了，去爱了，他却不要我了，那么一颗已经送出去的心还怎么完好无缺地放回自己的心室里。

身后传来巨大的声响，我悚然一惊，脚步再也迈不动。

惊慌地转过身去，看到空无一人的悬崖时，我的眼里仿佛能流出血来。

卞都他，总是这么任性。

我快速地冲到悬崖边上，跪倒在地，胡乱地朝下伸出手去，大声地哭喊着卞都的名字，眼泪不停地从眼眶里渗落出来。

"卞都——

"卞都——

"……"

不管我怎么呼喊，回答我的只有空寂山谷里我自己的回声，还有东西不停坠落擦过悬崖峭壁上的树枝发出的摩擦声。

"卞都，你为什么要这样？！为什么？！不就是个人吗，你要的话，我给你，你要什么我都给你。卞都，你不要……"

我睁着胀痛的双眼痛哭着，眼睛死死地望着悬崖下方，除了黑乎乎的树影外，根本看不到卞都的影子。

万念俱灰之下，我却骤然平静了下来。

我想，如果卞都因为我死了的话，那我就跟他一起死了好了。

这样的话，我就不用回去面对卞阿姨他们了，不用怕被卞阿姨骂了，也不用对卞叔叔觉得愧疚了。

想到这些，我站起身来，俯身准备往下跳。突然，手被人拽住了，一个巨大的旋转，我摔进了个温暖的拥抱，抬眼，便看到了在路灯下微笑的卞都。

卞都恶作剧得逞般朝我得意地笑着，说："叶晨睿,你刚说的话能当真不,我要什么,你都给我？"

"啪！"我另一只没被拽住的手，不受控制地抬了起来，用力地朝卞

都漂亮的脸蛋儿上打了过去。

卞都的头偏向了一边，然后他很快地转过头来，愤怒地瞪着我。

我望着他，泪水润湿了整张脸，伸手用力地捶打着他的胸膛。

卞都大力地抱紧我，任由我在他的怀里发泄，却不让我走。

最终，我精疲力竭地停下了手，手抓着卞都的衣袖，哭得喘不过气来。

"卞都，求你不要再吓我。"我近乎哀求地说。

卞都将我拉离开来，红着眼眶用力给我擦眼泪，然后又俯下身来，用力地亲吻我。

就这样吧，如果卞都要的是这些，就都给他吧，就当是我报答卞家照顾我十年的恩情。只要卞都高兴，他想做什么就做什么吧。

我自暴自弃地想，闭着眼承受着卞都的热情，连反抗的力气都没有了。

那天晚上，卞都带着我去了那间他精心设计的林间小屋。那个晚上，我感到说不出的冷，卞都抱着我坐在火炉前，我蜷曲在他的怀里瑟瑟发抖。

他不停地亲吻我的额头、脸颊、唇瓣给予安慰，我慢慢地睡去，做了个极不安稳的梦，梦中的情景早已不记得，只记得那晚，卞都贴在我的耳畔温柔地哄着我，说："别怕，晨睿，我是在爱你。"

别怕，晨睿。

别怕……

翌日醒来，天已经亮了，阳光从小屋的窗户穿透进来，屋内只有我一个人，卞都不在。

说好看日出的，可是这太阳已经出来了，还看什么呢？

我起身从小屋里出来，不知道是不是昨晚受了凉，脑袋有点儿昏沉沉的。我在周围找了一圈儿，都不见卞都的影子，最后我走到了悬崖那儿，终于找到了独自坐在崖边上的卞都。

"卞都！"我出声喊了下他，喉咙微痛，声音带着沙哑。

闻声，卞都回头看我。

我永远也忘不了那时的场景，光从天际直直地打在卞都清瘦的身躯上，他整个人沐浴在阳光中，黑色的碎发被寒风吹得不羁地飞舞，好看的嘴角微微地上扬。光太强烈，使他的表情显得有些模糊，我看不清卞都那时的神态，只看到了他眼底闪烁的泪光。

后来，我隐约记起那晚在小屋里发生的细枝末节，才明白那日卞都之所以那般悲伤，原因是在于，那个晚上，被冷风冻得发烧的我说了一夜的胡话。即使在睡梦中，我也一直喊着夏息的名字。

夏息，救救我！

是夏息，而不是卞都。

可是卞都，从来不告诉我这些。

坐车从山上回来，一路上，我昏昏沉沉的，都在睡觉。卞都抱着我，不停地用手试探我的体温，然后催促着司机。我整个人像浸在水缸里似的，全身都在出汗，又热又冷。

醒来的时候，我发现自己躺在医院的病床上，旁边睡着施恩。

手臂发麻，我略微动了下，施恩醒了，睁开眼看到我，劈头盖脸地朝我骂了过来。

"叶晨睿，你总算醒了，你知不知道你睡了多久啊！猪都没你这么能睡的，你要再不醒，那卞都估计要把这医院砸了。"

我看了眼四周，问她："卞都呢？你怎么会在这儿，我睡了很久吗？"

"发烧睡了两天，你说久不久。卞都被陈天极给拉走了，他在你这边守了两天都没合眼，眼睛里全是血丝，阿极看不过去，硬是把他给拽走了，让我留下来陪你。你真是吓死人了，那天你们到底去哪儿了啊，到底都做了些什么啊？！好好的怎么会发这么严重的烧，四十度哎，医生说你再不

醒估计得烧坏脑子了，到时候得通知你家长过来了。不过，现在还没告诉他们呢。陈天极说是因为你卞阿姨太多嘴，怕她胡乱说，你卞叔叔跟你妈知道肯定要担心，你情况还未定，所以暂时没告诉他们。

"对了，你知不知道现在校内都传疯了，就是你被告白，然后卞都拉着你走的事，现在大家都在猜测你们到底是不是一对，还扯出了那什么秦一璐和夏息。我看八卦论坛上你们之间的关系网，看得头都晕了，不就是谈个恋爱吗，你们的关系要不要搞得这么复杂……"施恩像只麻雀，在一旁聒噪着。

我浑身乏力，提不起精神，就这么躺着听她说话。

自顾自地说了会儿，看我累得都说不出话来，施恩终于安静了下来，凑过来问我："晨睿，你饿不饿？"

我摇摇头。

施恩严肃道："不行，你这两天都没吃东西，就挂点营养剂，身体太虚弱了，我得出去给你买点东西好好补补。你一个人先在这儿躺着，我喊陈天极过来和我换个班。"

我伸手拦住施恩："别喊阿极了，他还要上课呢。"

"就他那个德行，一个老逃课的复读生多上一节少上一节能有多大区别。"施恩极为嫌弃地说道。

我拗不过她，只能任由她给阿极打电话。

施恩潇洒地走掉后，我独自躺在床上，疲倦地又睡了会儿。不知道睡了多久，感觉脖子那边痒痒的，像小猫的胡须摩挲着我的皮肤，我忍不住睁开眼，转过头去，便看到了满脸灿烂微笑的阿极。

阿极手里拿着副毛绒手套，是可爱的猫头形状，肥嘟嘟的腮帮两边竖着几根软软的胡须。刚才他就是拿这东西挠我痒痒。

"晨睿，送你的，昨天冬至了，天冷了，你体质不好，得记得御寒。"阿极把手套丢到我的怀里，然后拉开一旁的木椅，跷着二郎腿坐了下去。

我将枕头拿了出来，放在身后靠着，坐起来跟阿极聊天。

"阿极，你不上课吗？"

阿极"哈"了声，脑袋东张西望地装作没听见，扯开话题说："晨睿，你觉得施恩怎么样？"

我被成功转移了注意力，皱着眉头，不解地问："施恩她怎么啦？"

"不是她怎么了，我是问你觉得她这个人怎么样。晨睿，你果然是烧糊涂了，更呆了。"阿极朝我嬉皮笑脸道。

"施恩她，挺好的。"我垂头冥想着，幽幽地回答说，"也挺可怜的。"

阿极点点头，附和道："脾气也挺糟糕的。"

"阿极，你是不是喜欢上施恩了？"看阿极那个样子，我忍不住多嘴问了声。

阿极突然收了笑，表情看上去认真而又苦恼，抓了下头发，向我求问道："我也不知道是不是喜欢她，我之前也没谈过恋爱，也不知道什么叫喜欢。我喜欢的人可多了，但是不讨厌施恩是真的，总觉得她跟别人不同，起初救了她只是一时意气，后来听说她的经历，又觉得她挺可怜的，这世上她一个亲人朋友都没有了，是个彻底的孤儿了。我这人，从小就看不得那种没爹没妈的孤儿，看得心会特别难受，会想到自己，然后就恨不得把所有好东西都给他们，看不得他们受一点儿委屈。对施恩，我就是那样的。看她就好像看我自己，她就像我的一面镜子，从她身上，能看到我的一切，我的放浪不羁，叛逆轻狂，还有被抛弃的悲哀。"

"阿极，你不还有你爸吗？你还有好多朋友，你不是什么都没有啊！"我安慰阿极说。

阿极点点头，脸上的神情又变得明媚起来，露着两颗小虎牙对我笑道："是啊，我老子不算，我还有卞都他们，晨睿，我没事。"

我突然很想摸摸他那头夸张的头发，说声："阿极真乖。"

"当你喜欢上一个人，你看他时的眼神跟看其他人时的不一样，你的眼睛好像会发光一样，眼里只剩下了他。"我幽幽地说道，回想着自己喜欢一个人时的心情。

阿极在一旁赞同地点头，激动地说："有，有，我看到红烧肉时就会两眼发光。"

我哭笑不得地看着他："阿极，施恩不是红烧肉啊！"

阿极似懂非懂地点点头，然后狡黠地朝我眨眨小眼睛，调皮道："晨睿，我明白了，喜欢一个人会有生理冲动，我看到施恩就想抱她亲她吃了她，我觉得我是喜欢施恩的。"

我被他说得脸颊有点儿发烫，不禁红了红脸。

好像阿极这么说，也没啥错。

病房的门突然被人拉了开来，施恩满面羞红地站在门外，怒瞪着阿极，手里拎满了东西。

阿极看到施恩，就像小狗看到了主人似的，蹦跳地冲了过去。

施恩把东西全朝阿极身上砸了过去，红着脸骂道："你脸皮钢板做的，害不害臊！"

施恩羞涩地跑掉了，阿极将东西放到了我床边，抱歉地说了声"晨睿，对不起"后，匆匆追了出去。

我羡慕地望着他们，慢慢收回了目光。

那或许就是爱情最初的模样，单纯又美好。

只是我的爱情，它是四月催生的七月果，味苦涩。

04

人醒了之后，烧就退得快了。

施恩帮我到学校里请了病假，这几日一直都是卞都在照顾我。对于生病的原因，我们彼此心照不宣。

　　施恩在阿极给她租的小公寓里给我熬了好几天的鸡汤，一直催着我进补。阿极在一旁艳羡着，说晨睿，让我尝一口，就尝一口，每次刚开口，就被施恩拽着耳朵骂，说你多大一个人了，还跟病人抢吃的。

　　挨了骂的阿极可怜兮兮地躲在墙角画圈圈，看到卞都便跑过去跟他抱怨，卞都总是一个字："滚！"

　　夏息不知道从哪里得到的消息，听说我住院后，跑来医院看我。他来的那天，施恩跟阿极都各自回学校上课了，卞都回了趟家里，好像卞阿姨有事找他。

　　卞阿姨他们还不知道卞都想要跟我在一起，不然总免不了一番吵闹。不过算了，这些都不是我所能掌控的事，卞都决定的事，谁也更改不了。我所能做的，只是继续迁就他，走一步算一步。幸福也好，悲伤也罢，生活对我来说，不过是得过且过。

　　卞都买了张躺椅放在病房的窗户那儿，我一个人坐在那儿看窗外的景色。那天是阴天，也不好出去散步晒太阳，只能待在病房里发呆。

　　我觉得自己好得差不多了，可以出院了，但是卞都不放心，硬是让我多住了两天。

　　门外响起敲门声，我以为是卞都他们回来了，但又转念一想，卞都跟阿极和施恩他们都不是会敲门的主，不是他们会是谁呢？

　　疑问很快就被消除了。

　　夏息的声音从门外传来，问了声："晨睿，你在吗？"

　　"在。"我慌忙地应了声，人从椅子上跳了下来，手忙脚乱地整理着自己的衣服跟头发。

　　门被推开，夏息抱着束花走了进来，墨绿色的大衣被他穿得出奇的好看。

　　其实他穿什么都好看。

　　我心里暗自加了句，尴尬地朝夏息笑着，不知道该说些什么好。

　　夏息将花帮我插在一旁的玻璃瓶中，回头对我道："我听阿极说你生

病了，所以过来看下。现在好点儿了吗？"

"好多了，明天就可以出院了。"我连忙点头说。

夏息笑笑，让我坐回床上，光脚踩在地板上寒。

我低头一看，才发现自己竟然忘记了穿拖鞋。

在夏息的注视下，我尴尬地躲回了被窝。

跟夏息在一起，我习惯性地垂着头，大多是因为自卑，不知道该怎么面对他。

见我低头沉默着，夏息勉强地找了点话题跟我聊了下。我们都是性子比较闷的人，所以没聊几句又都没话了。

没多久，夏息的手机响了，是秦一璐找他。我听到他接电话的时候，喊了声"一璐"，说话的语气也是十分的温柔。

在外头接完电话回来，夏息说他要先走了，秦一璐找他有点儿事。

我微笑地对他说了声："好。"

夏息走后，我一个人坐在病房里，伸手慢慢地摸向左胸心脏的位置。那里不再像以前那样，看到夏息就跳得飞快了。

是死心了吗？

出院的那天，阿极嚷嚷着要去庆祝，吃顿好的，帮我去去晦气。施恩在一旁嘲讽他，说你又没生病，去什么晦气，让晨睿先回去休息，病刚好别多折腾。

我安静地站着，望着他们微笑。卞都在路边拦车，朝我招了招手，我走了过去。他拉着我上了车，完全无视还在吵闹的阿极他们。

坐在车上，我一再地回头望着，阿极跟施恩两个人反应过来后，追着车跑，咆哮着在喊着什么。

卞都乜斜了他们一眼，说："别理他们。"

我悻悻地收回目光。

本以为直接回的学校，出租车却驶进了学校附近的一个小区。卞都带着我到了一幢公寓楼下，拉着我进了电梯。

"以后，你就住这儿。"

203 的房门被打开，卞都站在门口，对我说道。

我惊愕地望着他，他又加了句："我也住这儿。"

"我们不能这样，卞都，卞阿姨他们知道会生气的。"我心狂跳着，害怕地说。

"他们知道是早晚的事，你在担心什么？怕我妈阻止我们在一起？还是怕我爸说什么？还是，你那天晚上的承诺是假的，你根本不想跟我在一起？"说罢，卞都别过脸去，声音放柔了些，别扭道，"反正你不用多想，你只要安心待在我身边，其他我都会处理好的。"

我看了下卞都眼底浓重的黑眼圈，默不作声。

卞都他一定很累了吧，那么努力地把我拴在他的身边，很累吧。

算了，他高兴就好。

我想去宿舍拿东西，卞都说不用，这里什么都有，你的衣服也有。

卞都边说边带我去房间，拉开衣柜，满满都是衣服，一半男装一半女装。那些女装都是卞都给我新买的，他说我那些衣服早该换了，都看我穿了好几年了。

我静静地听着，看着卞都在公寓里转来转去，跟我介绍家具的摆置。这像极了一个家，很温馨，但是又太梦幻了点儿，让人感觉不大真实。

最后卞都停下脚步，站在我的面前，表情真挚地跟我说："我存的钱，盖完山上的小木屋和买完这套公寓没剩多少了。这套房子虽然比较小，但是跟我爸妈无关，你可以安心住，不必有什么心理负担，不用觉得对不起任何人。等以后我有了钱，再给你买间大的，把你妈接过来一起住。"

我眼眶泛红地望着卞都，说不感动是假的。

有那么一瞬，我真的心动了，我跟自己说，叶晨睿，你何德何能，让

卞都为你做这些。这样的男孩儿放在你面前，你都不想要，你还想要什么呢？

可是……正因为他是卞都，所以我才无法放开心去接受他。

卞都他那么优秀，他可以配得上很好很好的姑娘，他只是一时犯了傻，才会觉得自己喜欢我。跟我在一起之后，他应该很快就会厌倦的，会觉得跟我这样的人生活在狭小的空间里，是那么的枯燥无趣。那时候，他就会想走了。

在他自己厌倦之前，我所能做的，也只有尽量配合他。

很久以后，我才发现，原来我对卞都，潜意识里有种特别的纵容。

大学跟初高中不同，那些有关卞都那种风云人物的八卦就像是风，传得快，去得也快。

一天二十四个小时，绝大部分的时间，卞都都跟我在一起。早上一起在公寓吃完早餐去学校上课，他有课的时候，如果我没课，他就拉着我一起去上他们系的课；我有课的时候，他要没课，他必定跟着到我们班上课；倘若那个时间段大家都有课，若那节课比较重要的话，卞都会去上，不然他就翘了他的课，依旧跟我一起上课。

两个人像连体婴一般同进同出，就算没人八卦地传，可长眼睛的都知道卞都跟叶晨睿在一起了。

学校BBS上还有关于我、卞都、夏息以及秦一璐的爱恨情仇讨论帖。言论大体分为两派：一派觉得叶晨睿是小三，绿茶婊典型代表，插足卞都跟秦一璐的感情，致使分手，还装无辜说跟卞都没什么关系，没关系怎么又搅和在一起了；一派觉得叶晨睿真的是无辜的，卞都跟秦一璐分手，是秦一璐劈腿夏息的缘故，众所周知秦一璐跟夏息关系向来不清不楚，暧昧得很。

我是从不逛校内八卦论坛的人，之所以知道那些，还得拜施恩所赐。

施恩很快地融入了大学生活，在学校BBS玩得风生水起，即使来这所

学校的时间比较晚，但是校内的大小八卦她几乎全补足了。

卞都嫌施恩太聒噪，不搭理她就够闹了，搭理她更烦人，他不喜欢施恩，施恩也不喜欢他。施恩觉得卞都这人太傲，公子哥脾气，好听点叫清高，难听点叫装逼。

所以在江都，除了阿极外，跟施恩算得上朋友的人，或许也就只有我了。

空暇的时候，施恩都爱找我聊天，但是她跟我见面，卞都必在一旁，他俩互相看不顺眼。因而施恩找我聊天时，她宁愿给我打电话，一聊就是大半个小时，大多都是她一个人在说，我安静地听着。

卞都偶尔会在我面前数落施恩，说她是一个不知道从哪里冒出来的小痞子女，惹了黑道上的人，过去不干净的，长得就跟一焦炭似的，多厚的脸皮黏着阿极那傻小子，心安理得地花他的钱。

我让卞都别这么说："施恩是个可怜的人，阿极也是。阿极喜欢施恩，他想对施恩好就由着他，而且施恩长得挺好看的。你这些话跟我说没关系，别当着施恩或者阿极的面说，他们不像我已经习惯了，听了不会放在心上，阿极他们会难过的。"

每当我这么说完，卞都都会若有所思地望着我，好像我脸上写着什么东西。我问他"卞都，怎么了"，他却总是摇摇头，说没什么。

卞都买下的公寓是一室一厅一卫的，卧室里就一张床，一开始我还在担心晚上怎么睡觉，想起阿极说的喜欢一个人是有生理冲动的，我一颗心就不得安稳。

然同住的第一晚，卞都便一声不吭地从衣柜里抱了床被子，搬到沙发上睡了，此后的每一晚都是。

入冬天寒，客厅即使开着空调，晚上睡在那儿还是会冷的，可我又开不了口，让卞都一起睡卧室。想跟他换，他睡卧室，我睡客厅，想来卞都也不会答应，最后我只好半夜偷偷起来，给他盖下被子，加床毛毯。

那时候我天真地以为，只要卞阿姨没听到风声过来寻事的话，就这么

跟卞都生活下去，日子也是挺平和安稳的。

若不是发生了那样的事……

不知道是卞都命令他那些朋友别在他妈面前乱说话，还是卞阿姨忙于其他事，减少了对卞都的关注，反正没见她来跟我们闹过。

唯有一次，她不知道从哪里听来的风声，打电话像上次那样质问我，我是不是跟卞都谈恋爱。

我看了眼坐在客厅的沙发上专心打游戏的卞都，看他没注意我，便拿着手机到了阳台上，对卞阿姨撒谎说，没，没有。

卞阿姨说："没有就好，那个晨睿，小都说你们要期末考了，你要学习忙的话，双休就别回来了，反正你卞叔叔又出差去了，没人会非要你过来，你也不用吃饭的时候，对我们摆着张脸，有意见的话可以直说啊。"

我急忙解释，说："我没有，阿姨，我对你们没什么想法的，你别多想。"

卞阿姨哼了一声，说："没有就好，反正我也不知道你们这群孩子心里都在想些什么。小都也真是的，一个礼拜没回来几次，天天喊着住朋友家，除了阿极谁会天天留他住，要是被他爸知道他老跟阿极那臭小子玩，肯定又要唠叨了。那你有什么话想跟我说的吗，没有的话，我就挂了，卞都姨妈们喊我打牌。"

我应了声，等到卞阿姨把电话挂了之后才敢挂。

之后几天便是紧张的期末复习。

我们院比卞都他们院提前考，所以等我考完最后一门"大学语文"出来，卞都他们还在备考"高数"。

我坐在图书馆里面的茶吧等卞都，吧内空调开得暖暖的，柜台上的茶

叶蛋散发着诱人的香味。

现在是期末高峰期，图书馆里挤满了人，就连茶吧也坐满了考前复习的学生。周围安静得很，都没人讲话，大家都在默默地看书或者吃东西填补胃。

我坐着觉得无聊，将背包放在位子上占位，出了茶吧准备到旁边的阅览室拿点书看下，没想到在拐角处撞见了秦一璐跟夏息在争吵。

我下意识地停下脚步，掉转过身，打算走开，却听到自己的名字从夏息的嘴里吐了出来。

"是谁告诉你的？晨睿吗？"夏息说。

我躲在另一侧的走廊上，心猛地一沉。

夏息为什么会觉得是我告诉秦一璐的？难道是因为他曾跟我解释过他哀求卞都跟秦一璐分手的事，所以他觉得是我告诉秦一璐的？

可是我怎么会跟秦一璐说这些呢？我怎么会做伤害他的事呢？

"你不用管我是怎么知道的，我就问你一句，是不是你让卞都跟我分手的！我问你是不是！"秦一璐突然拔高声音，尖厉地向夏息质问道，完全不在乎被人听到。

我的心咯噔了下，隐隐知道了他们在争吵什么，心绪变得慌乱起来。

夏息沉默。

我躲在一旁，看不到他们脸上的表情，但是能听到夏息略显粗重的喘息声，还有秦一璐的冷呵声。

"你不说话就代表你承认了，从小到大你都这样，永远只会压抑着感情，默默地在背后做些事，从不在面上挑个明白。"秦一璐嘲讽地说。

夏息呵呵地笑了起来，笑声有点儿悲凉。

他说："我喜欢你从来都不是秘密，这你也是知道的。即使嘴上不说，可是难道我表现得还不够明白吗？就算我挑开了又怎样，就算我直接地跟你说我爱你又能怎样，你的心在过我身上吗？你明知道我从小就喜欢你，你还是喜欢上了卞都，全然不顾我的想法。你要是幸福，就算陪着你的那个不是我也没关系，可是你为什么要让我看到你悲伤难过的一面。没错，是我找卞都让他跟你分手的，但是，一璐，我这么做不是想伤害你，我只是在爱你……"

"啪！"

清脆的巴掌声传来，我控制不了自己，冲动地跑出去，愣愣地望着满身疼痛孤寂的夏息，胸口泛起一股刺痛来，好像秦一璐那一巴掌打的不是夏息，是我。

"你根本不知道我想要什么，你如果真爱我，就不该逼着卞都跟我分手。"

"夏息，我从来没有爱过你，不管是遇到卞都以前，还是之后，无论是现在，或者以后，我都不会爱你。就算没有卞都，我也不需要你！"

秦一璐冷酷绝情地对夏息说道，然后不再看他，傲然地转身离去，纤瘦修长的背影看上去十分薄情。

我想，对夏息来说，最痛的不是秦一璐扇的那一巴掌，而是她刚才说的那些话。那些话直接将他数年的爱恋画上了红色"×"，那比打他骂他还伤他。

他踉跄地往后退去，手扶着墙壁捂着胸口，痛苦地喘息，那双好看的双眸一直望着秦一璐离去的方向，眼里一片忧伤。

"夏息……"

我担忧地跑过去，伸手扶他，他却触电般地避开了我的手，像看什么恶心的东西似的，表情厌恶地看着我，薄唇微启，声音冷酷到了极点："叶晨睿，我不想看到你！特别是现在！"

我从来没有见过这般冷漠的夏息，当即头像被重物砸了似的，脑子里一片空白，目光呆滞地望着他，耳朵里不停地回荡着他刚才说的话。

他说，我不想看到你，叶晨睿！

夏息他，好像误会了。

他以为是我告诉秦一璐他求卞都分手的事的，但是，我没有。

我没有啊，夏息。

心里有一个声音在拼命地为我辩解，等我回过神来，急着跟夏息解释时，他已经擦过我的肩膀，头也不回地跑了。

我在他后面追着，喊他，说夏息，你听我解释。

他不听，人快速地冲下了楼梯，消失得无影无踪。

我像失了魂似的站在图书馆门口，望着前方人来人往的广场，焦急地搜索着夏息的身影，然没有找到。

最后，我颓然地坐在外面的台阶上，双手紧紧地抱着自己，身体微微地颤抖起来。

一闭上眼，我就能看到夏息甩开我时，脸上那厌恶的神情，像针刺着我的肌肤。

我不怕夏息误会我，但是，我怕他讨厌我。

肩膀被人拍了一下，抬头，我眯着眼望着一脸神采奕奕的施恩。

"大冷天的，你坐图书馆外干什么呢？"施恩几步跳下楼梯，一屁股在我身旁坐下，歪着头问我道。

"没事，里面人太多，空调有点儿闷，我出来透透气。"我微笑地对施恩撒谎说，趁她不注意，转过身去，用衣袖快速地擦了下眼角。

施恩"哦"了声，信了我的话，一掌拍在我的腿上，站起身来道："别坐了，你反正也没事，跟我去趟市区，我们做兼职的那家西餐厅老板让我们今天去结薪水。都要放寒假了，你不是说要带我一起回乡下看你妈的吗，咱们顺道把工作也辞了，明年再找新的，不过你现在有卜都养着，也用不着兼职了，就不找了吧，反正这事年后再说。"

她自说自话道，我完全没有插嘴的余地。

待她说完，我也从台阶上站了起来，皱着眉头很是纠结地说："非要今天去吗？可是卞都让我等他……"

我还没有说完，施恩就打断了我的话。

"卞都卞都，我看你俩都快成连体婴了，这阵子一直在一起。叶晨睿，你就这么喜欢他啊？"

施恩不了解我跟卞都之间发生的种种，所以她自然地认为，我和卞都在一起，就是喜欢他。

我没有跟施恩解释，因为不知道该怎么解释，索性绕过话题，说："那好吧，我发条短信给卞都，然后跟你一起去。"

施恩这才罢休。

我跟施恩坐地铁一同去了市区，餐厅的经理有事外出了，施恩打电话给他，说我们来了。经理让我们在店里等一会儿，说他速速就来。说是一会儿，其实我们等了有两三个小时，等得人都乏了，施恩直接躺在休息室的沙发上睡着了，口水流了一地。

口袋里的手机振动了起来，是卞都发的短信，他还在高数考场，趁老师不备回了条短信给我，跟我说他下面还有门财管要考，让我不用等他。

我将手机放了回去，休息室外面的走廊上传来人的脚步声，有人在敲门，喊我们俩的名字，说是经理回来了。

经理笑意吟吟地分别给了我和施恩一个信封，我收着要放进背包里，施恩在一旁用胳膊肘撞我，朝我挤眉弄眼地小声说："你点点啊！"

我愣了一下，然后学着施恩的样子把钱清点了下。

经理在一旁看着我们，脸上的笑容都僵硬住了，没好气地数落施恩，说："你这丫头就是个人精！"

施恩笑，恬不知耻地说："经理，我这不是穷吗？！一块钱都能喝碗粥了。"

经理懒得理她，凑过来跟我说话："晨睿啊，寒假要不要留这儿继续做啊，

/129

我们也招寒期工的。"

我难为情地拒绝说："我一直寄住亲戚家，很久没回家了，寒假要回去看我妈。"

经理也不强求，只是觉得可惜地叹了口气。

从餐厅出来，我们在附近的那条长街上碰到了早就等在街口的阿极。

看到我们，阿极站在车外兴奋地挥着手，喊着："在这儿呢！"

施恩拉着我过去，劈头盖脸地朝阿极泼了盆冷水道："哟，这小四轮呢，你哪儿偷来的！"

阿极一掌拍在施恩的头顶，也不管她疼不疼，愤愤地道："这是你极哥哥我的。我爸去年给我买的新车，为了庆祝我考上大学，哪知道他儿子不争气复读了，这车一直被锁在车库里。这不他又跑澳门了，我趁他不在，撬了车库，偷偷拿了钥匙把车开出来了，等会儿带你们去炫一炫！"

施恩冷笑，翻着白眼，鄙夷道："你驾照考了没啊？别无证驾驶把咱们都带进派出所去啊！"

阿极"嘁"了她一声，傲娇地仰起头。

正好是双休，所以阿极有空出来玩。他们复读班期末考时间比我们大学晚几天，我也没有多嘴问阿极怎么不趁双休好好复习下，因为问了也是白问，阿极他从来就不是爱看书的料。

不过还好施恩头脑比较好，又管得住阿极，阿极一般会听她的话看看书，不会的让施恩教。

施恩提议大家一起去吃东西，晚点等卞都来了，吃完饭再一起唱K，她发钱了她请客。

阿极在一旁黑着脸看着她，说你这点儿钱还不够哥塞牙缝的，藏你的小裤兜里吧。

我心里藏了心事，还在为之前秦一璐跟夏息吵架的事耿耿于怀，也无心去玩，便跟阿极他们说："算了吧，你们去玩吧。也别玩太晚了，早点儿回去，阿极你下周还得考试。"

阿极觉得扫兴，施恩看了下我的脸色，皱了皱眉，问："晨睿，你是不是哪里不舒服啊，脸色很难看。"

我"啊"了声，慌忙地摆摆手，说："没、没什么，只是有点儿累，可能是前几晚熬夜复习熬得太晚了。"

闻言，施恩让阿极先送我回去。我再三拒绝了，说自己可以回去，让他们不用管我。然后不等他们追来，我匆匆走到马路边，拦了辆出租车坐了进去。

上车后，我松了口气，摇开车窗对阿极他们挥了挥手，说我先走了，让他们玩得开心。

司机问我去哪里。

我想了想，报了卞都公寓的地址。

西餐厅离地铁站不过一千米的距离，平素我跟施恩都是走着过去，若不是刚才急着跑掉，我也不会拦出租车。

在临近公寓的那个十字路口遇到了红灯，司机问我要不要在这里下车，前方是单行道，他开过去的话不好倒车。

我理解地说好，付了车费，拉开车门准备下车。突然，眼角的余光瞥到了什么，我停下手中的动作，表情僵愣地望着马路对面围聚在黑色轿车面前拉扯的男女们。我一眼就认出了被三五个男生推着的秦一璐，她那张混血的脸实在是太好认了。

秦一璐不知道是不是喝醉了，人都站不住，围在她身边的那几个男生

打扮得流里流气的，像街头小地痞，笑得很猥琐地在她身上摸来摸去，秦一璐挣扎抗拒地推他们走，他们嬉笑着，仿佛没听见似的。有人拉开了轿车的门，拽着她要上车。

我的心猛然地提了上来。

司机也看到了这一幕，边找我零钱边批判道："现在的年轻人就知道玩，指不定什么时候就玩出事来了！"

我没有伸手去接他递过来的零钱，人已经冲了出去，想要冲到马路对面把秦一璐拉回来。虽然我不知道她跟那群男的是什么关系，但是直觉告诉我，那群人不像是好人。

"秦一璐！

"秦一璐！

"……"

马路上的车太多了，我被堵在马路中央一时不敢向前走，只能大声地喊秦一璐的名字。

那群男人听到我喊，立刻躲进了车里，催促着人开车。

见他们要走，我急得伸手要拦车追他们。可是，周围经过的所有车辆没有一辆停下来，那些坐在驾驶室的人，他们不认识我，不知道我此刻的心焦、我的担忧、我的恐惧。最后还是刚才送我来的出租车司机冒着违反交规的风险，驱车至我的身旁，喊我快点儿上车。

"师傅，快追上那辆车！"手忙脚乱地拉开车门坐进去，我指着前方渐渐离去的黑色私家车说道。

那司机是个好人，看我一脸焦急的样子，也跟着紧张起来，没有多问，脚踩着油门就追了过去。

我心跳得厉害，从口袋里掏出手机给夏息打电话，想把秦一璐的事告诉他。

我不知道是他有事无法接听，还是因为他对我有误会，不想接我的电话，

电话拨打了好几次，都没有人接。

我望着手机出神了几秒，又重新拨了过去，依旧无人接。

我只好打给卞都，虽然我知道那时候卞都在考试，可能不会接，但是我真不知道怎么办了。然而之前还用手机跟我发短信的卞都，此刻竟然把手机关机了。

无奈之下，我只能打给阿极求救。阿极的电话通了，是施恩帮忙接的。

我粗略地跟施恩说了下秦一璐的事，说我看到她喝醉了被一群流氓带走了，他们开着车往前，我现在坐在出租车里跟着他们，我不知道他们要去哪里……

施恩安抚我，说"晨睿，你先别急，你大致在哪个方位，我们立刻赶过来，你先跟过去，必要的时候直接报警。"

我胡乱地点着头，跟施恩报了下所在街道，然后挂了电话，准备拨"110"报警，手指刚在键盘上按了个"1"字，突然一个急刹车，车停了下来。一辆重型卡车从旁边的路口忽然冲出来横在了我们面前。

司机忍不住骂了声娘，让卡车师傅倒车。卡车比较大，倒车花了好几分钟的时间。等它从我们的视野中消失时，载着秦一璐的那辆黑色别克已经没了踪影。

司机抱歉地跟我说："对不起啊，小姑娘，车我跟丢了。"

我颓然地靠在车椅上，握着手机的手在微微颤抖，内心生出剧烈的恐慌来。思绪僵滞了几秒，我迫使自己打起精神，保持冷静地继续拨打未拨打完的电话。

十分钟后，附近派出所的警察赶了过来，向我咨询详细情况。我又把电话里说的那些重复了一遍，然后一个人蹲在地上望着地面上的煤渣出神，眼泪一滴滴地从眼里掉落下来。有一种恐惧自我的心底蔓延开来，让我感到浑身发寒。

警察们出动去找我所说的那辆车，然而我只记得大致的车牌号，对没

有充足线索的他们来说，在偌大的江都找一辆普通的别克车，实乃大海捞针。

我被带去了警局等消息，忘记等了多久了，一直等到阿极打电话过来。

电话里的阿极，语气是我从未听过的沉重。

他沉默了会儿，吸了口气，说："晨睿，秦一璐找到了，东子他们认识那帮人，找了一圈儿找到了。不过人是找到了，但情况不大好，我们现在在医院，秦一璐她……"

他没有说下去，似乎下面的话让他觉得难以启齿。

我隐约猜到了他想说什么，身上的寒意更重了，握着手机的手忍不住开始颤抖。

电话里响起一阵刺耳的嘈杂声，伴随着阿极惊恐的呐喊声。

"夏息！你在做什么！"

然后我听到了夏息的呜咽声，我手上一阵烫疼，手机掉在了地上，发出嘟嘟的声响，阿极那头挂断了。

我双腿发软地跌坐下来，匍匐在地，捂着脸，眼泪润湿了我整个手心。

我从来没有因为自己的无能这般自责过，可是，此刻，我无比痛恨着自己。明明我已经看到秦一璐了，我都快追上她了，若不是中途出现了那辆卡车，或许我就能从那些人手里把秦一璐救出来，她就不会遭受那些事，就不会被毁掉了。

我想起了初见秦一璐时的场景，我深刻地明白秦一璐遭受的伤害，对任何一个女生来说，都是身心上无法祛除的污点。

那天她跟夏息一起救了我，可我却没能救得了她。

第六章

　　我觉得我该去医院看看秦一璐，哪怕她不喜欢我，但是我总得看看她的，虽然我也不知道，我去了那儿又能做些什么，但我还是去了。

　　向阿极问了秦一璐的病房地址，我低着头从电梯里出来，听到身旁有人叫我，下意识地抬起头来，就看到阿极跟施恩站在走廊尽头的窗户那儿，旁边还站着东子和一群我不认识的人，看样子是跟东子一起的，是陈叔叔的手下。

　　我朝他们走了过去，低声问道："秦一璐她还好吗？"

　　阿极沉默，施恩过来拉我的手，叹了口气，说："人醒了，躺在病房里谁也不见，我们进去看她，她都用东西砸我们出来了。夏息怕她想不开出事，一直坐在她病房门口守着。我跟阿极问夏息要不要通知下她家里人，她在里面吼不准我们说，谁告诉她爸妈，她就弄死谁！真不知道说她什么好，这种时候还逞什么性子。"

　　"她可能是怕她家里人知道伤心难过吧。"

　　"也是，谁家女儿出这种事，做父母的肯定哭死。她家又是那种有头

有脸的人物，传出去也不大光彩。"施恩感慨道。

阿极走过来，说："那群流氓老在西街酒吧玩，经常把喝醉酒的女孩儿带回去。东子带人找到她的时候，她已经……那群人一个都没逮着。她也真是的，就算再爱玩，跟我们玩玩也就算了，一个人跑去那种地方也太过了，现在玩大了。她又不让我们报警，也不让我们告诉她家里人，但是这事总不能就这么算了啊！秦一璐好歹是我朋友，这半个江都是我爸罩的，他们敢在我家地盘上动我朋友，也太不把我老子放眼里了！"

阿极义愤填膺地说道，其他人都默不作声。不是不难过，不惋惜，不气愤，是都不知道该说些什么。

身后传来脚步声，我回头，看到夏息朝我们走过来。

看到夏息，阿极立刻住了嘴，生怕多说什么刺激到他。

我头埋得很低，不敢看他的脸。中午他那冷酷的神情，我还记忆犹新。我的目光一直紧盯着夏息的右手不放，那只曾白皙如玉的手上还残留着未清除的血渍，手上的伤痕清晰醒目。

我想起电话里阿极的惊呼声，还有夏息的哽咽声，慢慢闭上了眼睛，不忍再看。

夏息的脚步声突然停了下来，即使视线低垂，我也能感觉到身前的他传递过来的喘息声。

他用一种冷到冰点的声音，咬牙切齿地对我说："叶晨睿，你还来这儿做什么？！"

我紧咬着嘴唇，攥紧拳头，不吭声，默默地承受着来自夏息的狂风暴雨。

我知道他此刻心里很痛，需要个发泄口，所以纵使心里也有委屈，纵使会因为他的指责受伤难过，但是我可以忍的。

我告诉自己，我可以忍，而且这些是我该承受的，谁让我无能，没能救得了秦一璐。

耳畔传来施恩的咋呼声，她像母鸡护小鸡般护在我的身旁，朝夏息咆

哮起来，说："你骂晨睿做什么？又不是晨睿害得秦一璐出事的！她要不去那种地方，怎么会碰上流氓？晨睿不过是半路上正好看到她，如果不是她及时通知我们，秦一璐还不知道怎样呢。你不是她男朋友吗，你怎么不看紧点儿她？！"

阿极来拉施恩，劝她说："施恩，你别说了，夏息他就是心里难受。"

"心里难受也不该找晨睿出气啊！晨睿又不是垃圾桶！"

我对施恩摇摇头，流着泪让她别再说了。

"要不是你跟她说了那样的话，她要不是知道我去求了卞都，要不是……本来我们好好的，为什么会变成现在这样……"夏息抱着头蹲了下来，像个脆弱到极致的孩童，无助地哭着说道。

施恩突然收了声，再也骂不下去。

我从她身后走出来，蹲在夏息的身旁，不管他愿不愿意相信，我都要把话给说清楚。

"夏息，我没有，我真的没有跟秦一璐说任何话，你相信我！我真的没有！"

"那已经不重要了！"夏息从地上站了起来，居高临下地望着我，满眼含泪地说道，看上去是那么的绝望。

我望着他不停地摇头，哀求着他，说："夏息，我没有，我没有……"

你别用这般嫌恶的眼神看我，你别讨厌我，我真的没有。

夏息嘴角扬起嘲讽的笑，表情麻木冷酷，用深度厌恶的语气对我说："晨睿，我知道，我一直都知道，知道你喜欢我。但是，我无法接受你的心意，以前不能，现在更不可能了。"

我僵硬地坐在地上，眨了眨疼痛的双眼，再也说不出话来。

原来，我的暗恋一直都不是秘密，不仅卞都知道，夏息他也知道。

就是因为他知道我喜欢他，所以他不相信我说的话，以为我是在忌妒秦一璐，故意对秦一璐说了他求卞都分手的话，害得秦一璐不要他，又害

得秦一璐想不开去酒吧买醉出了事。

他把一切过错都怪在了我的身上，就因为我喜欢他。

我第一次知道，原来喜欢的人不喜欢你，你还喜欢他就是犯了天大的罪。

"她不需要你的可怜，从前不需要，以后更加不需要，所以请你别仗着她喜欢你，就对她说这种话，有我在一天，叶晨睿不会再奢望你，夏息！"

卞都的声音从电梯那边传来，夏息离去的脚步骤然停下。

他们俩就像两座丰碑，矗立在众人面前，完全无视他人惊奇的目光，气氛顿时变得剑拔弩张起来。

我狼狈地坐在地上，头埋得低低，默默地收起眼泪。施恩看不过去，忍不住伸手扶我起来，双手按着我的肩膀试图传递给我力量。

阿极朝对峙的卞都他们走了过去，为难地劝慰说："你们都干什么呢？好好说话不行吗，干吗都带着刺，大家都是朋友。"

倘若之前的夏息是悲伤的使者，而此刻的他，见到卞都时，却浑身包裹着怒气，浓得散不开来。

无视阿极的劝阻，夏息往前跨了一步，整个人逼近得都快贴到卞都的身上，他的双手突然紧紧地拽住了卞都的衣领。

"一切都是因为你，卞都，从小到大你都这副德行，高傲任性，目中无人，不懂得珍惜人的感情。要不是喜欢上你，一璐跟我也不会走到这一步。在美国的时候，我们好好的，若不是因为遇见你……"夏息愤怒地朝卞都吼道。

我以前以为夏息是很温柔的人，他从来不跟人发火，无论遇到什么事，脸上总挂着淡淡的微笑，像春风般抚摸着你的脸。直到现在，我才明白，再温柔的人，他身上也生长着逆鳞，一旦被触碰，也会痛得抓狂，失控。

秦一璐就是夏息的逆鳞。

卞都伸手攥住了夏息的手，将其甩开，不屑地冷喝："作为一个男人，你自己无能保护所爱的人，有什么资格指责别人？在你眼里，只有秦一璐，没有我们这群从小就认识的朋友。如果你觉得一切都是因我而起，回国跟我们重逢是噩梦的话，那么，请你滚回你的美国去！"

"卞都，你在胡说八道什么！夏息是我兄弟，你凭什么让他滚啊！"阿极激动地大叫起来。

卞都的话深深地刺痛了夏息。

那个翩翩佳公子，白衣少年，高贵如谪仙般的男孩儿，一下子就像被拔光了羽毛的天鹅，赤裸而又羞愧地站在所有人的目光之下，丢了骄傲，羞耻得抬不起头来，那双永远带笑的眉眼，盛满了忧伤，眼泪润湿了眼角。

我没见过这般灰败落魄的夏息，这时候的他，比以往的每一刻都让我觉得心疼。我心疼他不是因为我还对他有所眷恋，抑或是我曾多么地喜欢过他。我心疼他，是因为我发现他再也骄傲不起来了，他爱秦一璐，爱得连自己都输了。

被玷污荼毒糟蹋的，或许不只是秦一璐一个人，还有曾经那般美好的夏息。

"够了！我的事不用你们管！这是我的病房，你们要吵都给我滚远一点儿，我不欢迎你们！"病房的门突然被拉了开来，秦一璐穿着病号服面无表情地站在门口，冷酷地朝我们喊道。

即使她已经很努力地在强装坚强，但是那止不住发抖的双手和她发红的眼眶，还是出卖了她。

发生了那样的事，换谁都痛，都难受，哪怕那个人是秦一璐。

也许，正因为她是秦一璐，无论什么时候都骄傲万分的秦一璐，所以她此刻像个女王般将背挺得很直，死咬着牙不在我们面前流泪，因为她不需要任何人的怜悯。

夏息抬起眼回头看她，眼里一片清明，声音哽咽地喊了声她的名字，

说："一璐……"

然后他再也说不下去。

秦一璐指着他，说："你也走！"

夏息的眼泪再也忍不住了。

秦一璐不再看他，转过身去，手握着病房的门把。她的身影侧对着我们，看上去羸弱又坚强。

"如果你们不想我在你们面前割腕的话，都给我走吧，我想一个人，静一静。"

她放低了语调，淡淡地说完，然后逃似的躲进了病房，把门给关上了。

关门的那一刻，她哭了，花掉的烟熏妆更花了。

夏息冲进了电梯，满面泪痕。

剩下的所有人都没再说话，只是安静地等着下一班电梯到来。

对于伤口，任由它溃烂结痂都比揪着不放要来得好。

从医院出来，大家回到了陈叔叔的酒吧。阿极气愤地拍桌蹬腿，嚷嚷着要去找那群流氓算账。

卞都跟我坐在角落的椅子上，无声地看着他。施恩去找酒了，东子他们上去劝阿极，说："小极哥你先冷静点儿，那群人后头老大来路不小，连你爸都要给他几分颜色，咱们要去闹的话，这事就真的闹大了。"

阿极恨得牙痒痒，跑过来表情发狠地问卞都该怎么办？

卞都一声不吭地望着桌上的烟灰缸发呆。

压抑的气氛让我觉得很不自在，我怕自己再待下去会忍不住哭出声来，就找了个借口说我去看看施恩，然后离开了座位，结果在酒吧的后院找到了蹲在地上、抱着啤酒箱子的施恩。

　　我吸了下鼻子，慢慢地走过去，伸手拍了下施恩的肩膀。

　　施恩像被吓了一跳似的，整个人颤抖了一下，不爽地回头，看到我时，表情顿时凝住了。她的眼睛一片通红，脸上还有没擦掉的泪水。

　　我惊了下，呆呆地问施恩："你怎么哭了？"

　　施恩移开目光，伸手胡乱地抹了把脸上的泪，嘴硬地说："没事。"

　　"你要没事的话，为什么哭呢？"我拉着施恩的手，担心地追问道。

　　施恩抿了抿嘴，想将眼泪逼回去，但是没成功，那双澄澈的双眸里，眼泪流得更加迅疾了。

　　然后她用双手捂着脸，一副难以启齿的样子，痛哭流涕地对我说："对不起晨睿，都是我的错。我一开始也不知道你们到底是什么情况，我听了夏息的话，才知道他误会你了。跟秦一璐说他去求卞都甩秦一璐的那个人其实是我，但我不是故意的。

　　"那天秦一璐到夏息公寓玩，正好碰到阿极在我那儿，我们四个人聚一起说吃火锅。我跟秦一璐出去买食材，我这不是没忍住吗，我就多嘴地问了下秦一璐她是不是不喜欢卞都了，不然刚分手就跟夏息搅和在一起了。我承认我说话有点儿尖酸刻薄，但是秦一璐说话也不好听，她说关你屁事。

　　"我当时被刺激到了，我说是不关我事，但是跟晨睿有关的事就是我的事，我跟晨睿是好姐妹。晨睿因为你们在 BBS 被骂惨了，有人骂她是小三插足，呸，明明是夏息求卞都让他甩了你的，跟晨睿半毛钱关系都没有！说完那话我就后悔了，想自打嘴巴，这些事情是阿极从卞都那儿逼问来的，叮嘱我不要说出去的，我一时没忍住。

　　"再看秦一璐，她整张脸都冷凝了下来，定定地问我说的是不是真的，我也不记得自己是点头还是摇头的，她就丢下我走了。我还担心回去不好跟阿极他们交代时，没想到她还是回了公寓，还跟我们一道吃饭了，像什么事也没发生一样，于是我就松了口气，哪知道她……哪知道……

　　"对不起晨睿，我真的不是故意的。我要知道她因为那句话跟夏息大吵，

出了这样的事，打死我也不会说的。"施恩头靠在我的怀里，难受地自责道。

我静默地站在原地，抱着施恩，抚摸着她哭颤的脊背，抬头眨了眨酸疼的眼睛，说："不要再说了，施恩，我们大家都不知道会发生那样的事，但事情已经发生了。你也是因为我，才对她说了那样的话。夏息怪我，也是应该的。你刚说的话，我就当没听到，阿极是很重兄弟情义的人，他要知道事情跟你有关的话，会很难做的，除非秦一璐自己提起，不然你也不要再跟别人说这事了。"

"可是晨睿，这样的话，夏息对你的误会就解不开了。他说你喜欢他，他这么对你，你心里肯定难受死了。"

"没事，我没事。真的，我说真的。"我无所谓地对施恩强颜欢笑地说。

施恩同情地望着我，欲言又止，从她的眼里我猜出了她想说什么。

她一定是想说，晨睿，你要没事的话，你这会儿哭什么呢？

怕戳到我痛处，施恩最后也没对我说出那句话，只是弱弱地跟我说："其实我觉得，卞都对你很不错来着，你还不如别想那夏息了，跟卞都好好过呢。"

我微微地扬起嘴角，说："施恩，你先管好你自己吧。"

施恩表情悻悻，脸上还挂着未干涸的泪痕。

估计是看我们久久不去，阿极过来找我们，大老远就能听到他的喊声。

我跟施恩默契地都将方才的眼泪抹去，调整好情绪，一起搬着酒箱回到了酒吧里。

那天晚上，大家都怀有心事，没怎么嗨起来，都是各自喝着闷酒。我不会喝酒，只是坐在一旁默默地看着他们。酒吧里的灯光时不时地打在我们的身上，显得很光怪陆离。

几个小时后，我扶着卞都从酒吧里出来，在小街上走了没几步，他便推开我跑到一旁的垃圾桶那儿狂吐起来。

我担心地跟过去，拍着他的背给他顺气，忙着从口袋里掏餐巾纸，还没来得及递给他，卞都已经不拘小节地用衣服擦了下嘴，摇摇晃晃地往前走。

喝醉酒的卞都很安静，不似阿极在后头唱着"大河向东流啊，天上的星星参北斗啊"，然后把垃圾堆当床，拉着施恩要往上躺。卞都他很乖，他走了几步后回头朝我伸出手，要牵我的手，然后笑得一脸纯真无害地说："晨睿，我累，想回家睡觉。"

于是，我就带着他回到了那间狭小却温馨的公寓。

坐出租车回去的路上，卞都习惯性地躺在我的腿上睡着了，我望着他忍不住地红了眼眶，慌忙地伸手擦眼泪，却怎么也擦不干净。

我在想，倘若我暗恋的人不是夏息，卞都喜欢的人不是我，秦一璐迷上的人不是卞都，夏息爱的人不是秦一璐，那么，我们之间又会按照怎样的故事走向发展下去，秦一璐是否就能逃离今日的伤害？

"谢谢你，卞都。"我伸手摸了摸卞都额前细碎的头发说道。

这么多年，我一直没能有机会对卞都说声谢谢。

不管怎样，今天很谢谢他，谢谢他不问缘由地就相信了我。

带卞都回家后，我用热水给他擦了下脸，然后把他扶进了卧室。同住到现在，卞都一直睡的客厅，今天就让他睡床上吧。

帮他盖完被子，我脚步放轻地准备离开，突然听到有什么东西在振动，我循着声音翻找了会儿，从卞都的口袋里拿出他的手机看了下，是卞阿姨打来的。

这么晚她找卞都肯定是有什么要紧事吧。

我揣测着，伸手去推卞都，试图叫醒他。卞都睁开眼望了我一眼，后又闭上眼，转过身，嫌我吵的抓过被子盖住了自己的头。

没人接，手机响了一会儿停了。我微微松了口气，然而很快的，铃声又响了起来，依旧是卞阿姨。

　　我不能帮卞都接电话，不然卞阿姨听到我这么晚还跟卞都在一起肯定起疑的。虽然我跟卞都现在不清不楚的关系，她早晚都会知道，但是现在不行，我还没有做好心理准备，迎接卞阿姨那边的狂风暴雨。

　　手机响了又停，停了又响。

　　我焦急地掀卞都的被子，困窘地求卞都起床接电话。

　　"卞都，你妈妈电话，你先醒醒好吗？

　　"卞都，你起来一下，一下下。

　　"卞都……"

　　卞都盖在身上的被子被我掀掉了，他又裹了上去，掀掉了，又裹住，循环往复，让我有些欲哭无泪。

　　卞都什么时候伸手的我没注意，等我反应过来的时候，手臂已经被他用力地拽住，脚下一个趔趄，整个人扑倒在卞都身上。卞都抱着我，翻转了个身，人压在我身上，眼睛终于睁了开来，眼里竟是一片清明。

　　整个身体被卞都禁锢在怀里，让我动弹不得。我呆愣地望着卞都，心脏怦怦地跳得很快。卞都的脸近在咫尺，黑亮深邃的双眸紧紧地盯着我，眼神专注炙热，头慢慢地下移。

　　意识到他可能要做什么，我脸颊发烫地别过头去，望着右手里还在振动的手机。

　　头上传来卞都恶作剧得逞的坏笑声，手中一空，卞都抢过我手中的手机，从我的身上退了下去，坐在床沿那儿玩味地朝我道："叶晨睿，你该不会被我亲上瘾了吧，那么期待我吻你。"

　　明知道卞都是在开玩笑，也知道自己内心并不是他想的那样，但是我还是没勇气开口解释，只是用被子蒙住了烫得厉害的脸。

　　"妈，找我干吗？"卞都丝毫不避讳地直接在我旁边接起电话来。

　　卞阿姨的声音听起来很激动也很大声，即使没有刻意去听，但是我在一旁大致都能听清楚。

"小都，你在干什么？怎么现在才接电话，我都快急死了！"

"你急什么呢？大半夜的扰民，让不让人睡觉啊！"

"你在睡觉，在哪儿睡觉呢？你这孩子这阵子干什么呢？晚上都不回家！你在哪儿呢？"

"你别管那么多，说吧，找我到底什么事？"卞都的语气渐渐又变得不耐烦起来。

我从被子里露出脸来，伸手拉了拉卞都的衣角，摇了摇头，示意他别跟卞阿姨这么说话，卞阿姨毕竟是他妈妈。

卞都瞥了我一眼，声音稍微放柔了点儿，有点儿别扭道："妈，你有事就说，我还要睡觉呢。"

"你真睡觉呢？小都，你别骗妈，你晚上是不是跟夏息玩一起了？"卞阿姨不相信地问道。

卞都皱了皱眉："你突然提夏息做什么？"

"你没跟他在一起？"

"没，我跟阿极还有几个朋友玩了会儿，夏息不在，怎么了？他出什么事了？"

"他打死人了！刚你夏叔叔打电话过来，问你在哪儿，说夏息不见了，他们都在找他，想着你是不是跟夏息在一起。我听老夏那语气挺慌的，完全没他以前的沉稳样，我就忍不住问了声是不是出什么事了。然后老夏就气呼呼地跟我说，刚有小流氓向派出所报案，说他们几个痞子吃完大排档出来，喝得醉醺醺的，突然冲出一人戴着口罩手里拿着块砖头就朝他们头上砸，砸完就跑了。本来他们都不知道是谁下的手，但是那人跑的时候皮夹子掉了，里面有身份证，是夏息，他们就报警抓夏息了。现在派出所的人在抓他呢，老夏都气疯了，你说他在市政府是一有头有脸的人物，执法人员，儿子却知法犯法，让他脸往哪儿摆。我当时听着也吓到了，我想着完了，夏息那孩子一向斯斯文文的，怎么会砸人脑袋呢，你跟他还有阿极三个人老玩在一起，

我就想是不是你跟人打架把人脑袋砸了，夏息也在，一起跑的时候，他皮夹子掉了，所以立刻就打电话给你了。你手机还一直没人接，你妈我都要吓死了，还好你总算是接了。那小都，你真的没跟夏息一起打人？"

卞阿姨气也不喘地说完，又不确信地问了一遍。

"被打的人现在怎么样？到底死了没？"卞都没回答她的问题，表情凝重地问。

估计是卞都的声音太过肃杀，卞阿姨有些被吓到，声音弱弱地说："死没死我也不清楚，就听说人都还在医院抢救，我也是跟你夏叔叔聊完就立刻打给你了，还没来得及问后续。不过小都，夏息这孩子，到底为什么突然做这种事？要闹出人命的话，就算是老夏也难保他啊，这孩子就毁了……"

卞阿姨还没说完，卞都就把电话给挂了，拿起沙发上的外套穿好就要出门。

我慌忙地下床，跟着他。

"叶晨睿，你留在家里。"卞都堵在门口，对我说道，言语间带着不容拒绝的威严。

我主动握住卞都的手，摇头："我要去。"

"你知道我要去哪儿，你跟着一起去？"

"知道，医院。看看被夏息砸伤的那几个流氓死了没有。"

卞都望着我沉默了几秒后，让步道："好吧，你想去也可以，去换件羽绒服，身上的大衣太薄了，晚上冷。"

我听了卞都的话，回房间换衣服，等我换好衣服出去找卞都时，大门虚掩着，卞都已经走了。

我不知道卞都去了哪里，只是惴惴不安地在客厅坐了一晚上，不停地

看手机，打了卞都好几个电话一直都没人接，我心都悬到了嗓子口，眼看就要蹦出来了。临近黎明的时候，放在茶几上的手机拼命地振动起来。

我坐在沙发上，眼睛半眯着差点儿睡着，听到振动声，连忙起身去接，发现不是卞都打来时，我刚松缓了些的心弦再度紧绷起来。

是施恩。

施恩告诉我，阿极跟卞都带人去找夏息了。夏息打的那几个流氓不是什么善茬，不会就只是报警了事的，卞都他们担心夏息一个人在外有危险，所以去找了。卞都没接我电话，估计是忙着找人没工夫接。不过刚阿极打给她，说夏息人找到了，躲在郊区的一间小旅馆里，像被吸走了七魂六魄似的，直挺挺地躺在床上，目光呆滞地望着天花板，任谁叫他都没反应。他跟卞都现在在那儿守着他，已经通知警方了，夏息爸跟警察在赶过去的路上。

"那些警察也真不给力，找个人竟然找那么久，还不如阿极他爸的人给力。还好那夏息没出事，要是被人提前砍死了，看他们还找什么。"施恩说。

我安静地听着，不发一言。

最后施恩对我说："晨睿，夏息被抓了，会坐牢吗？他这是故意伤人罪吧。"

"我也不清楚，那几个流氓还在医院，不知道情况怎样。"熬了一晚上都没喝过水，我喉咙沙哑地说道，刚开口鼻尖就泛起一阵酸楚，有点儿想哭。

施恩以为我哭了，忙着安慰我，说："晨睿，你别急着哭，哭又不能解决问题，要不这样吧，反正咱俩也没事，这会儿天都要亮了，睡觉也嫌晚了，不如去医院看看，看看那几个王八蛋伤得如何，要是死不了的话，也可以松口气。反正人不死，什么都好办。"

施恩说得没错，与其坐着心慌，不如去看看也好。

我同意了施恩的提议，施恩说过来接我。我说可以打车过去的，她说

这个点哪儿打得到车，然后不容我拒绝地让我等她来。

十几分钟后，我在小区门口看到了骑着摩托车过来的施恩。

江都寒冷的冬天似乎与她无关，施恩只穿着件黑色小皮衣，前襟的拉链还敞开着，脖子上围着条米白色的厚围脖，戴着皮手套的手朝我挥了挥，嘴里吹了几声口哨。

我垂头走过去，侧身坐在她的身后。

施恩嬉笑着说，车是阿极给她新买的。

看着施恩笑，我努力地扯了下嘴角，想配合地微笑下，然而这一天发生了太多不好的事，我实在笑不出来，最后也只是伸手紧紧地抱着施恩的腰，身体紧贴在她瘦削的脊背上。她开得太快了。

到医院后，施恩去停车，我先进去问被夏息砸伤的人的病房。护士站那边的值班护士不知道去了哪里，我一时找不到人，手足无措之际，看到了不远处的走廊里，坐在长椅上的秦一璐。

我一下子知道病房在哪里了。

原地吸了口气，我脚步沉重地朝秦一璐走了过去。

"你来了。"她没有抬头看我，只是听着脚步声就好像猜到了是谁走来，张嘴说道，眼睛一直紧紧地盯着对面那间病房禁闭的门扉。

透过门上的狭小窗户能看到病房内伤员的家属陪在一旁，悉心地照顾着，夜不能寐，脸上愁容满面。

秦一璐嘴角轻扬，目光冰冷，表情嘲讽地问我："你说，里面躺着的那些人渣，做了那么多伤天害理的事，为什么还有人爱他们？平时不见得这种人有多照顾家里，这种时候却还得让家里人照顾他们，这种人活着到底有什么意义？"

我被她问蒙了，不知道该怎么回答。

是啊，那群人，为什么还有人爱他们？

也许是他们的家人即使对其失望，还是不想放弃他们吧。

但是那些人活在世上的意义又是什么呢？整天无所事事，干着非法勾当，好像永远都不知道错似的，害了一个又一个人，却还能逍遥法外，这种人为什么还要活在这个世界上？

生命是很高贵也很奢侈的东西，那些人配不上，他们只会玷污生命，不管是自己的，还是别人的。

"我很想他们死掉，从这个世界上消失，但是，我在这儿坐了几个小时了，我心里一直在祈祷，那群人渣不要死。对，不要死，他们死不了，夏息才有活下去的机会。这种人根本不配还活着，但是他们必须得活着，因为他们不配，不配拖着夏息跟他们一起去死。我想，这就是他们生命仅剩的意义。"

我没有说话，秦一璐自己回答自己道。

她双手用力地捏着大腿上的肉，双眼通红。

我心一阵动容，她是花了多大的力气说服自己，即使恨，也祈祷着那群人活下去。

因为他们不死，夏息才有活的可能。

故意伤人，跟伤人致死，在法律上那是完全不能等同的事。夏息是那般美好的少年，我不希望他被贴上"杀人犯"的标签，受尽世人的歧视。他应该是出淤泥而不染的洁净水莲，高贵典雅。

其实秦一璐并非像她对夏息说那些绝情话时那般无情，她对夏息是有感情的，即使我不清楚那到底是一种怎样的感情，但我能感觉到，夏息对秦一璐来说，也是特别的，是无可替代的。

施恩姗姗来迟，找过来看到我们，压着声音焦急地问："怎么样，伤得怎么样？有人死了没？"

"没死，伤得最严重的那个刚刚脱离了危险期。"秦一璐突然从椅子上站了起来，木然地瞥了眼施恩说道。

不等施恩追问下去，她人已经转过身去，要走了。

/ 149

施恩想要跟上她，我拽住了她的手，示意她不要。

"让她一个人待会儿吧，想哭想笑都没人看见，情绪发泄完心里也好受点儿。"我说。

施恩点点头，许是我们外面的声音大了点儿，病房里有人要出来，施恩赶紧拉着我跑。

一路跑出了医院，施恩才敢放手，喘着粗气，拍着胸脯，心有余悸地说："好险，差点儿就被发现了，要他们问我们为什么在这儿，那可就不好回答了。不过还好没人被打死，不然闹出人命就不好办了。我得给阿极打个电话，告诉他们人没死，好让他们放点儿心。"

我"嗯"了声，跟着松了口气。

后来从阿极的口中，我得知了事情的后续发展。

那天夏叔叔跟警察把夏息带去了警局，当众打了夏息，说他给自己丢人。

打的时候，卞都他们都在，夏息头歪在一边，惨白的脸上，五个鲜红的手指印赫赫在目。夏叔叔一直在骂他，他都不吭一声。

阿极跟卞都上前拦夏叔叔，夏叔叔就对他们说，这是他家的家务事，让他们别管。

警方要立案了，报案的那群流氓突然撤销投诉选择了私了。阿极说是因为夏叔叔找了他爸，陈叔叔直接出面找了那群流氓背后的老大华先生，华先生是个生意人，他们之间不知道都谈了些什么，反正没闹出人命，事情最后被压下来了。

夏叔叔问夏息为什么要出手伤人，他怎么就变成现在这样，夏息闭着嘴不回答。

夏叔叔就问阿极跟卞都，卞都他们心里有数，夏息是因为秦一璐，但

他们已经答应过秦一璐不把那事告诉家里人，所以谁也没说。

夏叔叔带走了夏息，那天之后，大家再也没见到他。

夏叔叔把他锁在了家里，不让他出去，让他闭门思过，好好反思。

但卞都说，夏叔叔这是保护夏息，他打伤的人毕竟是道上混的流氓。别看那华先生表面是个正经的生意人，明里跟我们和解，暗里又对夏息下手也是有可能的。夏叔叔关着夏息，是怕那些流氓报复。

一旁的施恩听完不解地问："那华先生到底是多厉害的一个人物啊，阿极爸和夏息爸两个人加在一起，都对抗不了他？"

"问题是夏息爸是政府官员，哪能明目张胆地跟黑道上的人扯上关系，他根本不好出面做什么事。我爸他就是个中间佬，拿利益跟那人交换的是夏叔，不是我爸。夏息又不是我爸亲儿子，我爸那人唯利是图，才不舍得让多少利给那华先生的。人家夏叔为了夏息这事，都辞官了，哪天我出事了，不知道我爸会出多少力，他要不管我也是有可能的。反正我就是爹不疼妈不爱，可怜的小苦娃子。"阿极幽幽地说道，一副苦大仇深的样子。

不知道是阿极那句"爹不疼妈不爱"的话刺痛了施恩，勾起了她的心酸往事，还是她有着其他心事，施恩只是伸手摸了摸阿极的头发，没再说话，脸上的神情凝重又悲伤。

阿极跟施恩离开我们的公寓后，我忙着收拾一片狼藉的餐桌，卞都在客厅看电视，我端着碗筷在厨房忙活。

水龙头里流出来的水，簌簌地冲刷着手中的碗，我埋头洗着，突然间，有人自背后抱住了我，望着横在腰间的那双手，我全身瞬间僵住，再也不敢动弹。

卞都的脸贴着我的脖子，我能清晰地闻到他身上我用的金纺洗衣液的香味，也能感觉到他身上传递过来的体温，还有淡淡的落寞。

我没有推开他，总觉得此刻的卞都跟以往相比，多了些脆弱。我任由他抱着，不敢乱动，只是大脑空白地望着手中洗洁精泡泡在空气中一点点破掉，然后消失。

在我感到双腿有些发麻的时候，卞都终于开口了。

他说："晨睿，我们明天一起回家吃饭吧，我爸也回来了。"

说的时候，他很小心翼翼，生怕被拒绝的样子。

我明白卞都说这话的意思，他是想把我们的关系告诉卞叔叔他们。

最初，我以为，卞都只是玩玩而已，他厌倦了就会放手了，然事情的发展好像跟我想的不一样，卞都似乎是认真的。

卞都是真的在努力地爱护着我，可我呢？我喜欢卞都吗？

一开始，我心里装着夏息，因为卞都霸道地将我禁锢在他的身边，曾感到痛苦与无奈过，可现在，我已经放下夏息了，即使我不确定自己是否喜欢上了卞都，但是我真的能确定自己已经放下夏息了。不是因为夏息误会我，对我说了那些冷酷的话，而是我发现，我喜欢的根本就不是夏息，而是我在困境中挣扎，绝望无助的时候拯救我的人。

那个人恰好是夏息罢了。

至于卞都……

我对卞都又是种怎样的感觉呢？

其实我对他从来就没有讨厌过，哪怕他以前老对我很凶，老骂我，欺负我，我也没讨厌过他。反而，过去被他人欺负，卞都来救我，我会觉得他特别勇敢，特别帅气，像个英雄一样。

我想每个女孩子心里都住着个紫霞仙子，梦想着自己的意中人是个盖世英雄，有一天他会踩着七色的云彩来娶我。

所以在未遇见夏息前，哪怕感觉到卞都不喜欢我，我还是忍不住对卞都心动了。卞都那样的男生，怎么可能让人讨厌得起来，又怎么可能不让人喜欢？

若不是那天被围堵在小巷子里，我在内心那般绝望地呼喊着卞都，卞

都没有来；若不是那天，救我脱离魔爪的是夏息，我想，我还是会喜欢卞都的。

只是……那天我们都错过了。

现在重新开始还来得及吗？

秦一璐、夏息、卞都与我，这纷繁复杂的四角恋已经造成的伤害，能就此一笔抹去吗？

不能吧。

"卞都，我还没有准备好，再给我点儿时间吧。"

卞都没有逼迫我，只是慢慢地松开了手，轻笑地说了声好，然后转过身去，眼里的落寞被急于抹去。

我心疼地望着他，想开口说些话来安慰下他，但是又不知道说些什么好，最后就只剩下了沉默。

姑且先这样吧，卞都，等留在秦一璐和夏息身上的伤口没那么痛了，我们再幸福吧。我默默地想。

卞阿姨许久没见儿子，分外想念，要求卞都回家，怒斥他太不像话，好好的家不住，老住别人家像什么话。

卞都无奈，只能先回去，他让我跟他一起回卞家，说他爸在家肯定会喊我回去吃饭的，还不如我先回，省得他爸在电话里催。

我拗不过他，想着就算暂时不跟他们说我和卞都在一起的事，但是老躲着也不是个办法，何况寒假回老家前也总得去卞家拜访下卞叔叔他们，跟他们道个别再走。

一个上午的时间，卞阿姨已经打了几个电话催了，我让卞都先走，说自己还要回学校拿点东西。

"你东西不都在这儿吗？还要拿什么？"卞都疑惑地问我。

其实我是想回去前到商场用兼职的钱给卞叔叔和卞阿姨买点儿礼物，在卞家白吃白住这么多年，我第一次靠自己挣到钱，钱虽然不多，但心意一定要到的。卞都要知道我是去买礼物，肯定不让我买的，抑或是陪着我买，他给我付钱。我不喜欢他这样，所以才对他撒了谎。

"拿几本书，在老家无聊的时候可以看看。学校人都快走光了，再不回去拿，等宿管老师走了，宿舍都进不去了。"我硬着头皮继续扯谎道。

卞都怀疑地看了我一眼，眉头皱起，还想说些什么，他手机又响了。

"知道啦，就来了，你别催了，烦呢！"

是卞阿姨。

卞都不耐烦地回了一通，然后挂断电话朝我道："那我先走了，你早点儿过来，要是不过来的话，你自己想好理由再跟我爸解释，不然他又要怪我头上了。上次喊你回去吃饭你没去，他以为我对你不好，你才不回来的，整整训了我一天。"

"第二次我回去了，不过你不在，我还以为你不想看到我。"我弱弱地说道。

"笨蛋，你都知道什么！"卞都伸手揉乱了我的头发，不满地说道。

我愣愣地抬头看他，他也在看我，手指移了下来，停留在我的脸上，摩挲着我的肌肤。我的心忍不住狂跳起来，脸颊又开始发烫起来，羞赧地垂下视线。

我正胡思乱想时，卞都突然用手指用力地戳了下我的脸，呵呵地笑了一声，说："我走了。"

卞都走后，我站在门口望着他离去的方向呆愣了一会儿，好半天才回过神来，简单收拾了下公寓，拎着包也紧跟着走出了门。

到商场后，我给卞叔叔买了个钱包，给卞阿姨买了条丝巾，贵的买不起，太便宜的又觉得送不出手，折中都买了中等价位的，两样东西下来，兼职的钱也花了大半，我用剩下的钱给妈妈买了条围巾，准备回去的时候带给她。

拎着东西进电梯，才想起忘记给卞都买礼物了，可是我也不知道他喜欢什么，身上的钱也没剩多少了。我纠结地出了电梯，路过一楼的小饰品店时，看到几个女生围在一起在买新出的小黄人挂件。那年小黄人刚流行，出了很多周边产品。

我想起初高中的时候，女孩儿常喜欢买情侣挂件给男朋友，两个人书包上挂一样的东西。后来手机流行了，就开始有了情侣手机链。

我都已经上大学了，还送手机链的话也许有些幼稚了，卞都看到的话一定会吐槽，可能都不会要，但是我还是走进了店内，跟老板要了对小黄人手机链。

我大半的青春时光都在埋头苦读，做个听话懂事的乖宝宝，都没像其他同学一样好好地享受青春的美好，不免感到有点儿失落，想就此任性一回，也不管卞都会不会喜欢这份礼物，就当是弥补了自己内心的一点儿缺憾吧。

买完所有东西，我拎着包出了商场，准备坐车回卞叔叔家。施恩突然打电话给我，让我去趟她公寓。我问为什么，她说是有人找我。不等我追问，她又兀自加了一句，说是秦一璐在找我。

之后我便见到了秦一璐。

她穿着灰黑色格子大衣，化着精致的妆，坐在施恩家公寓楼下的茶吧里等我。

我还未进去，就在店外看到了她，她一直那么显眼，不管在哪里，都让人一眼就看到。

施恩站在茶吧外不安地在原地转圈圈，看到我过来，赶紧冲上前，耷拉着脑袋，对我说："我也不知道她找你什么事，上午睡醒了出门准备吃饭，就看到她坐在夏息租的那间公寓门口抽烟。我本来不想理她的，但是她出了那种事，跟我也有关系，我也于心不忍，就过去跟她说了会儿话，她就让我找你，说有话要跟你说。"

我点点头，准备进去，见施恩不跟上来，惊奇地问："你不进来吗？"

施恩摇摇头，嘴里呼出的气在空气中形成白雾，说："不了，我买点儿吃的就先上楼了，她要找你说话，我就不听了。"

我说"好"，然后去找秦一璐。

推门进去，我缓缓地朝秦一璐所在的位子走了过去，在她对面坐下。秦一璐早就帮我点好了东西，服务员一看到我坐下，就给我端来了一杯温热的咖啡。

我说了声谢谢，然后手托着咖啡杯两侧，垂眼看着咖啡上那层奶油做的爱心，不敢抬头看秦一璐，就怕看到她就忍不住想哭。

即使施恩他们都在劝解我，说我那天没救下秦一璐不是我的错，是老天不长眼，但是面对秦一璐时，我还是会感到愧疚。

比起我的尴尬，秦一璐反而显得自然得多。

她抿了口手边的咖啡，然后放下杯子，开门见山地对我说："叶晨睿，我要走了。"

我惊愕地抬头看她，不明白她在说什么。

她微笑了下，解释道："我打算回美国生活。"

"什么时候？"我声音发颤地问道。

我能理解秦一璐为什么想要离开，这里发生了那么不开心的事，她想换个地方生活也无可厚非，可这消息来得太过突然，让我有些无力招架。

"今天下午的飞机。"秦一璐说。

"卞都他们知道吗？"

"他跟阿极都知道，我还没告诉夏息，想着等我到了美国之后，找个时间再告诉他。这些年，夏息一直陪在我身边，为我做了很多事，现在想来，我其实挺愧对他的。如果不是因为我，他也不会是现在这个样子。"秦一璐苦笑着说道，眼眶微微有些泛红。

"卞都他没有跟我说你要走了。"我支吾地开口。

秦一璐笑笑："是我让他们别说的，我走的时候不希望有人送，所以就告诉了他跟阿极。毕竟相识一场，做不成恋人，还可以是朋友嘛。本来我想就这么走了，可是想了想，还是找你见个面，有些话走之前必须要跟你说清楚，不然我走了也不安心。"

我呆呆地望着秦一璐。

秦一璐又喝了口咖啡，对我说："我找你主要想跟你说两件事，第一，那天很谢谢你，虽然结果不大如意，但是谢谢你看到我那样想要帮忙。我以前老觉得你挺讨厌我来着，因为我也不喜欢你，所以没想到你会想救我。

"第二，卞都他真的很喜欢你，俗话说当局者迷旁观者清，你或许不知道卞都有多珍惜你，但是我知道。还记得我们第一次相遇时的情景吗，你被欺负，还被拍了照。卞都后来知道那件事，一直很懊悔赶过来救你的不是他。因为那件事你喜欢上了夏息，卞都哪怕喜欢你，看你喜欢夏息，也嘴硬地说不喜欢，放任你去暗恋夏息，看夏息只围着我转不理你，逼着自己跟我交往。

"他跟我在一起的原因，其实是给你制造机会而已。这个我最初就知道了，后来有一次在卞都家，你不是撞见我们在床上吗？卞都他挺可笑的，我也是，我想把他禁锢在我身边，想让他忘记你，所以我想跟他上床，他不愿意。我就骗他，我说我有你那次被拍的裸照底片，我没扔，他要答应我，我就给他，不然我就把那些照片放网站上去。为了你，他剥光了自己，等着我碰。我想如果不是你冒失地突然闯进来，卞都真的把自己赔进去了，但是你一来，他就反悔了，不愿意了，我也强求不得。其实我根本就没有那些照片，只是试探下卞都罢了，没想到他会为你做到这一步。

"我跟你说这些，只是想告诉你，我现在不讨厌你了，还有，卞都真的很在乎你。他是个不错的人，我希望你能好好珍惜，不要像我一样，强求不属于自己的，而毁了本就属于我的东西。直到夏息为我打人甚至差点儿杀了人，我才意识到，夏息对我有多重要。他说得没错，我太任性了，也太自私了，我一直仗着他喜欢我，玩弄他对我的感情，看到卞都，以为自己喜欢卞都，看到谁，又喜欢谁，唯独不说自己喜欢他。可是，失去他后，我才幡然醒悟，自己根本离不开夏息，我已经习惯了他的存在，习惯他陪在我身边，这世上，再也没有一个人会像他一样对我那么好。可是，我却生生地毁了他，毁了自己。我再也配不上夏息了。

"当然，你想跟谁在一起是你的自由，不用把我说的话太当一回事，只是，无论你选择的是卞都，还是夏息，我都希望你能替我好好爱他们。最后，叶晨睿，我希望你幸福！"

秦一璐说完最后一句话时，眼里噙着的眼泪终于落了下来。

这是我第三次见她哭，第一次是在她出事的那天，第二次在她给那些恶人祈祷的时候，第三次就是现在。

她每一次哭，那些眼泪就像打在我心上似的，让我心脏抽疼，鼻尖酸楚，忍不住跟着她一起哭。

说完要说的话，秦一璐从椅子上站了起来，离开了茶吧。

我静静地呆坐了会儿，突然像想到什么，急切地追了出去。

秦一璐已经走到了马路边的私家车那儿，打开车门正要坐进去。

我用尽全身力气，大声地对她喊："秦一璐，你是我见过的最美最骄傲的女生，其实我一直都很喜欢你，所以你一定要幸福！"

是的！你一定要幸福，就像你祝福我的一样。我们都要幸福。

这就是我急于要对秦一璐说的话。不管生活有多残酷黑暗，请一定不要放弃，幸福会来的，它有时候只是晚了而已。

秦一璐站在车门外，泪光闪闪地望着我，摇了摇头，微笑。

她说她会幸福的，不会输给我这个土包子的。

我破涕而笑，含泪望着她坐车离开。

自那之后，我再也没见过秦一璐，但是我知道，那个女孩儿，她一定会幸福的。

第七章

跟秦一璐见面耽误了一点儿时间，路上又遇到了堵车，我坐在公交车上焦急地望着手腕上的表，都快十二点了，卞叔叔他们肯定是等急了吧。

果然，心里才念叨着，包里的手机就响了起来，我翻包去接，另一头传来卞都的催促声。

"叶晨睿，你到底过不过来？大家都在等你。"

"被堵在车上了。"我苦闷地说道。

那头卞都不知道跟卞阿姨他们都说了些什么，窸窸窣窣的声响过后，他回我道："你到最近的站点下车，我过来接你。"

"路上很堵，你开车过来也要很久，我还是……"

"让你下车就下，哪那么多话，等我十分钟！"

即使两个人在一起了，卞都还是那个性子，霸道得不让人把话说完，就把电话给挂断了。

公交车像年迈的老人，吃力地前行了一段路程后，终于到了新的站点。我按卞都的要求下车在站台等他。

　　挤公车的时候人太多，手里的礼品袋被挤得有些变形。卞都还没这么快过来，于是我蹲下身，把东西放地上重新整理了下。

　　手摸到那对可爱的小手机链时，我脑子里回想起刚才跟秦一璐见面时她说的话。

　　她嘴里的那个卞都有着我不知道的一面。她说卞都是因为我才和她交往的，甚至还因为我，差点儿跟她上床。

　　原来卞都早就喜欢我了，可是我竟然一点儿都没察觉。是卞都隐藏得太好，还是我太迟钝了？我想，是后者居多吧。卞都他，早就表现得很明显了。

　　那天，在阿极爸的酒吧门前，他拼死为我挡刀。

　　那天，他发现我穿着夏息的外套，不顾伤口，不去医院硬是要带我回去换衣服。

　　那天，他得知我从卞家搬走之后脸上受伤的表情。

　　现在一想起那些画面，我的心就忍不住抽疼起来。

　　我到底是有多迟钝，多后知后觉，所以才会看不出卞都喜欢我，以为他只是任性霸道，性格使然才做了那些事，根本没想过卞都他是在以他的方式，保护我，爱着我。

　　就连那天，他伤好后去学校，看到我站在冷风中发传单，拽着我去咖啡厅，把我的传单扔掉，不让我再做那些事。我都自以为是卞都在耍孩子脾气，以为他根本不在乎我想要什么，为此还控制不住情绪，生气地打掉了卞都挽留我的手。

　　这会儿想来，那天我伤的不只是卞都的手，更多的是卞都的心吧。

　　卞都他也许只是怕我冷，不想我那么辛苦，才丢掉那些传单的吧。

　　卞都为我做了那么多事，可是我却什么也不知道。

　　我竟然还觉得，以爱之名，不顾我意愿，强迫我留在他身边的卞都是那么的残忍霸道。殊不知最残忍的那个人是我，是我恃宠而骄，不明真相，反而以受害者的形象伤害着卞都。

想想都觉得自己好可耻，好愧疚。

可是卞都他为什么喜欢我呢？我那般不起眼，卑微渺小，完全配不上他，他到底喜欢我什么呢？

我眼眶发红地望着手中的那对手机链，幽幽地问自己。

叶晨睿，你有什么，值得卞都这般用心地喜欢你？

你有什么呢？

你什么都没有。一个冷酷的声音从心底冒了出来，回答我。

我忽然觉得浑身发寒，眼泪瞬间掉了下来。

是啊！我什么都没有，根本不值得卞都喜欢。

想到这些，我的心脏就像刀绞似的疼痛起来。

即使早就跟自己说，不要奢求，不要妄想，可是我还是奢望了，这段时间温馨安逸的生活，让我幸福得不舍得走出来。

现在开始，努力让自己变得优秀还来得及吗？

就算家世不够好，长得也不够漂亮，脑袋也不够聪明，但我可以让自己变得更好，哪怕那个"更好"在别人眼里还算不上"好"，可我总得要努力一下，让自己变得优秀起来，尽量配得上卞都的喜欢。

我不由自主地握紧拳头，暗自地下定决心。眼前突然多了一双白色球鞋，往上望去是蓝色牛仔裤，在往上是军绿色的大衣，再往上便是卞都那清冷帅气的脸。

"我在马路对面站了有一会儿了，跟你招了好几次手，喊你好几遍，你都没反应。叶晨睿，你干吗呢？傻子似的蹲在地上，看蚂蚁搬家吗？"卞都手插在大衣口袋里，毒舌地朝我说道。

我却一点儿也不生气，只是呆愣在原地，痴痴地望着卞都，眼里湿湿的。

卞都他长得可真好看。

"叶晨睿？你怎么了？眼睛怎么红了？你不是吧，都没怎么说你，你怎么又要哭了。"卞都有些慌了，将我从地上拽起来，伸手要给我擦眼睛。

　　我本来眼泪还没流出来，被他这么一说，反而想哭了，不等卞都伸手过来，我整个人像小熊般撞进卞都的怀里，双手紧紧地抱着他的腰，眼泪全落在了他的大衣上。

　　"卞都，谢谢你。"我哽咽地说。

　　卞都的身体瞬间紧绷，伸出来的手僵硬地停立在半空中，不敢动弹，任由我抱着，别扭地咕哝了声，说："为什么突然谢我？"

　　谢谢你一直以来都喜欢叶晨睿。

　　我心里默默地回答他，那话到了嘴边便羞涩地说不出来，最后说出来的是："谢谢你来接我。"

　　卞都冷呵了声："就为这个？你又给我哭？叶晨睿你是不是水做的，所以才会有那么多眼泪！"

　　嘴上虽然说得狠，但是卞都却没有推开我。

　　我自己从他的怀里退了出来，站在站牌下对着卞都摇头，说："我以后肯定不哭了。"

　　是啊，要做一个更好的人，首先不要脆弱敏感，要坚强，不能老哭。

　　"先把你脸上的眼泪擦干净再说吧。"

　　卞都手伸了过来，嫌恶地在我脸上抹了几把，然后主动帮我拎地上的东西，惊奇道："你都带的什么啊？不是说去拿书的吗？"

　　我跟着卞都朝马路对面走，边走边吸着鼻子回答说："给卞叔叔他们买的礼物。"

　　"我的呢？就他们有？"

　　就知道卞都会说这句话，我立刻从口袋里掏出那对手机链，献宝似的给卞都看："卞都，这里一个给你，一个我留着。"

　　卞都探寻地看着我，没有去接。

　　"你不喜欢吗？"我小声地问道，瞬间成了乌龟，怕被拒绝似的，想要将脑袋缩回壳里。

卞都一把抢过手机链，从口袋里掏出手机，直接挂了上去。

"不是，我觉得你有点儿怪，是不是发生什么事了？"

"没……没有啊。"我结巴地回答，低下头，去拿自己的手机，把余下的链子挂上去。

"晨睿，其实你没必要勉强自己喜欢我，我们有的是时间，我可以慢慢等的。"

"我……"

卞都，其实我……

不，不能说，现在还不能，等我变得配得上卞都时再说吧。

卞都是骑摩托车过来的，高考结束，阿极爸送了阿极一辆车，卞叔叔看到就问卞都，他有没有想要的，卞都就跟他爸要了辆摩托车。也不知道他什么时候学会骑的，卞叔叔他们都很惊讶，但还是给他买了。后来卞阿姨说卞都你十八岁都没到，驾照都没有，不好开出去的，所以那车一直放着。

卞都将我的东西放到了车上，自己先跨坐了上去，将头盔递给我，催我上车。

"卞都，你驾照拿到了吗？"我惊讶地问。

卞都以为我在怀疑他的技术，朝我翻了个白眼，恨恨道："过完生日就去办了，我的事你都不关心的啊！"

我理亏地跟卞都道歉，按着卞都的肩膀上车。

卞都拉过我的手，横在他的腰上，吓唬我说："你不抱紧一会儿摔下去别怨我。"

我忍不住笑起来，双手紧紧地环住了卞都的腰。

卞都的样子，其实挺可爱的。

车发动起来，像离弦的箭快速地朝前冲去，我吓得忍不住大叫起来。卞都恶作剧得逞般地呵呵笑着，那头黑色的碎发在风中不羁地乱舞着。

那一刻的卞都，一副意气风发的模样，让人不由自主地为之着迷。

　　到卞家时，因为迟到，卞阿姨微微对我抱怨了几声，但看到我送的礼物，也没再多说，只是嗔怪我不过回来吃顿饭，还买什么东西，看起来那么见外。

　　我说是兼职赚的钱，第一次挣钱想买点儿什么。卞阿姨闻言脸色有点儿尴尬，卞叔叔走过来，拍拍我的肩膀，问我兼职怎么样。

　　我说挺开心的，感觉生活充实了很多，而且还认识了施恩。

　　卞叔叔就像个父亲迎接外出回来的女儿，摆出一副饶有兴趣的样子，听我说下去。一旁的卞阿姨已经转过身去，吩咐保姆端菜上桌。卞都早已先坐好，百无聊赖地朝我们喊了声，别聊了，吃饭了。大家陆续就座。

　　吃饭的时候，卞阿姨聊起夏息的事，问卞叔叔夏息那孩子现在怎样了。

　　卞叔叔有点儿避讳地说："吃饭吧，事情都过去了，就别聊了。"

　　卞阿姨不听，继续缠着卞都说话。

　　"我听说夏息那孩子跟秦一璐在谈恋爱，小都那是怎么一回事？秦一璐不是跟你分手没多久，怎么就跟夏息搅和上了。这女孩子平素看着挺不错，现在看来有点儿不大正经啊！夏妈妈之前还在我面前摆谱，说她家夏息跟秦一璐有多好有多好，秦一璐那孩子家里有多好，那我怎么听说夏息一出事，那秦一璐就回美国去了呢？夏妈妈以前老拿夏息挤对我家小都还有陈家那小浑球，说他家夏息乖，夏息听话，听话还出那事。交际圈的人问起，她还跟人说夏息是被人带坏的，他不是那种孩子，瞧这话说得多有深度，被带坏，被谁带坏，不就是影射我们家小都吗……"

　　"好了妈，别说了，吃你的饭吧。"卞都不耐烦地打断卞阿姨的话道。

　　卞阿姨还想说些什么，卞叔叔发话了，语气威严地对卞阿姨说："你有那么多闲工夫听闲话，怎么不抽点时间去学校看看晨睿。她寄宿到现在，你去看过没，孩子也是你看着长大的，你上点心行不行！我是公司忙走不开，

你成天除了打麻将跟小姐妹争脸面，你还做了些什么呢！"

话锋一下子转到了我身上，我觉得头皮像被针刺似的发麻起来。

卞阿姨的脸色瞬间难看起来，她是个好面子的人，没想到卞叔叔直接在饭桌上饿她，自然不高兴了，气愤地推碗站起身来，沉着脸道："你这么不放心，你怎么不自己去看啊？！"

说完，她红着眼眶离席走人。

我跟着站起来，要去追她，卞叔叔拉住我，摇摇头，无奈地说"让她去吧，她就是这骄纵的性子。"

我窘迫地站在原地，沉默地望着地面，摩挲着自己的双手，像做错了什么事似的，不愿抬头。

要是我没回来就好了。

我就知道，我在卞家一天，就一直是横在卞阿姨心上的肉刺，拔不拔掉她都不好过。

"晨睿，你别多想，吃饭吧。"似乎知道我在想什么，卞叔叔拍拍我的手，安抚道。

我回到座位上，拿着筷子挑拣着碗里的饭菜，再也吃不下。鼻尖酸楚，刚想哭，立刻又阻止自己，将眼泪给逼了回去。

都已经说好不再哭了，没什么的，晨睿，都习惯了，没什么。

碗里突然多了块鱿鱼，我愣愣地抬头看着身侧的卞都。

卞都继续吃饭，没有看我，只是手从桌下伸了过来，牵住了我的手。

心里一股暖流淌过，之前的委屈突然消失了，我感动地埋头将鱿鱼夹进嘴里，微微地回握住卞都的手。

吃完饭，卞都跟我要回公寓。

卞叔叔不解地留住我们，说："你们还要去哪儿？小都，你妈说你最近都住外头，你住哪里呢？还有晨睿，期末都结束了，你们学校宿舍也要关了，你不住这儿，还去哪儿呢？"

"爸，我们……"

卞都忍不住想要跟卞叔叔直说，我赶在他面前，慌忙说道："我住施恩那儿，这两天收拾下，我们打算一起回乡下看我妈，过完寒假等年后再过来。"

卞叔叔惊讶地问："那施恩也跟你一起回去。"

"嗯，她家里没人了。"我说。

之前我跟卞叔叔稍微聊过点施恩的事，所以他大致了解施恩的情况，也没再多问，信了我的话，只是难过地对我说："晨睿，你其实没必要这样的，你卞阿姨就那性子，你不用顾虑她的，寄宿兼职都没必要，可以搬回卞家来的。"

我不能听他说那种话，每次听到都想哭。

我真的不值得卞叔叔他们对我那么好。

"不是的，卞叔叔，不是因为卞阿姨，我在外面挺好的。真的，挺好的。"我哽咽地说，差点儿没忍住掉泪。

卞叔叔伸手抱了抱我，说："晨睿，你一直都是乖孩子。那决定好什么时候回乡下吗？到时候我送你们。"

"不用麻烦你的，我们自己坐车回去，施恩想看看路上风景。"我婉拒道。

"坐我车也可以看风景的。"卞叔叔有点儿伤心地说道。

卞都在一旁挤对他，说："她说不要就不要了，你那么烦做什么！"

闻言，卞叔叔脸上的慈祥顿时敛去，换了副表情，严厉地对卞都道："你妈管不住你，我得管管你！有家不睡睡朋友家，你还不如永远别回来了！今天别给我往外跑了！"

"爸，你这差别对待也太明显了，有你这样的吗？！就算待家里，我现在总得先送叶晨睿走吧？"卞都没好气地朝卞叔叔说道。

卞叔叔被卞都的话噎了下，口气松了点，说："那送完就早点儿回来，别又大半夜回来。"

"知道了。"卞都敷衍地回道，拽着我要走。

卞叔叔又想到了什么，再度叫住了我们。

"对了，你们有空的话去夏家看看夏息吧，那孩子，多好的一个人，唉……出这种事，大人说不上什么话的，你们年轻的说不定还能谈谈心，好好开导下他。"

我跟卞都一起应了声，卞叔叔这才回身进门。

离开之前，我回头看了下卞家的别墅，看到卞阿姨正站在卧室的窗户前看着我们，目光对上我，她立刻转过身去，别扭地拉上了窗帘。

某种程度上，卞阿姨跟卞都很像，都是个心口不一的人。

回去的路上，我坐在卞都的车上，冷风从头盔底部的缝隙中穿透进来，刀子般刮着我的脸。

到公寓后，卞都要送我上楼，我脱下头盔给他。卞都接了过去，抬眼直勾勾地盯着我看了会儿，伸手摸了下我冻得冰凉的鼻子，说道："下次还是别坐摩托了，看你鼻子冻得跟小丑似的，通红通红的。"

说完，他又玩闹地捏了下我的鼻子。

我从他的手里挣脱出来，捂着鼻子往后退了几步，问卞都要不要上楼坐会儿。

卞都摇摇头，说不了，他还有点儿事，要先走，晚上应该不来了，不然他爸那边不好交代，他明天来看我。

"卞都，我寄宿跟兼职都不是因为你还有卞阿姨，你跟卞叔叔他们都别多想。"见卞都要走，我连忙喊住了他说道。

想起那天，他得知我搬走时的情景，他自责地认为我是因为他才搬出去的。即使还未完全做好准备跟卞都好好在一起，但我不希望我们之间存有什么误会。

卞都朝我微笑了下，说："我知道。"

"嗯，最初不是很明白你那样做的理由，现在有点儿明白了，晨睿，你是想要属于自己的自由生活吧。我虽然不是百分百地知道你想要什么，但是晨睿，我不傻，你不用怀疑我的智商。"

我惊愕地望着卞都，一时说不出话来。我以为卞都他不了解我，从不知道我心里想要什么，其实不是，卞都对我一向都挺上心的。

卞都转身要走的时候，我冲过去抱住了他。

我的脸贴在他精瘦的脊背上，我抑制不住眼里奔腾而出的眼泪，动容地跟卞都说："我都知道了，秦一璐都告诉我了，卞都，谢谢你，谢谢你为我做的一切。"

卞都任由我抱了几分钟，然后掰开我的手，转过身对着我，无奈地给我擦眼泪道："我就说你今天怎么怪怪的，一直对我投怀送抱来着，原来是秦一璐找过你了。晨睿，你不用因为她说了些什么对我有所感恩，然后对我说那些讨好顺从的话，甚至还主动抱我来着。我喜欢你是没错，但是我要的不是你的感恩，或者是愧疚还是其他，我想要的是你单纯地喜欢我，想要到我身边来。我说过我不急，我可以慢慢等。"

卞都他以为我这么做只是对他感恩而已。

不，不是这样的，我……

"好啦，外面冷，你先上去吧，我要走了。"

不等我开口解释，卞都用手捧着我的脸颊说道。不知道是不是我的错觉，那一刻，我发现卞都带笑的眼睛里夹杂着几丝害怕。然后，他像逃似的，跟我挥完手就开车走了。

卞都在害怕什么呢？我独自想了很长一段时间也没想明白。

后来，我才知道，卞都是怕从我的嘴里听到我不喜欢他的话。他怕我承认，我对他的感情只是出于感恩、愧疚还有他所说的其他，而非喜欢。

可我知道，那时候，我对卞都的感情里是有喜欢存在的，只是我还不确定，那份喜欢是否就是爱。

晚上卞都没有过来，他被卞叔叔要求回家吃晚饭。不过他有打电话给我，问我在做些什么。我如实说了，两个人聊了一会儿，便没话了，最后卞都说早点儿睡，我说了声好。

即使是很平常的生活，但是却莫名地多了几分甜蜜。

然而，我根本无法早睡，刚跟卞都聊完，家里的门铃就被按响了。我从沙发上站起来，还没到门边，就听到了施恩的声音。

施恩来找我问秦一璐都跟我聊了些什么，我跟施恩大致讲了下，但没有全部说出来，不是不愿意跟施恩完全坦诚相对，只是觉得有些过于私密的话还是不要说了吧，毕竟感情是件很私人的事。

还好，施恩没有一再追问下去，只是扯开话题跟我说，她寒假不跟我回乡下了，让我替她向我妈问个好。

我茫然地看着她，问："为什么？"

施恩调皮地朝我眨眼睛，然后羞赧地笑，两根食指比对在一起，难为情地说："阿极说等他考完试，寒假带我出去玩。江都的冬天太冷了，我们准备去三亚过冬。新年的话也可能不回来了，反正我们都是孤家寡人，阿极他爸素来不管他，新年阿极也都是跟朋友过，今年他说和我一起过。"

我听完，了然地点点头，说："挺好的。"

施恩看我反应淡淡，怕我生气地拉着我的手，讨好地说："晨睿，你不会生我气吧，我明年暑假再跟你一起去乡下。"

我微笑着说："没有，你不要多想。当初想带你一起回家，也是怕你孤单，现在你有阿极陪着，我替你高兴都来不及，怎么会生你的气。"

施恩"嗯"了声，朝我笑，说："你真善解人意。"

施恩走后没多久，我妈难得闲下来，用工厂外面的公用电话给我打了个电话，问我考试考完了没有？什么时候回乡下老家。

我说考完了，打算这几天就回，我还问她："妈，你工厂什么时候放假？我给你买了条围巾，是你喜欢的素淡花色，你到时候有空的话回来试试。"

我妈以为我是拿卞叔叔的钱买的，有些愠怒地说："不是跟你说过了吗，你卞叔叔的钱你别乱花，到时候都得还给他们的。妈不要什么围巾，你给我退了吧。"

"妈，不是的，这是我自己打工赚的钱，之前不是跟你提过吗，我搬去学生宿舍了，然后同学介绍了份兼职给我，放寒假前老板结了薪水给我。我给卞叔叔他们买了礼物，也给你买了。妈，我没不听你话。"

我妈那头突然沉寂了下来，半晌，妈妈开口哽咽地说："晨睿啊，都是妈不好，妈要有本事的话，你也就不用这么委屈。妈……"

"别哭了，妈，我真挺好的，我不委屈。"我难受地跟我妈说。

我妈一哭，我就忍不住跟着她一起哭。之前怕她觉得我在卞家过得不好，我搬出来是受了多大委屈，所以我也是找了好久的理由才跟她说了搬出去在学校寄宿的事。她当时说没事，晨睿，你心里别生你卞阿姨的气，淑言她人不坏的。我们确实麻烦人家。她嘴上开导我，怕我难过，自己心里却放不开，每次说到这个事，还会哭。

我妈应了声，然后又跟我说了很多话。

我本来想跟她说下卞都的事的，但是想了想还是先别说了，一个是我不确定我妈知道了怎么想，一个是长途电话费贵，这事在电话里几句话也说不清楚，等回家了再找个机会说吧。

我妈让我要到了家，到工厂里找下她。她就在我们小镇的那个窑厂工作，我知道她在哪儿的。她虽不能天天陪我，但是我回来后，她上白班的时候，晚上可以回来跟我待一块儿。平素家里没人，她就算上白班也宁愿待在厂里宿舍接手工活做，想着一个人回去也孤单。

我听着说好。

　　和妈妈通完电话，我简单地洗漱完，然后就躺床上睡觉了。明天还要早起收拾下公寓，整理下带回去的行李，还得赶去车站买回去的车票，施恩现在不跟我一起走了，我待在江都也没什么事，不如早点儿回去陪陪我妈。

　　不知是白天累到了，还是想着要回家了心情好，那天晚上，我睡得很安稳，一夜无梦。

　　第二天一大早，我醒来的时候，听见外面客厅里有声响，穿着拖鞋走出去一看，是卞都过来了，正忙着安排带过来的早餐。

　　看到我，卞都抬了抬头，说："快去刷牙洗脸，趁还热着。"

　　说完，他又自顾自地忙活起来。

　　吃早餐的时候，家里门铃响，卞都去开门，是阿极跟施恩过来了。

　　阿极刚进门，看到摊在桌上的豆浆油条，当即噔噔噔地跑了过来，两眼放光地要伸手去抓，被卞都一筷子打了手，满面委屈地跟施恩要求呼呼。

　　施恩都没工夫理他，急切地跑进洗手间关了门，说自己肚子疼。

　　我起身去厨房拿了碗，给阿极也倒了杯豆浆，分了根油条给他。

　　阿极这孩子，受不了别人待他好，拉着我的手，两眼泪汪汪地说："还是晨睿好。"

　　我难为情地对他笑，卞都拿眼瞪他，将手边吃了一半的烧卖塞进阿极嘴里，然后再度用筷子打掉了他的手。

　　"快吃吧，吃完我们还得去看夏息。"卞都说。

　　"要去夏叔叔家吗？"我惊讶地问，卞都之前没跟我说今天去看夏息。

　　阿极不嫌弃地吞掉嘴里的烧卖，喝了口豆浆，忙着跟我解释："我昨天考完试了，跟施恩坐明天的飞机要去三亚，卞都说让我们走之前去看下夏息。晨睿，你不是也要回乡下吗，你确定什么时候走了吗？"

　　我看了卞都一眼，说："可能明天，要是买到票的话。"

　　阿极点点头，继续吃东西。

吃完早餐，大家整顿好准备去夏叔叔家。阿极开了车过来，施恩早早地就坐在了副驾驶位子上，我跟卞都站在车外。

我有点儿不想去。

不是不想看看夏息现在怎么样了，只是他现在那么讨厌我，我怕我去了，他心情会更加不好吧。

我一直都记得他说的那句话，他说叶晨睿，我不想看见你。

卞都过来拉我的手，我抬眼望着他，不由自主地眼眶发红，眼睛有些涨。

卞都安慰我，说："别怕，有我在呢。"

我沉默地点点头，由着卞都拉着我上了阿极的车。

夏息家，我印象中就去过一次，还是夏叔叔他们刚回国，在家办了宴会，请当地的亲朋好友过去吃饭，卞叔叔他们带我一起去了，之后就没有机会再来过了。

比起我，卞都他们要显得轻车熟路许多，想必以前没少来过这里。

下车，阿极去停车，卞都带着我先去按门铃。

夏家的别墅跟卞家的不同，卞叔叔家是偏中式的，夏叔叔家则偏西式，这主要跟两家之主的生活经历有关，夏叔叔他们在国外待的时间比较长，生活习惯都偏向欧美国家。

门铃响了一会儿，保姆过来应门，卞都上前说明了来意，保姆领着我们进门，在门口就碰到了好奇出来查看的夏妈妈。

夏叔叔不在，夏妈妈看到我们明显地愣了一下，表情有些不自然，但很快就又恢复了正常，招呼我们进屋。

我跟着卞都在门口换完鞋，才敢进去。

"小都，今天怎么有空过来？"夏妈妈看了我一眼，然后微笑着问卞都。

我拘谨地站在一旁，听着卞都说是来看看夏息。

提到夏息，夏妈妈的脸色顿时变得难看又悲伤起来，眼眶突然红了起来，一副要哭的样子。正巧阿极跟施恩停完车进来，两个人一个脾性，都不爱换鞋就直接走了进来。

夏妈妈看到他俩，含在眼眶里的眼泪一下子就掉了下来，眼睛一直盯着被阿极他们踩过的昂贵地毯，抽抽噎噎地说："难为你们有心了，夏息这孩子被他爸关在他房间里，这么久都没说过话，东西也没吃多少。你们去看看他，帮我劝劝他。事情都过去了，他怎么还想不开呢。"

夏妈妈说完，转身上楼，带着我们去找夏息。

自夏息出事到现在，不过几天的光景，夏息却像完全变了一个人。在他家看见他的时候，我都不敢相信那个人就是我认识的夏息。

他的卧室一片漆黑，窗帘被拉得紧紧的，所有东西都被堆在窗户前，堵住了一切可以透光的缝隙，然后他就像个长年不能见阳光的吸血鬼，浑身的肌肤有着不正常的惨白，人比之前瘦了很多，手上挂着营养剂，无声地蜷曲在墙壁一角，一动不动，就算我们进去，他也没抬过头。

"回家后，他就成了这样。多好的一个孩子，怎么就成了这样。"夏妈妈伤心地说道，边说边忍不住哭。

我不由得跟着她一起红了眼眶。

阿极先冲进去跑到夏息身旁，用手推他，说："夏息，你给我起来，你这像什么样子，外面阳光这么好，不就是那点儿破事你至于吗？啊哦……"

许是阿极说的那"破事"两个字刺激到了夏息，他终于有了点儿反应，黑色琉璃般的双眸里闪过几丝愤恨，没等阿极说完，就拔掉手上的针管往阿极的手上刺去。

阿极痛得大叫起来，一把推开夏息，又是骂又是心疼地说："夏息，你要成神经病，我会一辈子看不起你的！"

施恩过来拉他，说："你少说两句。"

夏妈妈则激动地跑过来，心疼地扶起被阿极推倒在地的夏息，眼泪直往下掉。

看到这样的夏息，我实在没有勇气上前。我不知道能跟他说些什么，更不知道该怎么帮他。

人如果自我封闭在阴霾里，自我沉沦，自我混沌，旁人不管怎么拉他，都没法拉他出来的，他要从黑暗中走出来，只有靠他自己。

可是，这样的夏息，他明显是在放弃自己啊！

我难受地捂着胸口，有些喘不过气来。

卞都走上前去，蹲在夏息的面前，说："夏息，有句话我从没跟你说过，我怕说出来丢脸，但是现在夏息，我想告诉你，我曾因为你感到自惭形秽，除了你，我从未对谁有过那种羞愧感。所以我希望你能重新站起来，然后告诉我，卞都，你没错，我就是比你好。作为朋友，我能对你说的只有这些，还有……"

卞都突然凑到夏息的耳边说了声悄悄话。

我不知道卞都都说了什么，只是看到夏息脸上的表情明显地变了，暗淡无神的眼里一下子有了光彩，但很快地又泯灭了。

后来我才知道，卞都跟夏息撒了谎，一个善意的谎言，却给夏息带来了又一次的伤害。

看完夏息，夏妈妈留我们吃午饭，大家都婉拒了。夏妈妈还得忙着照顾夏息，我们怎么好意思留下来麻烦她。

从夏息家出来，阿极手被扎伤了，说心也受伤了，闹着脾气不愿开车，换卞都开。

在车上阿极不解地问："夏息为什么会突然变成这样，他也不算个太脆弱的人，就秦一璐这点儿事把他给打垮了，那秦一璐都没被打垮呢。"

卞都跟阿极解释，说："打垮夏息的不是秦一璐被侵犯，而是他差点

儿动手杀死了人，他起了杀念。夏息从小就是个很爱干净的人，他不像我和你，喜欢跟人打架，他安静得就像五线谱上的乐谱，只有有人弹奏时才会发出悦耳声响。他的手上没沾过血，而这一次他差点儿沾了人命。这才是最打击他的。那天他是豁出去了，不要命了，所以做了那件事，之后冷静下来，他就无法接受那时残忍血腥的自己，所以选择了自我封闭。其实每个人都有阴暗面，就算是夏息也有。"

"每个人都有阴暗面啊……"阿极颇为感慨地说，然后问施恩，"施恩，你的阴暗面是什么？"

施恩脸色变了变，然后狞笑地伸手捏阿极的手，调皮地说："我的阴暗面就是欺负你。"

车内全是阿极的哀号声。

那天，卞都他们陪我去车站买了车票。

施恩看到我手里的一张车票，抱歉地问："晨睿，你一个人回去没事吧？"

我笑着说："没事，都这么大了，能有什么事。"

阿极在一旁用胳膊肘撞卞都，拿眼睨睨他说："这种时候你怎么能不送晨睿回去？"

卞都给了他一记白眼，呵呵笑道："你以为我是你啊，没断奶，天天黏着人跑！"

阿极气得跳脚："晨睿不让你黏，你也用不着对我羡慕嫉妒恨吧！"

刚说完，阿极就被卞都按着头打了。

我跟施恩在一旁好笑地看着他们。

晚上，在外面吃完饭，卞都送我回公寓，他在客厅里坐了会儿，我给他冲了杯热可可，让他喝着暖暖身。

傍晚下起了冬雪，天有点儿冷。

卞都默默地低着头，一口一口地抿着茶杯，时不时地偷瞄我。

我被他这样看得心痒痒的，忍不住出声问他："卞都，你是不是有话想跟我说？"

卞都摇摇头，然后又点点头，放下杯子说："明天你真不要我送你？"

"还是不要了吧，不然你跟我回去，妈妈看到，我不知道该怎么跟她解释，她还不知道。"我小声地说。

卞都"嗯"了声，表情看上去有些失落。我不知道该说什么让他开心，只是笨拙地坐在一旁。

卞都喝完了最后一口可可，放下杯子，说要走了，我起身送他。

从电梯里下来，到楼梯口，卞都让我别送了，走到小区再回来也有一段路，让我回去吧。

我看着卞都脸上淡漠的表情，心里有点儿难受，总觉得自己好像又错了，无意识地让卞都伤心了。

"卞都……"我小声地喊了下他。卞都回头看我，等着我往下说。

"路上小心。"半晌，我就挤出来这么一句，自己都为自己感到愤懑起来。

卞都眼神有点儿暗淡，又催了我一遍让我上楼后，自己转过头去，走了。

路灯下，卞都的身影看上去修长又寂寞，我看着有点儿心疼。有好几次忍不住想出声喊住他，有什么话迫切地要从胸膛里爆发出来，但是又有个声音跟我说，晨睿，别，别这样，再等等，在还未确定爱他之前不要做任何承诺，不然若是不爱，他会更受伤的。

于是，我只能不舍地望着卞都的背影，兀自伤感，直到再也看不到卞都，我才转身朝楼梯口走去。

在电梯里按了楼层，等待着门关上，楼道里突然传来急促的脚步声，电梯欲关上的门被人用手强撑了开来，我惶然地抬头，然后就看到了疯跑来还喘着气的卞都。

"卞……"

还没来得及喊出他的名字，卞都整个人突然压了过来，双手按住我的手，将我的背压在电梯上，用力地吻住了我。

心跳得仿佛要炸开似的，我闭上了眼睛。

短短的几秒，仿佛过了几个世纪。电梯的门终于关上了，卞都走了，走之前他孩子气地朝我笑了笑，心情看上去好了很多。

我呆愣地站在原地，手指触摸着嘴唇，那里还残留着卞都留下的温度，烫得发疼。

爱卞都吗？我爱卞都吗？

这个问题，我问了自己无数遍，最后，我问自己，什么是爱？我们口口声声说着爱，那么什么才是爱。

躺在床上翻来覆去想了很久，直到疲惫不堪地睡过去也没找到个让人信服的答案。

我没想到会接到夏息的电话，那时候已经是深夜两点，我迷迷糊糊地刚睡着，就听到放在一旁的手机在拼命地振动，诺基亚女音里播报着夏息的名字。

一开始我以为是幻听，继续睡着，直到振动停了又响起，再次听到那个名字时，我才肯定自己没有听错，慌忙地在床上坐起身来，拿手机一看，的确是夏息。

那边是夜一般的死寂，只有微微的喘息声，我叫了几声夏息的名字，得不到回应，当我以为夏息可能是不小心按到我号码时，他总算开口了。

长久不说话，夏息的声音带着浓重的嘶哑，听起来仿佛随时都可能会断似的。

"晨睿。"他说，"我是夏息。"

我眼泪掉了下来，用手抹着脸，说："嗯，我知道呢，你是夏息。"

你是最好的夏息。

　　"对不起晨睿，之前的事，我很抱歉，你别生我气，我只是……只是失控了。"夏息吃力地说道。

　　我拼命地摇头，忽而想起夏息他看不到，赶紧激动地说："没关系的，夏息，我不会生你气的，你要好好的，你……"

　　后面我都说了些什么自己都不记得了，只记得我一直没忍住在哭。那种既悲伤又高兴的情绪是很难抑制住的，就好像对你来说，生命中很重要的人，你以为就此失去他了，他却又突然出现在你面前，哪怕千疮百孔，但的确是鲜活的，不会消失的。

　　我无法形容接到夏息电话时的感觉，那太复杂了，好像千百种情绪都涌了上来，所谓百感交集应该就是这样的吧。

　　"你不生气就好。"夏息说，然后顿了几秒，开口继续道，"我想请你帮我个忙，晨睿……"

　　我愕然地竖起耳朵，怕自己没听清，帮不了夏息。

　　夏息想让我帮他去机场买机票，他要去找秦一璐。他说他知道秦一璐走了，他爸妈聊天的时候，不小心被他听到。他还是没法放下秦一璐，所以强迫自己站起来，想要去美国找她。但是他被锁在家里没法出来，碰不到网，也无法去机场买票，所以希望我能帮他。

　　他说他有种笃定，我一定会帮他的。说完这句话，他有点儿不好意思地苦笑了下。

　　他说得没错，我一定会帮他的。

　　因为他是夏息啊，曾在我需要人帮忙的时候，毫不吝啬地出手帮我的夏息。

　　"可是你怎么从家里出来？就算我帮你买到机票，你也没法去机场啊？"我担心地问。

　　"总会有办法的，相信我，晨睿，我总会有办法的，一璐还在美国等我，我肯定能想到办法的。"夏息说道，微弱的声音里却带着一股坚定的力量。

　　夏息跟我约好时间，让我到时候买完机票在检票口等他。如果那个时

间他都没到的话，那应该是他的计划失败了，他没能从家里逃走，让我可以不用再等了。不过，他不会失败的。

那时候我并不知道夏息那所谓必定成功的计划，他几乎赌上了自己的性命。

电话挂断后，我再也睡不着，独自抱着自己蜷曲在床上发呆。静谧的夜里有某种不安的分子在暗自涌动着，我莫名地觉得心慌。

第二天一大早，我起得很早，将买好的车票放进了背包里，然后拖着行李箱离开了那间温馨小屋。

刚下电梯就接到卞都打来的电话，他问我起床没有？

我说起了，卞都你呢，还在睡觉吗？

卞都那头传来呼呼的风声，他打了个哈欠，咕啾一声，说是啊。

我哦了一声，心中有些微微的失落，但很快情绪又高昂起来，对卞都说："卞都，你晚上别开窗户睡觉了，冬天夜晚会下霜，会冻感冒的，风都刮进来了。"

说完，我觉得脖子一冷，一阵风穿透围巾从领子口灌了进去，有点儿冷。

卞都问我："晨睿，你在外面吗？"

"嗯，出来买点儿东西。"我对卞都撒谎说，下意识地将脚边的行李箱往后挪了挪。

夏息让我谁也别告诉他要走的事，不然他走不了，所以我不能告诉卞都我去帮夏息买票。

那头卞都突然沉默了下来，几秒后，他问我要不要他过来陪我一起去。

我急着说："不用，真不用，就是买点儿东西。我买完就直接坐车回乡下了，卞都，你睡会儿吧，外面很冷，不用过来送我。"

怕卞都受伤，我又紧张得舌头打结地说："卞……卞都……我回去后也可以电话联系的。"

卞都"嗯"了声，说："那我挂了。"

我望着被卞都挂断的电话，失神了片刻，胸口有点儿闷闷的。

卞都他，应该是生气了吧。

唉。

我先去银行在自动取款机上取了点儿钱，虽然没有去过美国，但是我知道去那儿的机票价格不菲，我自己没有那么多钱，只能在卞叔叔这些年给我的零花钱里取。那笔钱本来不想动的，打算大学毕业找到工作后一起还他的，现在也只能先借用下。

夏息约的时间是上午十一点，我回乡下青宁小镇的巴士是十一点半，我估计来不及从机场赶回汽车站了，到时候晚点后只能重新买票了。

从市区去机场，坐地铁和机场大巴都需要挺长的时间，我怕自己去得晚买不到夏息所要搭乘的航班，索性直接打的去。

匆匆赶到那儿，也已经是九点往后了，我拿钱去买机票，报了夏息的身份证号跟姓名，然后拿着机票拖着行李去楼上的检票口等。

望着一个个飞往美国的人，他们中有独自前行的高薪白领，有亲朋好友送别的留学海外的学子，有回家的老外……

我看着他们，又看了看手中的机票，不免有点儿感伤。

夏息要走了，这一次走了还不知道回不回来。

童年玩闹在一起的四个人，夏息、阿极、卞都跟我，夏息走了，就只剩下我们三个人，往后的人生里，不知道是否还有分别，分别之后又是否还有重逢。

我看不了这种伤感画面，每一次都会被戳到泪点，鼻尖酸楚有想哭的冲动。

总觉得青春的我们，有时候情绪来得莫名其妙，突然觉得痛苦，突然又觉得不痛了，突然觉得日子苦得要人命，突然又觉得生活很甜蜜，他们

说这是因为我们还在成长阵痛期。

或许青春本就是一群人一起经历成长阵痛期，一起欢闹哭笑，一起鲜衣怒马，一起学着告别。

手心里握着的手机突然振动起来，是夏息。

我慌忙地接起，夏息问我在哪里。我报了地点，然后从位子上站起来拖着行李，张望四周寻找着夏息的身影。

之后，我就看到在人群中拿着手机寻人的夏息。他穿着单薄的医院病号服，硕大的衣袖露出纤细的手腕，手腕上包裹着厚厚的纱布，纱布上透着红色血丝。

我隐约意识到了夏息选择以怎样的方式才走到了这里，握着手机的手不由得攥紧，眼泪一下子润湿了眼眶，说不出话来。

周围所有人都在用奇怪的眼神看他，他却丝毫不在意，目光触到我，清秀瘦削的脸上浮现出灿烂的笑容来，欣喜地朝我走来，说："晨睿，终于找到你了。"

我将眼泪逼了回去，忍着泪将手中的机票给他，他伸手来接，我别开眼，不忍去看他手腕上那道赫赫在目的伤口。

夏息拿着机票去检票口，我拖着行李送他过去，看着他冻得苍白、血管凸显的皮肤，我忽地停下脚步，从行李箱里掏出了件羽绒服给他，撺掇着他穿上。

衣服很旧，款式也不好看，但是夏息没嫌弃，穿在身上，出奇的好看。

他露出干净的笑容，伸手抱住我，说："晨睿，谢谢你。"

我拼命地眨着眼，不让眼泪流下来。

突然，我感到手臂上有一股巨力拉扯，那股力量将我从夏息的怀里拽离了开来，踉跄地往后退去，背部有了支撑，愕然地抬头，便看到了盛怒的卞都。

完全不等我去拦阻，卞都一拳打在夏息的脸上，夏息摔在地上，嘴角露着血丝，表情淡漠地望着卞都。

我冲过去护在夏息的面前，哭着求卞都："别打了，别打了！"

卞都一手拽起我，一手拉着我的行李箱，拖着我往电梯的方向走。

我不放心地不停回头看夏息，卞都攥着我的手越来越紧，好像骨头都要被他捏碎了，痛得我皱紧了眉头。

卞都直接将我拽到了机场附近的一家酒店，要了间房间。

我突然意识到他想做什么，用力地挣扎着想挣开他的手，可是徒然。

我以前就知道，卞都力气很大，我根本就挣不开他的禁锢。

一进门，卞都就像疯了似的脱我的衣服。

我哭着喊："不要这样，卞都，我冷！"

卞都不管我，像剥蛋壳一样，将我全身都剥了干净，只留了内裤给我遮羞。

我脸上火辣辣的，双手护着自己，蹲下身去，剧烈的羞耻感试图将我吞噬。我蹲在地上，瑟瑟发抖，像只被拔光了羽毛的鸽子。

卞都却不放过我，将我再度拽起，甩在床上，整个人压了下来。

不管我怎么哭，怎么哀求，怎么挣扎，他都不停。

那刺痛，痛得我再也发不出声音。

我像被冲上沙滩的鱼，除了张着嘴，睁大眼睛，目光呆滞地望着上方，其他什么也做不了。

卞都的汗滴在我的脸上，还有他的眼泪。

他在我的身体里，一动不动，双眸哀伤地看着我，伸手触摸颤抖的我，将我紧紧地塞进他的怀里。

他说："晨睿，为什么要骗我？我很早就起来了，打你电话的时候我在公寓楼下，我很想你，我想给你个惊喜，可是晨睿，你为什么要骗我呢？又为什么要跟夏息走。"

我蜷曲在卞都的怀里，眼泪不停地往外流。

不是的……不是这样的，卞都，我没有想跟夏息走，我没有……我不

是故意骗你的，不是……

我想跟卞都解释，可是嘴里咿呀了几声，发不出只言片语。

卞都生涩地动着，不顾我是否疼痛，好像我越痛他越舒服，好像只有这样，他的痛才会好受一点儿。

我望着他白皙的手臂上那道狰狞的刀疤，慢慢地停止了挣扎，闭上眼，伸手回抱卞都，试图安抚他。

不要怕卞都，我在呢，不要怕。

"别怕，别怕……"

那是我嘴里后来仅能发出的声音。

那声声"别怕"，不知道是对卞都说的，还是对我自己说的。

几番痛楚之后，卞都安静地躺在床上，疲惫地睡去，他似乎很久都没有睡过安稳觉了，眼眶底下蒙着青灰色。即使睡着的时候，他的手臂还用力地压在我的胸前，紧紧地抱着我不松手。

我浑身痛得蜷曲在他的怀里，眼泪浸湿了枕头。

我想，我应该是爱卞都的吧，所以哪怕他是个根本不懂怎么去爱的鲁莽孩子，哪怕他痛了伤到了，要把那些痛加诸在我身上，让我跟他一起痛，我也无法恨他。

那是爱吧？

那应该就是爱的。

可是，爱真的好痛啊！

第八章

晨睿，你爸是个硬骨头
CHENRUI NIBASHIGEYINGGUTOU

从酒店出来，卞都带着我坐车回公寓的路上，我做了个不长不短的梦。

梦里，我们一群人坐在一辆大卡车上，卡车在荒凉的马路上孤独地行驶着，两旁是贫瘠的土地，上面长满了枯黄的杂草，一群羊在草堆里跑来跑去，边吃草边咩咩地叫，满眼望去，看不到放羊人，也看不到任何农户炊烟。

一条路，望不到尽头，只能看到天边的海岸线在天际浮浮沉沉。我们身子颠簸地坐在车上，晚风吹乱了我们的头发。

梦里，所有人都在，有施恩跟阿极，也有秦一璐跟夏息。

而现实里，阿极他们现在应该动身去三亚了吧；秦一璐走了，夏息这会儿应该坐上去美国找她的飞机了吧。

惜惜相别，再次相见，又是明夕何夕。

路上，卞都一直用力地抱着我，下巴贴着我的额头，他说："晨睿，我们回家。"

不是回乡下，不是回卞家，是回那间卞都买下的公寓，他把那儿称之

为我们的家。

我的眼泪当即涌了上来，无声地蜷曲在卞都的怀里，默默地流着泪。

即使身上他留下的伤痕还在隐隐作痛，但是我依旧恨不起他。

到公寓后，卞都帮我把行李放进卧室，我一个人坐在客厅的沙发上。然后他出来了，走到我面前，跪在地板上，双手拉起我的手，放在他冰凉的脸上，他双眸哀伤地望着我，红着眼眶说："对不起，晨睿。我会对你好的，你相信我。"

我用手指擦拭掉他脸上的泪水，艰难地扯出笑容来："卞都，别说了，都过去了，我没事的……我没事的……"

说没事，我的手指却在颤抖，我的整个身体都在颤抖，我的眼泪掉在牛仔裤上化成了水花。

卞都站起身来抱起我，抱着我回卧室，他没再说话。或许他知道，伤口不去触碰，才不会被细菌所感染，才会好得快点儿。

卞都把我放到床上，帮我盖好被子，说："晨睿，我明天再送你回乡下。"

我闭上眼睛，轻声应了声。

我什么时候睡去的也不知道，醒来的时候，卞都已经不在了，床头柜上放着张字条，卞都的字不丑也不算好看，他说他去买点儿吃的，很快就回来。

我在床上坐起身来，背靠在靠垫上，拿着遥控器，心神不定地听着电视里的声音，仿佛这样，周围感觉热闹一些。目光触到放在墙角的行李箱，我下床走过去，蹲在地上摸着箱子底座再也无法修好的轮子，胸口闷闷的。

手机在大衣口袋里响了起来，是施恩打来的，说他们要上飞机了，趁这空当先给我打个电话，让我祝她一路顺风。

我说施恩，一路平安，玩得开心。

她在电话里夸张地笑着，阿极不知道去哪里了，没听到他在施恩身边的调笑声，我反而有些不习惯。

施恩笑着笑着，声音突然哽咽起来，她说："晨睿，我觉得自己好幸福。

我从来没这么快乐过！"

我被她说的话弄得有点儿心酸，吸了下鼻子回她，说："以后会更好的，施恩，你会更加幸福的。"

是的，我们都会幸福的。

施恩又跟我说了几句，然后挂了电话，我翻看着手机里的未读短信，有夏息的。

"晨睿，你还好吗？"

"我在飞机上了，今天谢谢你。"

"祝安好。"

看了几遍，最终能回给夏息的无外乎一个"好"字。

祝君亦安好。

回床上又躺了会儿，外面传来门铃响，我以为是卡都忘带钥匙了，匆匆下床踩着拖鞋去开门。门开的那一刻，望着门口站着的人，我跟她都愣住了。

卡阿姨震惊地看着我，脸上的表情顿时冷凝下来。

她强忍着愤怒，手里紧紧地握着手机，仿佛下一秒就要冲进来打我，咬牙切齿地问："晨睿，你怎么在这儿？！"

我沉默地低下头去，身子从门口让开，不知道该怎么回答。

卡阿姨走了进来，高跟鞋在地板上踏出"嗒嗒"的声响，她脚步很快地从客厅走向卧室，又绕了出来看了眼浴室。找不到卡都人时，她气急败坏地将手机用力地摔在地上，咆哮地问我："小都呢？"

"别人跟我说看见小都在这儿买了套小公寓，跟女孩子住一起，我还不相信！我还以为我儿子是个实诚的人，他这阵子住朋友家，就是在朋友家了，没想到他竟然连自己妈都骗！我更没想到的是晨睿你跟他联合着一起骗我！我问你，跟小都住一起的那个姑娘是不是你？"

我低着头望着脚上的拖鞋，没有回答。

这样的场面，就算我不开口，答案也很明确了。

　　"对不起，卞阿姨，我们不是故意瞒你的，我……"我难受地抬头，想要解释些什么。

　　卞阿姨气得冲过来，扬手就打了我一巴掌。

　　巴掌声又脆又响，我感到短暂的耳鸣，僵立地站了一会儿，我才慢慢又重新听到卞阿姨对我在骂什么。

　　"我就说你怎么那么听话，我让你搬你就搬，怎么这么识相，搬出去了都不回来住一次，原来你早就告诉了小都，怂恿他给你买房住！叶晨睿，你安的什么心啊，看你这孩子平时温温顺顺，看上去挺单纯，没想到这么有心计，竟然勾引起我儿子来！说，你什么时候设计起小都来的？

　　"上次在医院我问你，你还跟我说你没有，你到底对我撒了多少谎？我真是瞎了眼，这么多年养了只白眼狼，说，这些狐媚做法是谁教的？是不是你妈教的，你妈让你勾引我家小都，打算做我卞家媳妇，继续赖在我们家讨好处的是不是？我说你们娘俩怎么这么不要脸！竟然黏上我们家了！我就这么告诉你，就算你把小都骗到手，就算你俩感情再好，再分不开，哪怕你俩都睡一起了，你也休想进我家门！

　　"你这小贱蹄子！小狐狸精！真是气死我了！"

　　卞阿姨疯狂地抓着我的头发，捏着我的肉，不停地骂着。我闭着眼任由她把我按在地上，骑在我的身上蹂躏着，嘴巴无力地为自己辩解着："我没有。

　　"卞阿姨，我没有……

　　"不是这样的。

　　"不是……

　　"……"

　　跟卞都在一起的第一天，我就想到会有这么一天。

　　我以为我会有足够的时间做好准备，跟卞阿姨他们解释，没想到不等我跟卞都主动说，卞阿姨她就发现了。

卞阿姨完全听不进我的解释，我的脸被按贴在冰凉的地板上，头一再地被按着撞击着地面，胀痛又眩晕，最后连话都说不完整，只能发出支支吾吾的声音来。

昏过去的时候，我好像听到了卞都的声音，还有他跟卞阿姨的争吵声，其他什么也听不到了。

醒来的时候，我睁开眼就看到了医院白色的天花板。我眨了眨肿痛的眼睛，在床上挣扎着要爬起来，然而全身的骨头就像散架了似的。我用手臂撑着床单，疼得咬紧了牙。

旁边一阵窸窣声，我愕然地下意识转过头，就看到卞叔叔从墙边的沙发上站起身来，焦急地朝我走来。

"晨睿，你别乱动，我来。"卞叔叔说着，伸手拿过枕头，放在我身后，扶着我靠上去。

卞都跟卞阿姨都不在这里，整个病房就我跟卞叔叔两个人，一时之间只剩沉默。

卞叔叔拉开椅子在我床边坐了下来，双手绞合在一起，放在床沿上。他的眼里满是血丝，神情很是疲倦，他看了我一眼，欲言又止。

"卞叔叔，我……"我艰涩地开口，刚张嘴吐出几个字来，就已泣不成声。

我不知道该怎么跟卞叔叔说这些事，显然他已经全部知道了。

卞叔叔摇了摇手，示意我别再说了，他都明白。

"是小都送你来医院的，他现在在他妈那儿，你卞阿姨性子比较固执，也任性，把你打成这样，我替她对你说声对不起。她自己也不好过，情绪太激动，差点儿脑溢血，现在也躺在医院里，硬是抓着小都哭闹着要儿子陪她。你知道的，她就这一个儿子，身上掉下的肉，疼得比谁都厉害，对

你做出那样出格的事，也是因为太在意小都了。晨睿，你是个聪明孩子，这些话我想我不说，你也会理解你阿姨的，她不是什么坏人。"卞叔叔红着眼眶憔悴地说。

喉咙里好似堵了一个硬块，我点头，艰难地说："你别担心，卞叔叔，我不怪卞阿姨的。"

卞叔叔朝我苦涩地笑，宽厚的大手摸了摸我的头，难以启齿地说："晨睿，你不怪你卞阿姨，但是，可能要怪卞叔叔了。叔叔我……"

我惶然地抬头看他，眼里一片水雾，等着他继续往下说。

那一刻我似乎知道他想要说些什么，不由自主地揪住了手下的被单。

"叔叔我在小都跟你这件事上，跟你卞阿姨一个意见。我不是觉得晨睿你不好，才不想你们在一起，叔叔我有自己的苦衷。晨睿，你就再听叔叔一次话，跟我们小都断了吧。带你来卞家的第一天，我就跟你说过，晨睿，你想要什么都可以跟叔叔说，卞都有的你都可以有。可是叔叔违约了，我不能把小都给你。对不起晨睿，我……"

"我知道，我都知道，卞叔叔，你不用说了，我都明白的，我都明白的。"我攥紧拳头对卞叔叔微笑地说道，哪怕眼里还流着眼泪，但是我还是努力地挤出笑容来。

"我明白的，卞叔叔你不用跟我道歉，是晨睿不好，是晨睿让你们操心了。对不起，都是我的错。"

如果非要追究对错的话，那么错的那个人应该是我。

卞阿姨说得没错，我不是卞家的人，我姓叶，不姓卞，我一开始就不该去卞家，不该的……

我要没跟着卞叔叔来卞家，卞阿姨就不会那么讨厌我，卞都也不会喜欢我，也就没了现在的爱恨纠葛。

"你明白就好，晨睿啊，我通知了你妈，她今天会过来接你。卞都那边我会处理的，你卞阿姨身体不好，我也没法照顾你，你先跟你妈回去吧。"

卞叔叔沉默了会儿，最终还是平静地开口说道。

我低着头，用力地点头，眼泪一滴又一滴狠狠地砸在被单上。

我多天真啊！

我一开始还以为就算卞阿姨反对，卞叔叔也会站在我这一边的。

我多天真啊！

这段时间跟卞都在一起的时光，虽有疼痛但也有幸福萦绕心头。我以为，那些都不是泡沫，我跟卞都的心是相通的，我们的小巢是真实的，我们会长久在一起的，只要我们都不先放手。

我多天真啊！

天真到以为叶晨睿真的能配得上卞都！

太天真。

我无法拒绝卞叔叔的请求，他希望我跟卞都分开，那我就必须得这么做。必需的。

十年的养育之恩，就算卞叔叔让我去死，我说不定也会答应。

卞叔叔离开病房后没多久，我就看到匆匆赶来、有近半年没见的我妈。

她棉服外还穿着工厂的工作服，身形高瘦，头发枯乱地站在我病房门前，眼眶通红地望着我，没有进来，垂在身侧的双手在发着抖。

"妈……"

我哭着喊她，我妈闭上了眼睛，再度睁开眼时，她的眼神变得异常冷漠。

妈妈冲上前来，什么话也不说，像拎小鸡似的将我从病床上拽了下来，将沙发上的衣服丢给我，扒掉我的病号服，给我穿上。

她不管我痛不痛，就拔掉了我手上的针管，拽着我离开了病房。

她拽着我沿着马路走了很长的一段路，然后突然停了下来，回头看我。

我还没有看懂她眼神的含义，她就一巴掌用力地打在我的脸上，脸上的表情扭曲又狰狞，双手用力地按着我的肩膀摇晃着、哭吼着，说："晨睿，

你怎么能这样？！你怎么能跟卞都在一起？！你怎么能勾引他呢？！你知道我们欠了卞家多少，你怎么还能做这种事，让人家觉得我们厚脸皮赖上他们了，怕得让我接你回去。你怎么能让你爸丢人？！

"晨睿啊！你爸是个硬骨头啊！你怎么能……怎么能……"

我扑通一声跪倒在地，紧紧地抱着我妈的腿，哭得差点儿断气。我妈气得不停地推我，我死死地抱住她，声嘶力竭地哭号着。

"妈，对不起，我让你这么难做，让你跟爸丢脸。可是我真的没有，我没有勾引卞都，没有为了赖在卞家勾引他。我们……

"我们是真心相爱的啊！"

我妈停下手中的动作，蹲下身来拥住我，然后又用一只手按着我手背上流血的针孔，一只手将我的头按在她的肩上，一直哭着说："晨睿啊……晨睿……"

她说了好几声"晨睿啊"，好几声，说得我心都要碎了。

最后她抹掉眼泪跟我说："晨睿，我们回家吧。卞都不是你该要的，卞家也不该是你住的，江都不该是我们来的。我们回家吧！即使你爸走了，我们也还是有家的。妈错了，妈早该接你回家的，晨睿。妈错了，妈对不起你。

"妈错了，晨睿，我的乖孩子！是妈的错！"

两人都哭得精疲力竭之后，我妈拉着我上了公交车，一路转车去车站，买票准备回自己家。

一路上我的手机夺命般地响着，不停响着"卞都"的名字，我妈望着我，紧张地用力攥着我的手，说："晨睿，你别……"

我眨了眨肿痛的双眼，当着我妈的面，将手机卡从手机里抠了出来，往车窗外丢了出去，关上窗户。

手放下的时候，我突然觉得心里空落落的，窗户上倒映着我满是泪痕的脸，我一副失魂落魄的样子，好似一同被扔掉的还有我的心。

那时候我以为，我可能再也不会回江都，我这辈子可能再也不会见到卞都。

那时候还不知爱有多深，只觉得胸口像被人捅了个大窟窿，又痛又空洞，浑身都疼，说不出的难过，说不出的悲酸，好像难受得要死了似的。

我真的有那么爱卞都吗？我问自己，我难道已经爱他爱到离了他就要死了吗？

没有的。

我之所以那么难过，不是因为被迫离开卞都，跟卞都在一起的第一天起，我就知道我跟卞都是不会有什么好结果的，这一天早晚会来的。

我难过的是，就连分别，我都没有机会跟卞都说一声，我还没有认真地跟他说过我的心意，我怕他以为我不告而别，是因为他强迫我的事，是因为生他气了。我怕他多想，怕他自责，怕他因我伤心。

我不想让那么多人为我伤心，虽然我已经伤了卞阿姨、卞叔叔，还有我妈的心了，但这些真的都不是我所希望的。

哪怕是分别，我也想笑着跟人说再见，而不是现在这般，哭着离开。

我跟着我妈回到了乡下老屋，老屋还是记忆中的那样，砖瓦陈旧，墙壁灰败。

一回来，我妈先进了屋，在里屋收拾了会儿出来喊我，说："晨睿，你先在屋里睡会儿，妈去做饭。"

我轻声应了声，脚步缓慢地进屋，躺在我妈收拾好的小床上。

我根本睡不着，只要一闭上眼睛，就像进入了梦魇。卞都压在我身上时流泪的脸庞，卞阿姨狰狞尖吼的样子，卞叔叔脸上疲惫的表情，我妈歇斯底里地哭号……所有画面交织在一起，就像沉重又巨大的黑幕朝我覆盖上来，让我有些喘不过气来。

我在里屋听到我妈在用家里的固定电话跟人通话，电话那端的那个人像是卞叔叔。

意识混乱着，我也听不大清他们都在说什么，只听到我妈的一些只言片语，大致说我们已经到家了，让他们别担心。晨睿的行李麻烦你帮我寄过来，转学的事你们看着办吧，我们都没什么意见。

卞叔叔他们好像真的怕了我了，怕我缠着卞都，好像要给我转学了。

不过也是，以卞都的性子，如果我们两个人还在一所学校，他怎么可能听卞阿姨他们的话，跟我断个干净。

"妈，你跟卞叔叔他们说下，我真没想过勾引卞都赖在他们家，也没想高攀，我只是……"我站在门口，扶着门边，声音虚弱地说，话说了一半，就像鱼刺鲠在喉咙似的，再也说不下去。

我妈红着眼眶对我说："你先回去躺着，说不说你卞叔他们心里都有数。咱们不管别人怎么想，守好自己本分就行了。你听妈的话，跟卞都断个干净，我们也就不落人家话柄了。"

我点着头，眼眶再度泛红。

吃完午饭，妈妈忙着去厂里做工，让我一个人留在家里，别到处乱跑，躺床上睡睡觉也好，晚饭我自己弄着吃，她要上完晚班才回来。

临走之前，我倚门送她。

"妈，你晚上上得晚的话，就住宿舍吧，别太晚回来，路上不安全。我会听话的，不会乱跑的，你不用担心我。"我心疼地对她说。

我妈霎时红了红眼眶，伸手擦了下眼睛，故作冷漠道："你管好你自己就行了，别管我。"

她走后，我独自在家，纵使全身不舒服，但躺在床上，我还是无法入眠，索性起来，穿好衣服出门，去了后山的山坡。

我爸的墓在那里，半年没回来了，我想去看看他。

山上的风有点儿大，我戴着围巾帽子，一个人坐在爸爸的坟前，给他

拔周围滋生的杂草。杂草长得很高，因为妈妈忙着上班，也不常过来清理。

我手上不停歇，嘴里絮絮叨叨地跟爸爸说着话，越说越难过，最后整个人伏在墓碑上，抱着墓碑，手触摸着碑上那张带笑的男人照片无声地哭着。

我哭着问我爸，他为什么要走得那么早，他如果不曾离开的话，那该有多好。

一坐就坐了老半天，站起身的时候，我整个人眩晕得厉害，差点儿摔倒，勉强站立住，跟爸爸说了声"爸，我先回去了"，只是说完我又泣不成声。

摇摇晃晃地走到家里，天已经黑了，家家户户都亮起了灯，透过小门窗望去，能看到还留在村里的人们，三两口围聚在餐桌旁吃饭，其乐融融的样子。再回到自己家一看，黑灯瞎火的，整个院子里冷冷清清的就我一个人。

我怕冷地伸手环住自己的双肩，感到分外孤冷。最后连晚饭都没吃，我直接回屋躺在床上，闭着眼睛催促自己睡觉。

平地一声惊雷，我猛地从梦中惊醒过来，惶惶然地坐在床上。四周一片黑暗，我大力地喘了几口气，似乎听到电话铃声。我下床穿着拖鞋去开灯，仔细听了会儿，果真是家里的固定电话在响，赶紧跑过去接，是妈妈打来的。她说如果一会儿下暴雨的话她晚上不回来了，睡厂里了，让我把门窗都关好。

我说了声好，挂了电话，回屋继续躺着。

外面轰隆隆的雷声过后，便是暴雨声。雨声不似春雨般淅淅沥沥，好像下冰雹似的，打在砖瓦上，发出小石子碰壁的声音，响起密集的嗒嗒声。

我蜷曲着身体，用被子蒙住头，迷迷糊糊地又睡了会儿，突然听到有人敲门。

以为是妈妈赶回来了，怕她在外淋雨，我匆忙起身，连鞋都顾不得穿，光着脚跑向了大门，把门栓拿了下来。

门被拉开的那一刻，我惊愕地望着站在门口的黑衣少年，眼睛慢慢地睁大起来，骤然涌上来的酸楚让我一时无声。

卞都倚在门外，一手撑在墙壁上，廊檐上的水落在他的身上，他整个

人像刚从水里爬出来似的，全身湿淋淋的。

他脸色苍白，眉目清冷，嘴角扬起清浅的笑，走上前来，伸手拥我入怀。

我头贴着他的胸膛，听到他对我说："晨睿，我来接你回家。"

我的眼泪狠狠地砸在卞都心脏的位置。

晨睿，我来接你回家。

那是我此生听过的最动人的情话，我一生都无法忘记，也没有忘记曾有个少年那般爱我，爱到他想给我一个家。

我让卞都放开我，外面在下雨，先把他拉进了家里，回里屋拿了干毛巾给他擦拭。

卞都没有接毛巾，只是拉着我的手，表情坚定地看着我，再次说："晨睿，跟我回家吧。"

我将手慢慢地从他的掌心抽出，往后退了几步，哀伤地望着他，摇了摇头。

"我不会跟你走的，卞都你回去吧，不然卞阿姨他们又要担心了。"

"叶晨睿，你什么意思？你现在是想跟我撇清关系吗？我说过了，不要顾忌我妈他们怎么想，我喜欢谁，我想跟谁在一起是我的自由，他们管不着！"卞都激动地从椅子上站起来说道。

"卞都你嘴上说不在乎别人怎么想，可是卞阿姨病倒了，你不也是会心疼，会守在她床前。他们毕竟是你父母，你不可能完全不在乎他们的想法。而且我已经答应卞叔叔和我妈了，我不会再跟你有任何往来。我们本来就不该在一起，那从一开始就是个错误。"我说完，别过头去，不再看他。

卞都走了过来，双手大力地握住我的肩膀，迫使我抬头看他。

"我不管你答应了我爸他们什么，我也不问你为什么不接我电话，不跟我说一声就跟你妈回了乡下，我现在就问你一句话，叶晨睿，你喜欢我吗？"

我死咬着唇，不答，内心在撕扯。

卞都啊！都到这个份上了，你怎么还问我喜不喜欢你？

我若对你无心，又怎会一次又一次忍受着你的任性，你的霸道，你所带给我的那些伤害呢？！

"叶晨睿，你爱我吗？"卞都又问道。

我攥紧拳头，闭上了眼睛。

"不喜欢，不爱。"

如果这样的回答能让卞都死心的话，那我就是不喜欢他的，一点儿都不爱他的。

我是个懦夫，一旦受了伤，看不到希望，我只想着逃亡。

我不敢抬头去看卞都脸上失望的表情，就怕他看出我在撒谎。我只是死死地盯着地面，将嘴里咬出的血腥生生吞进腹中。

头顶上飘下来卞都的冷嘲声。

他喉咙沙哑地说："我以为，以为这段时间以来，你多少有点儿喜欢我的，真可笑，原来都是我在自作多情。

"可是叶晨睿，你到底是怎样的一个人，不喜欢我不爱我，为什么还接受我的亲吻，还愿意跟我上床！"卞都突然咆哮起来，用手捏着我的下巴，逼我抬起头来，表情发狠地问道。

我难受地望着卞都，眼里一片胀痛。

"还是你是那种可以随便跟人上床的女生？！"

卞都，还是我熟悉的那个卞都。他爱了痛了，不会忙着捂住伤口，只会任由伤口流血，用尽各种方式伤你恨你，让你跟着一起痛。

他总是知道怎么能伤到我。而我，也知道怎么能伤到他。

"是。"我死咬着唇简短地回道。

卞都捏着我下颌的手骤然收紧，他气得声音发抖地说："叶晨睿，你有胆子给我再说一遍！"

我攥紧拳头，鼓起全部的勇气，自暴自弃地快速说道："是，我是那种随便可以跟人上床的女孩儿，我没你想的那么好，我不喜欢你，更不爱你，我跟你在一起只是贪恋上了被人宠爱的滋味，我想赖在卞家，我怕离开卞家没法生活，我不是个好女孩儿，谁都可以亲我，谁都可以……"

从头到尾，卞都都是板着张脸，面无表情地听我说。

我自己过不了自己那关，最后只能缴械投降，无力地抓着卞都的手臂，受不了崩溃的号啕大哭，道："卞都，你放了我吧。就算我喜欢你，我爱你又怎样呢，卞阿姨跟卞叔叔都反对我们在一起，我们家跟你家条件差那么多，你那么好，我不管怎么变好，都是高攀你。你们有钱人都爱讲究门当户对，你非要跟我在一起，你让卞叔叔他们脸往哪儿放。我不想被人说我们家厚脸皮，得寸进尺，赖上卞家了。我不能让他们这么说我妈，说我爸，我也没勇气承受那些流言蜚语，你放了我好不好，放了我吧……"

卞都松开了手，转而抱着我，手轻拍着我的背安抚。

他说："叶晨睿，你给我听清楚了，我爱你，就是最大的门当户对！"

我的手紧紧地抓着卞都的衣领，心里有许多话，却累得一个字也讲不出来了。

05

卞都就这么在我家赖了下来。

第二天早上，我妈从厂里回来，看到卞都时，整张脸都绿了。

她二话不说地大步跨过来，将我从卞都的身后拖出。

卞都追着我们跑，好声好气地在我妈身旁哀求："阿姨你别这样，你放了晨睿，阿姨，你要出气的话对我出，你别伤害晨睿！阿姨……"

我妈置若罔闻，一路拖我出了院子，压着我的头，就往院子外的大水缸里按下去。

大冬天，零下几度的温度，水缸里的水都结了一层厚厚的冰，我妈不管不顾地将我的头不停地往冰上撞，嘴里哭着吼我，说："你答应过我什么的！晨睿，你答应过我什么的！你说啊！你忘记了吗？！"

"够了！"卞都忍不住地冲上来，拉开我妈，紧紧地抱着我，痛楚地说道。

我在他的怀里浑身都在颤抖，我妈被推倒在地，狼狈地抹着眼泪。

"我爸要没死就好了，爸……爸……"

我在卞都的怀里乱动着、挣扎着，整个人都崩溃了。

这么多年，我第一次如此渴望我爸还活着，他要活着就好了。他要活着，是不是我们家就会跟卞叔叔他们家一样好；他要活着，就没人觉得我跟卞都在一起，是高攀，是我勾引他；他要活着，他要活着……

"妈，我只是没了爸爸而已，为什么我要活得这么苦？"我挣开卞都的手，扑到我妈面前，绝望地问她。

我妈手指发颤地摸着我流血的额头，忍受不住地一把抱住我，号啕大哭，又一次喊着："晨睿啊……晨睿啊……"

巷子口不知何时停了辆车，卞叔叔从车上走了下来。

他神情疲倦，眼里血丝密布，像好久没睡的样子，对我们摇摇手说："好了，都别哭了。轩茹，你收拾收拾，带晨睿跟我们一起回江都吧。"

然后，他又朝卞都说了声："你妈让我带你回去。"

卞都啪嗒一声跪倒在卞叔叔面前，小路上的煤渣凹凸不平，穿鞋走路都搁脚，何况卞都就那样跪下去。

然而他却连眉头也不皱下，跪在那儿，红着眼眶喊了声："爸，我要晨睿。"

小时候卞家还没钱的时候，他有喜欢的玩具，再喜欢也不会求着父母买。

长大了，他在外面跟人打架惹事，被卞叔叔训斥，有时候挨了卞叔叔的打，他也犟着从不下跪认错。

他就是这么倔强的一个人，可是今天却为我下跪了。

十八岁的少年，你说他不懂爱，不会爱人，可是他却愿意为爱牺牲。

"你别说了，先回江都再说吧。"卞叔叔摆摆手道。

卞都站了起来，眼神殷切地回头看我妈。我妈挽着我的手臂，僵在原地一动不动，只是默默地掉眼泪。

我知道我妈不愿走，她还在因为卞家以为我故意勾引卞都，我们家不要脸巴着他们的事耿耿于怀。

我妈什么都能忍，却丝毫不能忍我爸被人看不起。

卞叔叔拍拍她的肩膀，说："轩茹，之前的事，我跟你道个歉，你别揪着不放，看在孩子的面子上，咱们大人都让着点儿。"

我妈侧过头来看了我一眼，我期冀地看着她。我妈瘪了瘪嘴，伸手干脆地擦掉眼泪，拉着我进屋，收拾东西。

我一直都知道，我妈虽然对我严厉，但是内心是很爱我的。

06

卞叔叔不再反对我跟卞都交往，但是他觉得我们年纪还小，不应该背着家长在外同居。他怕我们两个人黏得太紧，一时冲动做出些出格的事，影响我们的前途。

所以他让我跟妈妈住在卞都买下的那间小公寓里，把卞都带回了家。这样下来，我们两个人的相处都在父母的掌控之下。

卞阿姨自始至终都没有出面，可能她还在生我们的气吧。

卞叔叔还希望我妈把厂里的工作辞掉，留在江都上班，工作他负责帮忙找，这样我妈也方便照顾我，毕竟卞阿姨还在气头上，我也不好再回卞家。新学期寄宿学校的话，他现在也不放心，他不是担心我，是担心卞都沉不住气，又干混账事。为此，他打算过完年就帮卞都转去外地上大学。

我妈没任何意见，只是紧紧地抓着我的手，说你们安排就好。

事情都到了这个地步，她还能说什么呢？

自己女儿不争气，跟人儿子干出那羞耻事，被人拿来当话柄，她还能说些什么。

我看着我妈那样，心里很不是滋味，觉得十分对不起她，因为我让她失望了。她希望我在卞家守好本分，结果，我不仅失了本分，连自己的心也跟着一并遗失了。

卞都也跟我一样只是一味地听着，没有出言争辩什么。

对我们来说，这应该算是意料之外的好结局了。

"三年，三年之后等你们大了，有了自己的工作前景，我们就不再管你们了。"卞叔叔说。

"三年，就三年而已，三年的时间很快就会过去的。就算不能天天见面，还可以打电话，寒暑假我会回江都，而且南城也不远，只要不被我爸他们发现，我也可以偷偷回来看你的。"之后卞都拉着我的手安慰地说。

我紧张地摇头，急着说："别，卞都你别偷跑回来，卞叔叔他们会生气的。"

卞都有些受伤地撇了撇嘴，对我说："晨睿，你担心我爸我妈会不会生气，别人高不高兴，从不在乎我的心情。"

"我……我……"我看着卞都"我我"了好久，老半天才挤出一句话来，"我可以利用假期偷偷去看你的，这样顶多我被我妈骂，只要我求她别告诉卞叔叔他们，我们就可以少挨点儿骂了。"

说完，我才意识到，那时候我对卞都的爱，无外乎是不想他难过，不想他受伤，想替他承受一切不好的事，恨不得自己是无敌铁金刚，坚韧不催。

卞都呆呆地看了我一会儿，伸手摸摸我的头，无奈地说："叶晨睿，你果然是笨蛋！"

是啊！就因为是笨蛋，所以才会天真地以为，偷来的幸福会长久。

那个寒假，我都没怎么见到卞都。

似乎不愿意卞都多见我，卞阿姨几乎天天都带着卞都出门走亲戚，参加各种大小宴会。我跟卞都的联系，仅限于手机通话。然而这对我俩来说，已经足够了。卞都还开玩笑地说，就当是提前演练，开学他去南城了，也没法见到我，先适应起来吧。

我闻言微微地笑，发觉卞都好像有点儿变了，没以前那般嚣张跋扈，他懂得体谅他人了。

见不到卞都，倒是阿极见得不少。他跟施恩从三亚游玩回来，从卞都那儿听说我跟我妈都搬到江都住后，当天就拽着施恩来到了小公寓。

我妈不习惯城市的生活，正在家里倦得很，阿极他们的来访，让她终于打起了点儿精神来。

施恩一进门就跟我抱怨，说我电话怎么打不通，换号也不跟她讲，害她在外想打免费长途电话都找不到人。

我跟她道歉，含糊其词地说是手机老收到骚扰短信，就直接换号了，没有提我跟卞都还有卞叔叔他们的那些事，毕竟都过去了。

说完，我拉着施恩去厨房见我妈。

"这是我妈妈。"我指着在厨房里忙碌的妈妈对施恩说道，然后又指着施恩跟我妈介绍，"妈，这就是施恩，我跟你提过的。"

我妈看着施恩笑，这段时间以来，我还是头一次看到她笑，莫名地看得有些鼻酸。

施恩走上前去，对着我妈就喊了声"妈"，把我妈吓了一跳。

阿极那熊孩子跟过来，本来要喊季阿姨的，听到施恩喊我妈叫妈，立刻也跟着喊了声"妈"。

我妈一连应了他们好几声，眼眶微微涨红，伸手抱了抱他俩，说："乖，乖孩子。"

我带着阿极他们去客厅玩了会儿，让我妈专心做饭。施恩问我卞都怎么没来，阿极在一旁也好奇地望着我。我尴尬地笑笑，说卞叔叔公司年会，卞阿姨他们带他过去了。

阿极偷偷地问我："晨睿，你跟卞都没啥事吧？"

我愣了下，摇摇头，僵硬地回答说："没、没事啊！"

阿极也没再追问，主要是施恩拿了他们在三亚照的相片出来，他忙着跟我解说。

事后，卞都从阿极嘴里听说他喊我妈叫妈的事，他二话不说就把阿极喊出去揍了一顿。我问他为什么，卞都酸溜溜地回，说我都还没改口叫妈，阿极他瞎改什么！

后来想想，那时虽然不能和卞都天天见面，但那些日子，也不失为一段美好时光啊！

然而越是好时光，时间就过得越快，离别总是来得那么迅捷。

卞都转学去南城的那一天，我们所有人都去机场送他。卞叔叔早就给他办好了手续，他到那边直接会有人接应。

施恩不解地问卞都为什么突然转学，阿极拉拉她，指着面色阴沉的卞阿姨对施恩眨了眨眼，示意她别说了。他一定是从卞都那儿听闻了什么，所以这会儿才如此淡定。

施恩也就没再多言。

跟长辈们道完别，卞都走到我们面前。我妈他们都在，那么多双眼睛都严肃地看着我们，他不好冲过来抱我，只是伸手握了会儿我的手。我能感觉到他温凉的指腹轻轻地揉捏着我的手指，十指痒到了心里面。

我抬眼不舍地望着他，他朝我笑了笑，脸凑了过来。阿极跟施恩两人看着忍不住地偷笑，我整张脸都烫了起来。当我以为卞都要当着他爸妈的面亲我时，他的脸却只停在了我的耳畔，小声地对我耳语了几声，然后撤离身子，放开我的手，微笑地离开。

卞都说，等我回来。

他让我等我便等，那或许就是两个相爱的人之间不需要任何商讨的默契。

卞都走后，时间就像海滩上的沙，握在手心，看着沙透过手指的缝隙渗漏出来，一把又一把，永远流不尽似的，过得好慢。

年一过，就到了三月。施恩跟我继续在学校念书，像上学期一样，我们又回到了之前的西餐厅一起兼职打工。

秦一璐走了，夏息也走了，现在连卞都也走了。偌大的江都，只剩下我和施恩，还有忙着复读备考的阿极。

三个人，玩乐的兴致也骤减了很多，多半空余的时间，我跟施恩都是轮流给阿极补课。

施恩说阿极你都留了一级了，再留一级，这把年纪还念高中，太丢人了，你必须得给我考上大学。

阿极黑脸瞪她，说难道是我故意不考上的吗？脑子跟不上你怪我喽！

施恩说反正我不管，你考不上的话以后别找我了，咱俩就散伙。

阿极听完，丝毫不顾及我在一旁，直接把施恩压倒在地，说散伙是吧，小爷我现在就把你就地正法了，让你怎么跟我散伙！

我看着他们无奈地笑，识相地走出施恩的公寓，跟卞都打电话。

卞都在新学校适应得很好，他适应能力很强，又是走哪儿都显眼的人物，到那儿不久，就跟学校里的人混成了一团。

我跟他说："你转学后，我们学校的女生都哭成了一团，学校论坛上好多人说你是因为讨厌我，不想看到我才转走的，还有人说你是被秦一璐跟夏息私奔去美国的消息打击，不想留在这伤心地才走的。"

卞都笑，说："叶晨睿，你什么时候也爱看八卦了。"

我微窘，说都是施恩告诉我的。

主要是天天打电话，实在找不到新的话题跟他聊，就说了这茬。

卞都糗我，说那么多女生哭，你哭了没？

即使周围没人，我还是因为他说的话不禁烫红了脸。

卞都的声音突然阴冷了下来，酸溜溜地说，阿极说你现在人气不错啊，学校好几个男生喜欢你来着，原来表白的不止上次那一个啊！他还说你现在比以前打扮好看了，你弄那么好看做什么，我又不在，给谁看。

我又窘，因为紧张，说话都结巴起来，慌忙地解释说："不是的，阿极乱说，也就那一个，还是你上次看到的那个。我没有打扮，衣服都是妈妈给买的，她说……她说穿得难看，会……"

下面的便没有说下去。

妈妈说的，晨睿，咱们不能太粗糙了，既然你卞叔叔他们答应你跟卞都在一起了，你穿着打扮也得得体，别丢他们的脸，他们是好面子的人。那些上流交际圈里若有所耳闻，看我们娘俩这样，会说闲话的。你卞阿姨自尊心强，怕她听着不舒服。妈给不了你多少，但是给你买点新衣服的钱还是有的。

那些话，我光是想想就觉得心酸。

卞都似乎感受到了我的难过，语气立马变了，有些焦急地解释说："好了好了，我错了，我不该瞎扯，你别哭啊！"之后又恶狠狠地说。"都是阿极这浑球瞎扯淡，等我回去收拾他。"

那天晚上，阿极他们喊我过去吃火锅，阿极一个劲地打喷嚏，耳朵超级红，他唠唠叨叨地说肯定有人在骂他。我安静地坐在一旁，识相地低着头吃东西，暗自偷笑。

当然不是希望阿极被卞都打，我只是单纯地觉得现在很幸福，是的，很幸福。

阿极参加军校提前招生考试被通知录取的那一天，正好是星期六，阿

极去学校拿录取通知书，我跟施恩在西餐厅上全天班。

忙完中午那一顿，施恩先跟经理请了假，说要去菜市场买点儿菜，晚上等阿极回来，大家一起去公寓庆祝下。

我本来打算跟她一起走，但是经理说人手不够，让我再帮忙个一两小时再走。

我担心施恩一个人忙不过来，施恩说没事，她可以的。

她虽然拍着胸脯保证自己没事，但是我还是隐隐有点儿担心晚餐的食物会不会难以下咽，毕竟相识这么久，也没见施恩做过几顿像样的饭。

最终还是不放心施恩，我忙完最后一桌，就跟经理打了个招呼，换下工作服，匆匆朝施恩的公寓赶去。

到那儿的时候，施恩正在和阿极打电话。

她问阿极什么时候回来，大家都等着他吃饭呢，说他光顾着在学校泡美眉了是吧！

阿极在电话里喊冤，说："我没有啊！吃饭，你给我做饭了吗？那能吃吗？"

结果他又被施恩骂了一通。

我在一旁忍不住地发笑。

果真如我所猜测的一样，施恩是根本不会做饭的人，晚上那顿饭最后还是我来做的，施恩主要在一旁打打下手。

那天晚上，阿极过来时还买了啤酒，他看上去很高兴，或许对阿极来说，那天所拿到的那份通知书通往的不只是未知的前程未来，更像是通向与施恩在一起的未知未来，因为施恩说过的，他考不上，他们就散伙。

那晚，阿极跟施恩都喝了很多酒，我不会喝酒，只是在一旁默默地吃着菜看着他们喝。阿极喝得酩酊大醉，躺在地板上就睡着了，施恩也醉醺醺地躺在沙发上，百无聊赖地哼着歌。我一个人收拾桌上的残杯冷炙，中

/205

途卞都打电话过来，让我替他祝阿极终于不用当留级生了。

卞都就是那样子，连祝福的话都是那么毒舌。

收拾完一切，我回到客厅，发现原本躺在地上的阿极这会儿躺在了沙发上，而施恩没影了。我找了一番，最后在阳台上找到了倚栏吹风的施恩。

四月春天的晚风吹在身上，温温凉凉的，很舒服。施恩喝了酒，整张脸红得就像熟透的番茄。我伸手摸了摸她的手，烫得厉害。

"施恩，你身上好烫，还是别吹风了，不然会感冒的。"我站在施恩的旁边劝她进屋。

施恩摇了摇头，转头朝我微笑，说："这样舒服。"

她看我的时候，眼神很清明，完全不像是喝醉酒。

后来有人告诉我，喝酒容易脸红的人，一般都不容易醉。

我陪施恩站在阳台上一起吹着风，百无聊赖地聊着天。

施恩说她过几天要回趟南城，她妈妈的忌日到了，她要回去拜祭她。

我问她："阿极跟你一起回去吗？"

她回头看了眼在客厅里睡得从沙发上掉下地的阿极，嘴角扬起一抹笑，摇了摇头，说："还不确定，到时候再说吧。要去的话再告诉你，对了，你要不要跟我一起去南城，正好看看卞都？"

我沉默不答。

南城不是我想去就能去的地方啊！

去那里，我得通过我妈、卞阿姨、卞叔叔三重关卡。

灰败
HUIBAI

/ 第九章

施恩回南城的日子还未定下来，学校各个班级却在安排春游的事。

跟第一学期相比，班上的同学彼此相熟了很多，组织活动时，大家的积极性高了很多。上学期因为秋季运动会的事，班上没有组织旅行活动，新学期开始辅导员早早就喊了正副班长、班里的团支书去开会，商讨春游的具体细节。

我本来从不参加这些团体活动的，但是新学期竞选班委的时候，班上同学都不怎么感兴趣。大学不像高中，很多人争先恐后地想当班委，现在大家都怕麻烦，宁愿把时间浪费在看小说玩游戏上，也不愿挤出时间为班级做点儿事。因为几乎无人竞选，辅导员季老师只能按上学期期末的学分绩点排名安排职位，我被迫接任了班长一职。

就算心里不大情愿，可想到季老师平素待我的好，我也不好推脱，拂了她的面子，不得不硬着头皮上任。

卞都笑我说，叶晨睿，你做了这么多年的缩头乌龟，也该把你那小脑壳伸出去看看世界了。

　　我闻言，只是沉默着，此刻我多想安静地坐在他身后，伸着手指偷偷地戳着他的脊背。

　　卞都他不知道，其实，早在他说这话之前，我已经下定决心要勇敢起来。

　　高中时期随大热看了一部很火的青春电影，电影里有个镜头，女主被坏人掳走，遭到强暴，男主找到了女主，女主问男主，你是怎么找到我的，男主说是爱的力量。那时候好多人都吐槽这段对白，我当时看完也觉得好夸张，有点儿假。但现在想想，其实人本来就是有感情的动物，身体机能深受感官影响，如果你爱上一个人，你不断地给自己施压暗示，跟自己说你要找到她，一定要找到她，你不能让她出事，你得保护她，那么你一定能找到她。我也跟自己说，你不能再软弱下去，你得强大起来才配得上他，那么，你一定可以做到。

　　电影里说那是爱的力量，也无可厚非，那是你爱上一个人产生的力量。

　　爱一个人，那是件很崇尚的事，并不该被嘲笑。

　　为春游去哪个地方，我操碎了心，找其他班委商讨，他们都是一副随便的样子，说让我随便选，他们无所谓。说是随便，倘若我真的随便找个地方，其他同学未必同意。

　　头一次做这么棘手的事，我头疼地找施恩询问意见。

　　施恩想了想，灵光一闪，说："不如去南城吧。你跟卞都都好久没见了，正好趁这个机会去看看他，是外省，可以逗留个两天，你妈他们问起，你就说去春游了，别说春游的地点是南城，说个其他省就行了。"

　　"这样好吗？南城有什么不错的旅游景点吗？不知道大家答不答应？"我纠结地说，手指握着吸管，搅着桌上的西米露。

　　正值下午一二节课的时间，学校的咖啡吧里没什么人，施恩完全不避讳地站起身来，扯着嗓子对我指手画脚。

　　"哪没有？南城旅游景点不要太多，你们这些北方的人，游江南游江南，没一个不去南城的……"施恩手舞足蹈地跟我说了好几个南城著名的景区，

连坐车路线、吃住安排全告诉了我。

听起来，那的确是个不错的建议。

她让我先去班级群里问问，我拿手机上了飞信，用飞信给班上的同学发了短信，问春游去南城，大家觉得如何，收到短信后，请大家给我一个答复。

班上共三十三个人，前后等了近一个小时，所有人都回复完了，我一一翻看了下回复信息，大家回的差不多都是可以，无所谓，随便。

"不反对就代表他们同意了，就这么定了，去我们南城吧，正好我也要回老家。"施恩一掌拍在桌面上说道。

"你不参加班级旅游吗？"我惊愕地问她。

"不去，我才来学校没多久，我们班的人我都不怎么认识。"施恩道。

"你不是知道很多校园八卦吗，怎么会不认识同学呢？"我感到很是不解。

施恩呵呵地笑，摊手道："八卦是网上论坛看的，只要会动鼠标就够了，谁说非要认识人的。好了，不说了，反正我不去，得回老家。"

"嗯。"我应了声，没再多问。

春游的事定了下来，时间定在五一节前一周的那个双休，全班一起出去玩两天。

我回家吃饭的时候跟妈妈说了要去春游的事，妈妈起初感到有些讶异，但很快又恢复了镇定，咕哝地说："你出去玩挺好的，多见点儿世面。"

说完，她又继续埋头吃饭。

吃完晚饭，我收拾完碗筷，去厨房洗的时候，妈妈一个人去了卧室，不一会儿，她又开门走了出来，踱步到我身旁，给了我三百块钱，说："晨睿，这钱你拿着，去玩的时候，想吃什么买什么，别都舍不得买。这事别跟你卞叔叔他们说了，省得他操心，私下又给我们钱，能不要他的钱还是不要的好。"

我接过妈妈手中的钱，听着她说的话，鼻尖一阵酸楚，手里的东西仿

佛有千斤重似的，握在手里，让我抬不起头来。

那一刻，我心里涌出一股冲动，我多想告诉妈妈，妈，我不是去云南，我是去的南城，可能会去看卞都。

我不想对我妈撒谎，撒谎的滋味不好受，特别是她那么真心待我，我这么对她，让我觉得很对不起她。

可是话都到了嘴边，我还是没能说出来。

比起对我妈撒谎，我更不想她伤心，不想她觉得我不听话，想方设法要见卞都，对我有所失望。

我不想她觉得我又让我爸丢脸了，我爸是个硬骨头。

我想做妈妈的乖女儿，即使平庸，也想成为她跟我爸的骄傲。

所以，我说不出口。

瞒住妈妈后，那天我跟施恩还有阿极一起坐车去了南城，我没有跟班级一起活动。到那儿之后给卞都打了电话，卞都来车站接我们。

阿极跟着施恩去墓园拜祭她妈妈，卞都则带着我去了酒店。

在酒店里待了一下午，阿极他们忙完事打电话给我们，嚷嚷着要去爬山。施恩说南城的紫金山风景很好，不是特别高，适合我们这种平素不爱运动的人爬。

电话里，阿极像只聒噪的小麻雀，叽叽喳喳地说个不停，听上去极为兴奋。

卞都应允了，带着我出了酒店坐车去紫金山。我们跟阿极他们约好在那儿碰头。

到景区后，卞都买了票带我们进去。搜索了一番，没有撞见我们班的人，我略微松了口气。因为他们也有来这儿爬山的项目，我怕遇到了，不好解释。

上山的时候，天色还挺好的，下山到半山腰的时候，就开始下起雨来。

下山的时候走的是公路，没山路曲折陡峭，见雨势不大，沿路的行人都在匆匆赶路，我们也就没耽搁，加快步伐跑下山来。我们在山下的凉亭里休息了会儿，本想等雨停再回去，结果雨越下越大，最后索性不等了，冒雨跑了出去，拦了辆出租车回去了。

施恩提议一起去她家吃烧烤，阿极头一个说好，施恩看着他笑，然后问我们要不要去。

我看着卞都，等他意见，他说怎样就怎样。

卞都说可以啊，反正回去也没什么事。

施恩跟阿极在一旁促狭地笑，异口同声地说："就是，吃饱了才有力气回去做运动。"

我脸涨得通红，卞都的手已经扬了起来，下手蛮重地在阿极跟施恩的头上各自敲了一下，那两人抱头痛叫。

到施恩家后，我们才发现那只是间破旧的出租屋，施恩草草地整理完屋子，喊我们进去，有点儿尴尬地说："家里有点儿乱，你们别嫌弃。"

我们都连忙摇头，忙不迭地说："不嫌弃。"

阿极跟卞都上街买食材，我跟施恩准备烤架。施恩跟我说，她们家以前的老房子早就卖了，然后租的出租屋省钱。为了供她念书，她妈真的是什么都卖，她妈死后，房东看她可怜，怕她没地方住，就把房子免费让她住了，反正这带的房子太破，一般也没人来这儿租房，空着也是空着。

我说挺好的，这里挺安静的。

施恩笑，说晨睿，你可真会说话。

卞都他们回来后，我跟施恩把食材洗干净，然后穿在串上。阿极跟卞都都是只会吃的主，买东西这种事还能帮忙，其他就帮不了了。

那晚，大家玩得很开心，阿极他们买了很多饮料跟啤酒。施恩见到啤酒就像黄鼠狼看到鸡一般，眼睛里都发光。她拿了一瓶给我，问我要不要

喝，结果被卞都一掌拍了下去，说："你自己喝就是了，别给她喝那种东西，带坏了你负责。"

施恩嘀了一声，嘲讽地扫了卞都一眼，干脆地用牙直接咬开了酒瓶，将瓶盖吐在地上，不屑地哼了他一下。

卞都没理她，从手边拿了瓶果汁给我，说："喝这个。"

一旁阿极见状，学着卞都拿果汁给施恩，摆出威严说："施恩你喝这个！女孩子家家别学坏了给人看笑话！"

施恩冷哼了他一下，阿极灰溜溜地垂下头，自己喝了那瓶果汁。我跟卞都坐在一旁，看着他们一直在忍不住地笑。

那天晚上，从施恩那里回来，我跟卞都两个人躺在酒店的双人床上。

午夜的风从阳台敞开的玻璃门中吹进来，我用被子裹着自己，宁愿像只巨大的蚕蛹，也不愿起床去关门。因为卞都说，开着门睡舒服，无拘束，很自由。

我睁着眼问卞都，我们这是有罪的吧？

瞒着父母，跑来这种地方，睡在一起，这是有罪的吧。

我想起了亚当跟夏娃，夏娃受了蛇的引诱偷吃了善恶树上的果子，发现自己赤裸着身体感到害怕，并把果子给了亚当，两人因此受到了神的诅咒，被逐出了伊甸园。

在《圣经》里，偷食禁果是人类的原罪，也被认为是一切罪恶的开端。

所以我想，我跟卞都也是有罪的吧。

我们也会被诅咒吧。

身旁的卞都感觉到了我的悲伤情绪，伸出手臂将我抱进怀里。

第二天我打施恩的电话，问他们什么时候回江都。我不能在南城逗留

太久，周一得赶回去上课，不然会被妈妈他们发现的。

阿极让我先回去，他跟施恩再待阵子走。

我说也好，施恩难得回趟家乡，多待几天也是应该的。

回去的时候，卞都送我去车站，给我买了票，然后叮嘱我路上小心。如果不是我坚持阻止，他都要买票跟我一起回去，说是不放心我一个人坐这么长时间的车。

我跟卞都说，别这样，我都十八岁了，该学会一个人独自走一段旅程，他不能总把我当个孩子。

卞都抱着我，舍不得放手："晨睿，下次别再这样跑来南城了，路上太危险了，我有空了就会回来看你的。"

我听话地点头，微笑地说："这次是和阿极他们一起来的，所以挺安全的。"

卞都不满道："回去的时候你就一个人了，阿极也太不像话了。"

眼看着阿极又要躺枪，我赶紧跟卞都挥手拜拜，说再见。

春游一过，夏天也不会太远了，等暑假到了，我跟卞都自然又能见面了。

坐在高铁靠窗的位子，我望着久久站在外面看着我离去的卞都，忍不住地想透过窗奔过去，如果窗户能被允许打开的话。

车快速地离去，卞都的身影很快消失在了我的眼前，可是我只要闭上眼睛，眼前满满都是他。

什么时候开始喜欢一个人，喜欢到脑海里就只剩下他一个人的影子。

回到江都后，妈妈问我春游好玩吗？我说好玩，说的时候，内心总带着点儿罪恶感。为了消除那种罪恶感，我那阵子都在拼命学习。

突然有一天，辅导员找我过去谈话，我以为她是知道了我没和班上的人一起春游的事找我训话，去的时候，我内心十分忐忑。

可见到季老师时，她完全没有跟我提春游的事，只是问我，叶晨睿，

你认识数统院的施恩吗？

　　季老师说施恩已经好几天没来上课了，他们班上各门任课老师点名都反应她没来上课。他们辅导员找了他们班长询问情况，那班长也说施恩好几天没来上学了，他们说常看到她跟我玩在一起，可能我知道她去了哪里，所以他们就问到了我身上。

　　我茫然地摇头说自己不知道啊，我也好几天没见施恩了。

　　我以为施恩早就回江都了，难道她还没有回来吗？

　　我给施恩打了电话，没人接，给阿极打，也是没人接。

　　最后季老师看我也并不知情，也就没再为难我，放我回去上课了。

　　那天，我去西餐厅兼职，连经理也问我，晨睿，施恩她什么时候回来，她这丫头，说就请几天假的，怎么这么多天都不见人影。

　　我这才发现，原来距离我从南城回来已经过了一周了。五一节都到了，可是施恩跟阿极却都还没影。

　　我打电话跟卞都说了这事，说阿极他们不知道搞什么，电话都没人接。

　　那头卞都本来还在跟我抱怨五一节没法回来过节的事，闻言，突然沉寂了下来。

　　我的心跟着他的沉默一起沉了下来，担忧地问卞都，是不是出了什么事。

　　卞都顿了顿，然后声音低沉地跟我说，晨睿，阿极是被人绑架了。一起被绑的还有个女生，但不是施恩，是外省一个地产老板的女儿。

　　我离开南城的那天，阿极跟施恩又在出租屋里吃烧烤，喝得酩酊大醉。

　　第二天醒来的时候，阿极发现施恩不见了，他跟一个陌生的女孩儿全身赤裸地躺在一间黑屋子里，两个人睡在了一起，发生了什么事他不记得了。

　　他想离开，发现自己被囚禁了，他被绑架了，绑匪让他跟那女的打电话给家里，拿钱赎人，敢报警就撕票。

　　我听得整颗心都悬了起来，紧张地问卞都，施恩呢？

　　卞都冷笑，哼了一声，说："晨睿，你还不明白吗？那施恩跟绑匪他

们本来就是一伙的。她从接近阿极开始就在算计着他，她根本不是得罪什么人逃到江都来的，她来江都本来就是为了报复，设计圈套引阿极进去。在陈叔叔酒吧里，她被鹰哥的人打，也是她的苦肉计。"

我听不懂卞都在说什么。

卞都又说："你知道跟阿极一起被绑的女生叫什么吗？她叫施烟，是南城艺术大学的新生，她爸叫施威，也是施恩的爸爸。她妈叫方君美，在跟施威结婚之前，方君美曾结过一次婚，还有个儿子。当初因为她丈夫不争气，吃喝嫖赌，所以她抛夫弃子跟那时还只是个建材小老板的施威跑了，那个被她抛弃的儿子，就是阿极。方君美是阿极的妈，也就是以前的方芳阿姨，只是改了名字罢了。施恩妈死了，施恩恨她爸也恨方芳阿姨，所以设了这个局来报复他们。她让阿极跟施烟睡在一起，还拍了他们的裸照寄到陈叔叔跟方阿姨手上，威胁他们如果不给钱，就把那些照片公之于众。

"陈叔叔可以不在乎阿极，但是施烟爸妈肯定在乎施烟，她才十七岁，大好的年华，要整天被人指指点点，肯定活不下去。所以即使对施恩恨得咬牙切齿，但是方阿姨他们还是不敢报警，按施恩的要求给了钱，买下了那些照片。

"陈叔叔不愿给钱，这世道上只有他占别人的便宜，没别人占他便宜的。陈叔叔将方阿姨骂了一通，说都是她干的好事，如果她当初不跟野男人跑，今天也不会出这种事，这是她的报应。方阿姨哭着求他，让他看在阿极的分上，拿那笔钱出来，他还是不愿意。最后还是施恩爸发了话，又拿了一笔钱出来，说是陈叔叔给的，全部给了施恩。"

我哑然地听着，眼里流着泪问卞都，那现在阿极在哪里？他为什么不接我的电话？

卞都叹了口气，说："晨睿，让他安静一阵子吧，他那么喜欢施恩，没想到施恩是个骗子，他这次受的打击不小，根本不想理任何人。至于施恩，她去哪里谁知道，反正她只是个骗子，骗钱又骗感情的骗子。"

　　我问卞都，这事他为什么不早告诉我，如果我不问的话，他是不是就不打算告诉我了？

　　卞都说："不是不想告诉你，而是就算告诉你了，又能怎样？只是多个人伤心罢了。"

　　卞都说得没错，就算我知道阿极跟施恩之间发生的事，我除了难过，什么也做不了。

　　真的什么也做不了。

　　我问卞都："那阿极跟施烟到底有没有发生关系，如果发生的话，阿极肯定会疯掉的。那是他妹妹啊！"

　　卞都说："也许施恩的人性还未完全泯灭，她还在意着跟阿极的感情，所以没把事情做得太绝。方阿姨带施烟去医院检查了，说她处女膜没有破裂。施恩只是给他们拍了裸照，但是这对他们来说，已经够残酷了。"

　　跟卞都通完电话的那个晚上我失眠了，躺在床上怎么也睡不着。我只要一闭上眼睛，就能回想起以前我们跟施恩在一起的点点滴滴，那个我们认识的身世可悲的孤绝少女，终于被她自己毁灭在我的记忆里。

　　在这个草长莺飞的季节里，一起被毁灭的，还有那个单纯善良的阿极。

　　我怎么也无法相信，为什么一段充满着谎言与背叛的感情，都能被施恩演绎得如此真实，让我们都没发觉。

　　是我们给予她的爱不够，还是她心中的恨太深，所以最后她都没有放弃报复。

　　施恩她到底是怎样的一个人，她设计害阿极的时候，难道就不会感到一点儿痛心吗？

　　没有施恩在的学校，我又成了孤单一个人。

然而每一天，我行走在校园里，走过每个场景时，我还是会忍不住想起施恩。

我想如果没有后来的阴谋与设计，我跟施恩的友谊会不会长久下去，而她跟阿极会不会一直打闹下去。

但也总归是想想罢了，那段本该被珍藏的美好时光，终究成了一段不可触碰的回忆，每每想起，我都觉得浑身发寒。

我将西餐厅的工作辞了，一是怕触景伤情，二是实在是不会应付同事和经理问起关于施恩不来上班的问题，正好英语四级考试要到了，期末也要来临了，我得花时间在学习上，也就没法去西餐厅工作了。

一心投入到学习后，胡思乱想的时间也就少了，平素除了跟卞都通通话之外，我几乎都在看书做题。

阿极从南城回来后，跟我几乎断了联系。他以前就是个爱玩爱混的人，现在更是变本加厉，成天出去玩，在微信圈里发那种跟朋友鬼混的照片。

抽烟、喝酒、打架，他把这一切当成乐趣，照片上的他一副意气风发的模样，脸上挂着夸张的笑，可我却不觉得他快乐。

他只是在放纵自己堕落，以此来消除施恩带给他的伤害。关于施恩的事，所有人都很有默契地没有在他面前提起过。

期末考，我考得比预期的还要好，全院第一名，加上上学期系排名第一的学分绩点，季老师说我可以争取到那八千块的国家助学金。

我回去跟妈妈说了这件事，她听了很开心，说这样你下学期的学费就有着落了。我点头，说是呢。

以前上学的时候，一直盼着寒暑假到来，这样可以回去看我妈。现在我妈都跟我住一块儿了，我依旧盼着假期来，这样卞都就会回江都。

暑期来临，我们学校比卞都学校早放两天假，卞都回来的那天，卞叔叔喊我们去卞家吃饭，说有事要跟我们商量下。

他是直接来公寓找的我们，我妈不在家，他跟我说的。

我妈有事回乡下去了，走的时候神色沉重，手里还拎着个包裹，我问她是不是出什么事了，要不要我一起回去，她摆着手说没事，我办完事就回来。

卞叔叔走后，我在家睡了个午觉，两三点的时候，被手机铃声吵醒，是卞都打来的。他说他飞机晚点了，估计要晚上才能到家，问我晚上去不去他家吃饭。

我说我还得问问我妈，卞叔叔请我们吃饭是为了什么事？

卞都说："我也不知道，把你们都叫来，可能是商量我俩的事吧。我俩都这样了，还有什么好商量的，难不成我爸想把我转回江都来。"

我们兀自瞎猜，也猜不出个所以然来。两人随便聊了会儿，卞都挂了电话，他喊困，我让他闭着眼先眯会儿，我正好起床把家里打扫了下，顺便等我妈回来。

傍晚的时候，我妈才从乡下回来，一副风尘仆仆的样子，脸色不大好看。

我有点儿担心地问她："妈，你是不是身体不舒服？"

我妈摇摇头，说："没事，你晚饭做了没？"

于是，我就跟她说了卞叔叔让我们过去吃饭的事。

我妈安静地在原地站了会儿，搓搓手说："去吧，正好我也有点儿事想问问他。"

我还未来得及问妈妈什么事，她人已经走进卧室，说是去换衣服。

坐车去卞家前，妈妈带我去超市买了点儿礼品，说是做客人的礼仪，让我先学着点儿，日后自己成家，也得记得这些，她不能一辈子跟着我。

我不知道好好的，我妈为什么这么伤感，看她这样，赶紧劝慰她说："妈，你别多想，那都是以后的事了，我们现在不是挺好的吗，吃住都在一起。"

我妈点点头，伸手擦了下眼角的泪，忍不住多说了句："要你爸还在，就更好了。"

我没回她，我跟她都知道，这是永远都不可能发生的事。

到卞家后，我们在大门口就碰到了早就等在那儿的卞都。

卞都对着我妈喊了声阿姨，然后主动给我们拿东西进屋，我跟我妈跟在他后面。

餐桌上饭菜都已摆好，卞叔叔跟卞阿姨站在客厅里说着话，看到我们进来，卞阿姨立刻住了嘴，脸色有点儿不好看地去厨房吩咐保姆上菜。卞叔叔招呼我们上桌。

我看了眼我妈的眼色，我妈示意我坐吧，我才敢拉开椅子坐下来。

一开始是大人们话家常，我跟卞都两个人面对面坐着，安静地吃饭，都不插嘴。

吃了片刻，卞叔叔突然看向我，喊了声："晨睿。"

我抬头惊慌地看着他。

他朝我笑了笑，示意我不要紧张。

"晨睿，叔叔我问你个事，今年五一节前，你是不是去南城找卞都了？"

卞叔叔刚说完，我妈突然停了筷子，面色冷凝地瞪着我。

我张着嘴，握着筷子的手攥紧，不知道该怎么回答。

卞叔叔他是怎么知道的。

"爸，你问这个干什么？是不是我妈又从哪里听到什么风言风语了！"卞都没好气地出声帮我解围道。

卞阿姨生气地说他："什么我听到风言风语，你们不做那些事，会有风言风语说到我们头上来吗？！小小年纪不知道都跟谁学的，瞒着父母跑去外地会男人，就这么耐不住寂寞啊！"

卞阿姨话中带刺地说道。

我低着头，下意识地咬住了嘴唇。

卞都"啪"的一声将碗用力地往桌上一放，冷声朝卞阿姨威胁道："妈，

你要再说这种话，这饭就不用吃了，我直接带叶晨睿走了。"

"你这浑小子跟谁说话呢！她是你妈知不知道！"卞叔叔也怒了，拍桌子怒斥道。

我吓得身体一抖，没有去看对面卞叔叔他们脸上的神情，只是偷偷看了眼坐在我身旁的妈妈。

我以为她会像上次那样，因为我做的错事，对我大发雷霆，甚至可能当着卞叔叔他们的面打我，骂我丢人什么的，但是她没有。她只是安静地坐在位子上，静静地看着这一切。

她越是安静，越让我觉得心慌。我伸手偷偷地去抓我妈的手，妈妈没有推开，只是回握住我的手，目光定定地看着我。

我一下子红了眼眶，没脸再抬头与她对视。

卞叔叔对我似乎很失望，他站起身来，对我说："晨睿，我跟你阿姨看了下，国外的几所大学挺不错的，你要不要考虑去那里上学。"

"爸，你什么意思，先是把我送走，现在又是要送走叶晨睿！你直接说你不答应我们在一起，想拆开我们就算了，还说什么你们还小，先就此分开！就算她来南城看我又怎样，我们又没做违法的事！"

"你还有脸说！你们都被人看到去酒店开房了！你还好意思跟我叫板！"卞叔叔气得要伸手打卞都。卞都笔直地站在原地，没有要躲的意思。

卞阿姨面上虽冷，心里还是疼儿子的，见状，紧张地去拦卞叔叔，然后气急败坏地朝我妈骂，说"季轩茹，都是你教出来的好女儿！什么教养！"

我听她说这样的话，都觉得脸面丢尽，羞愧得无地自容，更何况我妈是那种把自尊心看得比什么都重要的人。

我那时真的整个人从椅子上跪倒在地，抓着我妈的手，哭着说："妈，我错了，我错了，你不要不说话，你骂我吧，打我吧。"

我妈没有骂我也没打我，只是伸手拉我起来，说："晨睿，以后没事

别随便给人下跪，别人瞧不起我们就算了，我们不能瞧不起我们自己。你先在这儿等着，妈有事要跟你卞叔叔说。"

说完，我妈转过头，面无表情地看着卞叔叔，说："卞格，咱们私下聊聊吧。"

卞叔叔困惑地看着她，不好拒绝地点点头。

卞阿姨急了，拦在我妈面前，说："季轩茹，你想干什么？有什么话不能当着我面聊，要跟我家卞格私下聊。"

我妈没回她，只是又朝卞叔叔喊了声："卞格。"

卞叔叔过来拉卞阿姨，说："你先在这儿坐会儿，跟孩子们好好说说，我们去去就来。"

我不知道那天妈妈在书房都跟卞叔叔谈了些什么，只记得一开始听不到他们的声音，后来两人仿佛争吵了起来，卞都先冲上楼去，我跟卞阿姨跟在他的身后。书房的门被从里面锁死了，我们打不开。我们只能干等在门外，静听着房内的声音。

卞叔叔似乎在沉默，房间里只有我妈的声音，带着浓重的鼻音，哭号着说："晨睿爸已经死了，过去的事我也不想追究了，他都死了，再怎么追究他也死了，我就想我家晨睿好好的，不被人瞧不起，像你们一样！你要答应我的要求，我就把那些东西带进坟墓里再也不会提，我就问你一句，你答不答应！"

卞阿姨用力地敲门，站不住地朝里喊："季轩茹，你想让我们卞格做什么！你给我出来！你有话跟我谈，卞格答应我还不见得答应呢……"

卞阿姨还没喊完，书房的门突然开了，我妈站在门口，看到我们伸手擦了把眼泪，走出来拽着我的手就朝楼下走。

　　我跟跄地跟着她下楼，回头看卞叔叔，他站在楼上，面色发白地望着我们。卞阿姨在缠着他问话，他皆不答。不明所以的卞都，追着跑下楼来，想要来追我们。

　　卞叔叔喊住了他，说："卞都，你过来，我有事跟你说。"

　　卞都停下脚步，帅气的脸上挂着纠结的表情。他看看我，又回头看了看卞叔叔，眉头皱了下，折身上楼。

　　我妈头也不回地一路拽着我离开了卞家。她像周身裹在暴风雪里，神情肃杀，让人不敢靠近。我不敢问她发生了什么事，她都跟卞叔叔谈了些什么，只能任由她拉着，跟她回到了家。

　　到家后，她一直摩挲着双手，不安地在客厅里走来走去，我被她按在沙发上，不敢动弹。

　　约莫过了一个小时，我口袋里的手机响了。我妈眼睛死死地盯着我的口袋，我拿起手机来，看到上面翻滚着的"卞都"二字，不知道该不该接。

　　即使我妈没跟我说书房里她到底跟卞叔叔谈了什么，但是我能感觉到，妈妈此刻的所有反常都跟卞家有关。

　　"接吧。"看出我的犹豫，妈妈忽然开口说道。

　　我望着她，愣了下，才慢慢地接起电话。

　　卞都说他在公寓楼下，让我下去找他。电话里，他的说话声很急，好像是一口气从卞家跑过来一般，喘着浓重的粗气。

　　我从沙发上站起来，小心翼翼地对我妈说："卞都在楼下，他要我下去。"

　　我妈点点头，说："去吧。"

　　说完，她自己则转身去了卧室。

　　在楼下的路灯下，我看到了等候在那儿的卞都。

　　夏夜的晚上，天气很是闷热。卞都就穿着件白色Ｔ恤，搭着黑色的哈伦裤，Ｔ恤的后背湿了一片，他歪着头在用手抖着背上的衣服布料扇风，看

到我过来，从容地站定，对着我微笑，又像呼小猫小狗似的，对我招了招手，说："叶晨睿，过来。"

他还笑得出来，说明事情没有我想得那么糟糕，卞叔叔跟他说的应该是好事吧。

急于想知道发生何事，我快步朝卞都跑了过去，还未到他身前，就被他一把抓了过去，整个人被用力地按进他的怀里。

"卞都，卞都，放开我。"我窒息地嗫嚅着。

卞都的气息有点儿急，说："别动，晨睿，就抱一会儿。"

我无奈地叹了口气，脸上发烫地由他抱了会儿。

不知是因为夏天的温度太高，还是两个人抱着太热，我觉得全身都发烫起来，那温度都能直接穿透皮肉，烫进心里。

卞都松开我后，我抬头仰望着他，他那好看的脸上全是汗，人像从水里爬出来似的。

我说："卞都，你怎么出这么多汗？"

卞都眨着眼睛笑，证明了我的猜想："一口气直接跑到这儿来的，能不多汗吗？"

说完，他眯起眼睛，乜斜了我一眼道："怎么，你嫌弃我汗臭啊？"

我连忙摇头，单纯地说："不臭，你身上好香的。"

是啊，一点儿都不臭，喷了那么多香水，身上的衣服又全是用好的洗衣液洗的，就算出汗，闻起来也是香的。

估计没料到我会这么回答，卞都愣了下，转而微笑地伸手揉了揉我的头发，难得温柔地说："晨睿，我们要订婚了。"

我感觉到自己脸上的表情顿时僵硬下来，像幻听似的，惊愕地问卞都："你刚说了什么？"

卞都收住笑，神情专注地看着我，认真地说："我说我们要订婚了，刚我爸找我就说的这事。"

/ 223

我震惊得说不出话来，只是转头朝家的楼层望去，发现妈妈正站在卧室的窗口看着我们。

"早知道季阿姨跟我爸谈一次就能把所有事情解决，那早该让他们谈了。"卞都也跟着我一起抬头，望着我妈所站的方向说道。

我不知道说什么好，只是觉得这消息来得太过突然。妈妈跟卞叔叔到底都谈了些什么，卞叔叔怎么突然改变了态度，竟然还急着让我跟卞都订婚，订婚的事卞阿姨知道不反对吗？以她的个性，她肯定不会同意的啊！

可卞都告诉我，这次卞阿姨也没说什么，卞叔叔找她单独谈了话，她出来后就说安排订婚事宜了。而卞都则按捺不住激动，直接跑来找我了。

卞都让我别多想了，没人反对我们的事，我该高兴才对，而不该这般忧心忡忡。

他说得没错，这的确是件值得高兴的事。

我跟卞都坐在小区里的凉亭里，他坐在一侧的长椅上，背靠着柱子，我坐在一旁另一侧的长椅上，跟他靠着同一根柱子。我们两人就这么半躺着，抬头看夜空中飞舞的萤火虫。

那一年，他十九岁，我十八岁，两人开始浅谈人生。那时候所有的幻想都带着粉色的泡泡，幸福得像嘴里含了块糖，甜甜的。

那是最好的时光，也是属于我跟卞都两个人最后的美好时光。

此后，再无那样的时光。

订婚的时间被敲定了，就在这个暑假，卞叔叔说是趁卞都还在江都，先把事给办了，反正也就是召集亲朋好友在酒店吃一顿。念及孩子年纪还不大，这次就先请近亲和知心的朋友，先不在交际圈广发通知了。

他问我妈这样你们觉得委屈不，我妈说你看着办就好。

我问妈妈，为什么急着让我跟卞都订婚，可以等我们大学毕业再订也不迟。我妈看着我，悠悠地问："晨睿，你不想跟卞都在一起吗？早点定下来，我也好放心，省得夜长梦多，时有变故。"

既然大家都已经决定了，我也无话可说。

在订婚典礼前一周，妈妈带我去商场买礼服。我推托着说不愿去："只是订婚而已，随便穿件新衣服就可以了，没必要买什么礼服的，妈，你赚钱那么不容易，咱们也没钱。"

我妈硬拉着我出了公寓，严肃地批评我说："什么只是订婚而已，难道你想订几次婚，在妈眼里，那天就等于是我嫁女儿的日子。钱多钱少你别管，妈给你买了你穿着就是，人家女儿订婚结婚都穿得漂漂亮亮的，我女儿也该这样。晨睿你就当穿给你爸看的。"

提及我爸，我妈又开始哽咽起来。

我爸去世，在我跟我妈身上留下的那道伤口，真的是十多年过去，也不见转好。

拗不过我妈，我只能跟着她出门。

外面是三十九度的艳阳天，商场里的空调却开得很凉，从门里进去，我们就像长久搁浅在沙滩上又重新被丢回海里的鱼，舒服得让人忍不住想喟叹一声。

妈妈先带我去买首饰。

我疑惑地说，首饰不是男方送的吗？妈妈固执地说男方归男方的，我买的归我买的。我没跟她争，顺着妈妈的心意在金饰那儿挑了会儿，最终妈妈给我挑了块金镶玉，玉里刻了个福字，她说能保我平安。

如果仅凭一块小小的玉就能保一个人一生平安的话，那我就算再没钱，都要去挣钱买玉送给那些我爱的人，保他们永世安好。然而，我们都知道，这些都不过是人的美好念想，一块玉，保得了人心安，却无法真的保人平安。

我跟着妈妈从一楼逛到了六楼，之前出来的时候，她只说买礼服裙的，现在真的像嫁女儿似的，帮我从里到外都买了个遍。

看着我全身都换上新的，我妈很是高兴，眼里尽是满足地对我笑，说："晨睿，妈就是没钱，妈要有钱，准天天给你买新衣服，你穿着好看。你长得像你爸，秀气，天生的衣架子，穿什么都好看。"

我鼻子泛酸地过去拉她的手，说："妈，你别难过，等我大学毕业了，找到好的工作，自己赚了钱，我给你买新衣服，让你天天穿新的，妈，其实你比我好看，你就是从不打扮。"

想到我妈平素那么节俭，今天在我身上花了那么多钱，近乎她在厂里做一年的工资，我就觉得特别难过，特别对不起她。

我妈反过来安抚我，伸手给我擦眼泪，背着店员偷偷地对我说："别在这儿哭晨睿，别人会笑话的。以后你去了卡家，天天都是好日子，自己活得开心就好，不用顾及我，我能照顾好自己。"

我傻傻地就知道点头，不知道说什么好。

准备回家时，妈妈的手机响了，妈妈望了眼手机屏幕，眉头皱了皱，说是陌生号码，犹豫了会儿，才按键去接。

我拎着东西站在一旁等她，看着她脸色骤然惨白下来，心不由得一沉，走过去，担心地问她："妈，谁的电话？"

我妈立刻对我做了个嘘声的手势，将手里的东西递给我，小声地说："晨睿，你先到门口的甜品店等我，妈去见个人。"

我说："谁？"

她急急忙忙地说："你就别问了，先去吧，听妈的话，妈去下就回。"说完，不等我阻拦，我妈就侧身跑进了电梯。

我追过去，电梯的门已经关上了。我妈一直在忙着打电话，根本无暇顾及我。

她跟那人说了些什么，我没听到多少，就听到她说，我这就来。

我妈让我去等她，我就真的拎着大包小包去甜品店等她过来。将买的

东西的发票都拿了出来，无聊地累加在一起，看着对我来说显得过于庞大的金额，我头皮发麻地吐了吐舌头，本来还想买杯冰沙喝的，现在也打消了这个念头。

都是给我买的东西，妈妈连口水都舍不得喝，我还怎么好意思吃冰沙。

在甜品店坐了有一会儿了，也不见我妈过来，我想了想，起身走出了店门，准备去二楼的超市买两瓶饮料，等我妈过来，两个人一起喝。忙活了大半天，天又这么热，我想我妈一定也渴了。

将东西全部寄存在超市的服务台，我从超市买了两瓶果汁出来，取回东西，满意地朝电梯口走，准备回一楼的甜品店。突然头顶传来一阵刺耳的破裂声，有东西从上方极速地坠落下来，我都没有反应过来从我眼前掉下的是什么，就听到各个楼层里响起的顾客们的尖叫声，还有巨物坠地发出的沉闷声，"砰"的一声，像拳头用力地砸在我的胸口，带着未知的疼。

不知是谁先喊的，说是个人！摔下来的是个人！

然后周围响起了嘈杂的人声，大家一窝蜂全冲到了栏杆那儿，楼上楼下全是人，有的在尖叫，有的在呼喊，有的在拿手机报警，有的在打电话跟朋友传播新闻，说商场摔下来个人……

那人摔下来的时候，我正乘着电梯刚到一楼，她就摔在我的脚前，身体里极快地流出很多血来，自她身下蔓延到我的脚边。

她的眼睛睁得大大的，望着我的方向，人还未彻底死去，嘴唇翕动着好像在说什么。

我定定地看着她，嘴巴张大着，眼泪像血一般从眼底流出来，内心在嘶吼，嘴里却发不出一点儿声音。

"晨……晨睿……好好活……"她支离破碎地嚅动着嘴唇，微弱地吐出这几个字后，人就不再动弹了。

手里的东西早就散了一地，我脚步僵硬地站在原地，双脚感觉不到一丝力气，我几乎是爬着来到了那人的身前，胡乱地摸着血，将她从血泊里

抱起来，颤抖地喊了声："妈。

"妈。

"妈——

"妈——

"……"

声音越来越大，可是她再也听不到了，那血就像水似的，源源不断地从她身体流出来，怎么也止不住。

我抱着她绝望地哀号着，求人救救她，求人救救我妈。

我不明白，为什么她走之前还好好的，还让我等她，怎么就从上面摔了下来？

"妈——

"妈——"

我拼命地喊我妈醒来看看我，可是她就是不睁开眼。

后面，我的世界只剩下那摊鲜血，还有无尽的混乱。

有人将我从血泊里强行拽了起来，警察跟医生带走了我妈，等我意识清明起来的时候，我人已经在医院，前方是太平间，医生告诉我，我妈死了。

仿若晴天霹雳，他们说，我妈死了。

可是我妈怎么就突然死了呢？！

她明明之前还好好的，高兴地带我出来买衣服，说是要嫁女儿的，她怎么就死了呢？！

不，我不信。

我趴在妈妈的尸体前，摇着她醒来，她不能这样，不能像爸爸一样，突然丢下我离开。

不能！

"妈，你说会回来找我的，你说过的，你说不会丢下晨睿的，你说会一直陪着我的，妈……你说过的……

"妈……"

无论我怎么呼喊，我妈再也不会醒来。

八岁那年的剧痛又一次碾压而来，我又一次成了当年那个懦弱无助的孩子，接受不了死亡，承认不了死亡，唾弃着死亡。

我一直以为我妈是个很老实的人，她从不撒谎，可是直到她离去，我才发现，原来老实人撒起谎来才是最伤人的。

我妈对我撒过的最大的两个谎言，一个是当年我离家去卞家生活时，她跟我说，晨睿要乖，妈很快就接你回来。

可是，她一直没能来接我。

一个是她刚撒的，她说晨睿你先去等着，妈一会儿就回来。

然，她却以这样的方式回到了我的面前。

我妈是个骗子，她说过不会像我爸一样不负责任地丢下我，可是她还是把我给丢下了。

警察跟我说，我妈是从商场顶楼的天台上坠楼而死的，她身上除了我还有相关抢救人员和警员的指纹，没其他人触碰的痕迹，也无中毒反应，更没有枪伤，只有自杀跟意外失足摔死两个可能。

商场的设计者为了美观，将商场设计成了个"回"字形，所以我妈摔下来时，正好摔在商场中间。

我说我妈不可能是自杀的，她明明高兴地出门给我买订婚用品的，她那么想看我幸福，怎么可能在还未看到我幸福前，就选择轻生。

而且，她接那个电话前，还跟平常一样，她说去见个人，怎么会想要去死？

我跟警察说了我妈接了那个未命名电话后，警察找到了我妈的手机，

找到了那个号码，那是个公用电话亭的号码，那个电话亭附近的监控正好坏了，一时无法查到是谁给我妈打了那个电话。我妈到底是为了见谁才上的天台，但不管是去见谁，我妈的死都是场意外事件。

这世上怎么会有那么多意外，意外先是带走了我爸，现在，又带走了我妈。

他们怎么能这么轻描淡写地跟我说这是场意外，就能将事情一笔带过。

对我来说，这是又一道一生都无法愈合的伤口。

卞都跟卞叔叔他们赶到医院的时候，我已经哭得没力气了，只是呆愣地坐在停尸间，看着安静地躺在那里的我妈，眼泪不停地往外流。

卞叔叔跟卞阿姨上前拉开盖在我妈脸上的白布，红着眼眶要看看她，卞都抱着我，将我的脸用力地压进他的怀里。

几乎不曾怎么哭过的他，又一次因为我的事落泪，下巴磕在我头顶的发旋，他哽咽地一再阻止我，说："别怕，晨睿，别看。"

他怎会知道，在他们未来之前，我看着我妈的脸，一遍又一遍，都无法相信，那个躺在那里，摔得血肉模糊，脑袋一侧都瘪进去的人是我妈。

是我妈……

那不是我妈……

我多么想有个人告诉我，那个人不是我妈，不是。

可是，没有人。

没有人。

我妈的葬礼是卞叔叔他们帮忙操办的，在殡仪馆租了个灵堂，我妈就躺在那玻璃棺材里，殡仪馆的化妆师给她化了妆，这是我第一次看她化妆，却觉得好丑，丑得让我觉得她不是我那个朴实无华的母亲。

陆陆续续有过来吊唁的人，是鲜少来往的亲人，还有为数不多的朋友。距离夏息离开有一段时间未见的夏阿姨代替夏叔叔还有夏息也来了，一进

门就哭着来抱我，说可怜的孩子啊，我可怜的孩子啊。

陈叔叔没有来，阿极带着东子他们送了花圈来，在灵堂里陪着我整整坐了一夜，鼻涕擦了一把又一把，哭着对我妈喊妈。那不再是跟施恩在一起说的玩笑话，他说他是真的把我妈当妈，小时候只有我妈会在他生日时，给他下面加个鸡蛋，只有我妈会担心阿极那个没妈的孩子会不会饿着。只有我妈会说阿极，不哭，以后季阿姨是晨睿的妈，也是阿极的妈。

阿极在我妈棺材边哭着说这些话的时候，我哭得干涸的眼泪又一次涌了上来，哑着喉咙跟他一起喊我妈。

卞都跟着卞叔叔还有卞阿姨，里里外外地忙碌着，他身上跟我一样披麻戴孝，也是妈妈的好孩子。

看我一副要哭岔气的样子，旁人忙着来安抚我。

卞都从外面接待完客人进来看我，眼眶通红地硬是抱着我，将我从我妈身上拽离开来，哀求我说："叶晨睿，你别这样，季阿姨不会想看到你这样的！你给我振作点儿！求你！"

我哭得浑身没了力气，整个人像傻了似的，只是呆呆地发出呜咽声，任由卞都将我带到一旁休息。

灵堂摆了三天，那三天，我仿佛把十年前，欠爸爸的眼泪一并哭尽了。那时候还小，不懂死亡到底意味着什么，现在，再清楚不过了。

死亡是世界上最残忍的事，然谁也不能幸免。

怀疑
HUAIYI

/ 第十章

　　我妈火化的那一天，卞叔叔来找我，说晨睿，你把你妈的遗物整理下，我们要一并烧了。

　　我病恹恹地躺在床上，无力地说她衣服很多在乡下，我得去乡下。我妈她一定想跟我爸葬在一起，我正好带她的骨灰盒一起回乡下。

　　卞叔叔说："好，这里余下的事让卞阿姨弄下，我跟卞都送你回去。"

　　我点点头，却还是趁卞都他们不注意的时候，带着妈妈的骨灰孤身一人回到了乡下。妈妈的葬礼，他们已经帮了我很多忙了，我不能老麻烦他们。

　　孤零零地坐着出租车回乡下，我抱着用布包好的骨灰盒，双眼眺望着窗外，玻璃窗上倒映着我的脸庞，我的眼泪顺着眼角的沟壑静静地流了一路。

　　来的时候，我们是两个人，不过一天光景，我感觉全世界就只剩下了我一个人。

　　回到家后，天已经全黑了。家家户户都围聚在屋里吃晚饭，出租车从一户又一户家门前驶过，我眼巴巴地从那些人家敞开的大门内，望着他们其乐融融的样子，视线一片模糊。

到家了，破旧的院落整个都笼罩在黑幕之中，我抱着妈妈的骨灰，站在院门口的小巷子里，努力地使自己安定下来。

抬脚迈进院门，后脚跟上，没仔细注意脚下，我被门槛绊了一下，人朝地面贴了上去。我紧紧抱着妈妈的骨灰盒，将它抬高，以防它触到地面摔裂。最后，我狼狈地面朝下扑倒在地，双手却举得高高的，像一根旗杆。

眼泪瞬间从眼眶里迸射出来，我抑制不住鼻尖的酸楚，趴在地上，痛哭起来。哭累了，我翻过身躺在地上，将妈妈的骨灰抱在胸前，像死尸一般直挺挺地躺着。天越来越深了，外面下露了，我却不觉得潮湿。

我睁眼看头顶黑沉沉的天，眼泪风干在脸颊，皮肤皲裂有些疼。

如果妈妈在的话，她一定会拉我起来，说，晨睿，你这样会生病的。

可是妈妈不在了，我的身边没有任何人了。

我很害怕，也很慌张，我宁愿妈妈带我一起走，也不愿自己一个人孤单地活在世界上。

有那么一瞬间我想到了死亡，可是现在不行，我还没有安置好我妈。想到这些，我挣扎着从地上爬起来，手指发麻地抱着骨灰盒进了屋，衣服也不脱，直接开了灯脱鞋钻进了被窝取暖，坐等天亮。

第二天一大早，鸡鸣声刚响，我就穿鞋起床，出门，去镇上找泥瓦匠，准备给妈妈造墓。

泥瓦匠说忙完事再来，我留了地址给他，一个人先回了家，翻柜子把我妈的衣服裤子都拿了出来，准备给她造墓的时候一起埋进去。

以前就知道她节俭，没想到她这么节俭，翻遍整个衣柜，也没找到几件像样的衣服，大都被缝补过。看到这儿，我又想到了我妈出事那天，她那么大方地要给我买订婚用品，一下子买了那么多东西，都不计较钱，我就难受得不行，蹲在地上，抱着我妈的衣物，不停地用拳头捶打着胸口。

我妈那么爱我，可是，这些年，我几乎都没怎么陪在她身边。我都没

有时间去报答她，去孝敬她，去像她爱我一样爱她，她就突然离我而去了。

多少爱，还来不及说出口，对方就已经不在了。

我将妈妈的衣服全部整理好，准备包进蓝底印花的头巾里，突然有什么东西从衣服里掉落了下来。

是一封未署名的信。

我将衣服放在了一边，弯腰从地上捡起信，信上的邮戳就在不久前。

我疑惑地皱起眉头，拆开了信封。

那是一封匿名信，诉说着一个滞留了十年的真相，关于我爸死亡的真相。

写信的人以告密者的身份，在信里讲述了他在一座荒岛上所看到的事。

十年前，一伙人私下达成协议，租了一艘船去海上寻金，后来遇到了大风暴，他们被卷到了荒岛上。告密人也是其中的一员。

他们在岛上等着路过的行船救他们，所带的食物除了几箱酒外，干粮差不多都在风暴中被海水冲走了，大家只能摘岛上的水果或者抓野禽吃，一连数天也不见饿死。

获救的前一天晚上，跟往常都一样。那人半夜尿急去树林里小解，正好看到我爸跟卞叔叔在争吵，两个人还打了起来。

那人以为他们只是平常的闹矛盾，也没去阻拦，困得厉害，哆嗦地回去继续睡觉，浅睡中发现卞叔叔独自一人从树林里出来了，没看到我爸一起出来。后半夜森林起火，所有人都被惊醒逃到了海边，清点人数时发现我爸不见了。

那场火烧得很大很大，一直烧到了第二天的早上，还没烧完。后来正好有行船经过，大家急着逃回去，没人冲进火里找我爸的尸体，又怕到时候死者的家人问起为什么没尸体，他们达成了共识，说我爸是意外坠海死的，所以才没尸体。

那人跟同行的人说了那晚卞叔叔在森林里跟我爸的争吵，有人怀疑卞叔叔杀了我爸放了火，卞叔叔解释说他没有，他跟我爸确实打架了，但是

他只是把他打晕了，一时在气头上没去拉他，自己走了。没想到森林会起火，我爸被烧死了。

因为没有足够的证据，所以大家也不好冤枉卞叔叔杀人。但是这么多年过去了，那人想了想还是觉得有必要告诉我们我爸死亡的实情，说不定现在回去还能找到我爸的尸骨。毕竟我爸青年丧命，客死异乡对家人来说，太过残酷了。

我手指颤抖地握着信，眼泪直往下掉，浸湿了半张信纸。

我想起了那天在卞叔叔家的书房里，妈妈跟他说的那些话。

她说我爸已经死了，过去的事她也不想追究了，她只希望我以后不受委屈。

我突然明白了，她那天要问卞叔叔一些事，应该问的就是我爸的事。她拿我爸的事要挟卞叔叔，所以卞叔叔才会突然改变态度，答应给我和卞都订婚。

可是卞叔叔为什么跟我爸在森林里打架？为什么他从海上回来，从来没跟我们提过我爸是被火烧死的？为什么夏叔叔和陈叔叔他们都对我们家置之不理，为什么就他对我们那么好，他说是赎罪，是愧疚，说是我爸的死，他也有责任，他为什么这么说？他是不是还隐藏了什么可怕的秘密，没有告诉我们……

我爸到底是怎么死的？

为什么我妈刚跟他谈完我爸的事后没多久就出事了？

这一切到底是为什么？

一系列疑问涌上心来，我不敢继续往下细想，只是将手中的信攥得紧紧的。

泥瓦匠忙完家里的事过来了，我带着他去了爸爸的坟前，指着爸爸的墓碑，要泥瓦匠在旁边建座墓。

看着土黄色的泥土一层又一层洒在骨灰盒上，慢慢形成一个小土坡，我仿佛觉得，一起被埋葬的，还有我对生的渴望。

忙完我妈的事，我收拾好东西，准备回市区。走之前，我将那封信放在了包里，准备回去后找卞叔叔好好询问下。

即使心里有怀疑，我还是不愿意相信卞叔叔会害我们。我爸的事，肯定另有隐情，他瞒着我们，一定有他的苦衷。

坐车回去的路上，手机收到了好几条未接来电的短信提醒，全是卞都打来的。想来是我突然消失，让他慌了神，他一定是在四处找我，怕他太焦急，我赶紧回了电话给他。

电话刚被接通，里面就传来卞都焦急的声音，问："叶晨睿，你在哪儿？"

我如实跟他说了情况，说我回乡下了，这会儿正坐车回来。

因为我的不告而别，卞都似乎有点儿生气，但听说我回来了，又松了口气，说："你是哪个班点的车，我去车站接你。"

我说不用了，但想着我说了卞都也不会听我的话，也就没阻拦他，任由他去了。

下车的时候，我站在车站门口找了一圈，都没见到卞都，手机里收到他的短信，说他堵在大桥上了，可能要很晚才过来，让我找个地方等他。

我在附近的肯德基找了个位置等卞都过来，等待的时候，我一直在翻看着那封匿名信，想从这封信里再找出点儿线索，但是什么也找不到。这只是封普通的匿名信，信纸是最普通的纸，信封也是最常见的信封，连邮票都是全国通用的邮票，除了信上的内容比较特殊外，其他的跟普通的信没什么两样。

我一颗心像沉在了谷底，情绪十分低落。

口袋里手机铃声响起的时候，我以为是卞都打来的，结果不是。

警察局那边关于我妈的死，把商场以及附近街道的监控视频都调了个

遍，问我有没有时间去看看是否有可疑的线索。

我急着说有的，然后挂了电话，拿起包就跑了出去，在路边拦了辆出租车，直接朝当地警察局的方向赶。

庆幸的事，去警察局的路线都不是交通人流较大的路线，不怎么堵。

到警察局后，我找到了负责妈妈案件的李警官，李警官带我去了影映室看监控视频。商场附近的人太多了，要找可疑的人简直是大海捞针。

李警官跟我说，你直接找找有没有认识的人？你之前说你妈接电话的时候，说是见个人。那人她肯定是认识的，或者跟她有什么联系的，不然你妈也不会去见。

我安静地坐在一旁看着，李警官给我倒了杯水让我慢慢看。他陪我看了会儿，还有其他事处理，就先出去了，让我找到疑点就找他，他就在外面处理警务。

卞都电话打来的时候，我刚从警察局走出来。李警官问我有没有看到认识的人在特定的时间出现，我摇摇头，说没有。闻言，他有点儿泄气，无奈地对我说，小姑娘，你妈的死可能真的是场意外。

我沉默地望着地面，僵硬地点了点头，要走的时候，口袋里的手机响了。卞都问我在哪里，我跟他说我在出租车上，准备坐车回公寓了。

卞都说好，那他直接去公寓找我。

我只是轻微地应了声，放下电话时，眼里全是水雾。

打车回公寓的路上，我望着车窗外的景色，手抓着衣角，一直在哭。

开车的师傅以为我是失恋了，安慰我说："小姑娘，别哭了，这小伙子大街上有的是，我看你长得这么秀气，还怕找不到更好的吗？"

我只是继续哭着，没有告诉他，我哭，不是因为我失恋了。我哭，是因为我在商场的监控视频里看到了卞叔叔。我骗了李警官说没有看到眼熟的人，是我不敢去想，我妈的死真的跟卞叔叔有关。

我妈去见的人不会是卞叔叔的，卞叔叔要见她，没必要打匿名电话。

可是那天他为什么会出现在商场？我爸的死跟他有关系，我妈也是因为跟他聊了我爸的事后就出事的。

这一切是不是太过巧合了？

可是，那个人是卞叔叔啊！是卞叔叔啊！

如果真的是他杀了我爸我妈，那我该怎么办？我跟卞都又该怎么办？

在公寓楼下，我看到了早就等在楼下的卞都。他是开着阿极的车过来的，之前他提过他的车坏了。

看到我，卞都立刻从地上站了起来，一只手主动帮我拿过行李，一只手过来牵我，拉着我走进了电梯。

"晨睿，累不累？"他望着我心疼地问道。

我摇头，将视线从他的身上移开，就怕多看他一眼，那好不容易擦干的眼泪又忍不住掉下来。

我不敢去想象，万一卞叔叔真的跟我爸我妈的死有关，那我跟卞都现在算什么呢？假如卞叔叔真的是凶手，我跟卞都在一起，我爸妈在地底下，一定会死不瞑目吧。

可是，我又该怎么做？该怎么跟卞都说？

我难道该告诉他，卞都，你爸可能杀了我爸妈，我要再跟你在一起，对不起我父母。

我说不出口，我也没有足够的证据证明卞叔叔就是凶手，我所能做的只是任由卞都拉着我上楼。

来到公寓门口，卞都拿钥匙开门，钥匙却怎么也插不进去。卞都不耐地皱了皱眉，打电话给物业询问情况，物业告诉他，那套房前几天被变更业主了，新业主今天刚来换的锁。

卞都愤怒地说："什么变更业主，我就是业主，这房子卖了我怎么不知道。"

物业也难做得很，无奈地告诉他，是卞阿姨过来给卖的房子，说这房子我们不住了。她来卖房子的那天，是我妈出事的第三天。

卞都猜想卞阿姨把房子给卖了，是不是想让我搬回卞家住。这个猜测很快就被证明是错的，而且错得离谱。

我在门卫那儿看到了被卞阿姨丢弃在那儿的我跟我妈的行李。如果卞阿姨想接我回卞家住，这些行李又怎么会在这里。

我蹲在地上，整理被扔得乱七八糟的东西，那些都曾是我妈的宝贝，我妈都舍不得乱扔，就怕扔坏了再买得花钱。想到这儿，我鼻子酸得厉害，捂着脸忍不住地哭起来。

卞都看不过去地拽我起来，说要带我去卞家找卞阿姨理论。

我摇了摇头不愿去。

卞阿姨素来不喜欢我，一向反对我跟卞都交往。我们订婚的事，若不是我妈拿我爸的事跟卞叔叔谈了条件，卞阿姨也不会答应的。现在我妈死了，之前他们做好的约定都可以不算数了，她自然不会再让我们在一起了。

之前她嫌我爸死得早，我们家家境不好，配不上卞都，现在，连我妈都走了，在她眼里，我一个父母双亡的孤儿，应该更加配不上卞都了吧。不然她也不会这么急不可耐地把房子给卖掉，想把我赶走。

然而不管我愿不愿意，在气头上的卞都依旧拽着我去找了卞阿姨。

卞叔叔似乎去了公司不在家，家里就卞阿姨一个人。

她正在跟小姐妹打电话，见我们过来，眉毛挑了挑，挂了电话，腰板挺直地坐在沙发上，神色不悦地朝卞都道："小都你把她带我们家来做什么呢？她还在服丧期，你懂不懂避讳啊？！"

卞都面色冷凝地看着她，说："妈你干吗呢？为什么把我的房子给卖了？！你到底想怎样？你把房子给卖了，又不让晨睿回家里，你让她去哪里？你的心是钢铁做的吗？你怎么能这样？！"

卞阿姨被卞都骂得气得脸涨得通红，说："我怎么样了？我是为你好，你知道吗？小都，你知道晨睿她是什么命格，我给她算了命，算命的人说她命格大凶，克人克己，你看她爸妈都被她克死了，你还跟她在一起，你是嫌命太长了吗？这么多年，我们家对她也算挺厚道了，可是她跟她妈怎么对我们的。哦，她勾引你，她妈还拿她爸的事要挟你爸，他爸的死是意外，跟你爸一点儿关系都没有，她妈硬是逼着你爸答应你俩订婚，不然就把你爸当年出海贩私盐的事举报给政府，她多坏的心眼啊！不过她现在人都死了，我就不说她了，但是小都，我把话先给你们挑明了，你除非还有钱给晨睿买公寓住，不然她就回学校宿舍住，反正卞家不会再给她住了。你不怕被克，我还怕呢……"

"够了，妈你可以不用说了，我就问你一句话，叶晨睿到底能不能回来住？"卞都板着脸朝卞阿姨吼道。

卞阿姨被他吼得脸色一阵青一阵白，愣了会儿，倨傲地撇过脸去，不愿让步道："我说了，她要么住学校，要么就回乡下住，反正随她住哪里，我们家肯定是不会再收留她了。"

"好，妈，我不会再回南城去了，以后叶晨睿去哪儿，我就去哪儿，她睡哪里，我就睡哪里。你们不要她，我要她。别人都可以亏待她，但是我不可以，我要把我有的都给她。以后你也不用再找我们，我们去哪里都跟你无关。"卞都面无表情地说完，就拽着我的手走出了大门，上车准备离开。

"小都，你不能这样，你不能为了她不要妈妈！"卞阿姨尖叫着追了出来。

她用力地拍打着车窗，喊卞都下车，卞都都无动于衷。

卞阿姨的身影被甩在了车后，我转头朝后望去，还能看到她瘫坐在地上，大声哭喊的样子。

卞都目光定定地望着前方，没有回头，他的眼睛在流泪。

我闭上眼睛，不忍再看，手放在口袋里，紧紧地握着里面的信封，眼泪润湿了整张脸庞。

卞都开车将我带去了一家酒店，刷完房卡一进门，他就像疯了似的抱住我，用尽全身的力气，勒得我几乎喘不过气来。

我想让他轻点儿，却感受到他的身体在颤抖，他在害怕吗？

心里这样想着，耳边就传来他的声音："晨睿，我什么都不要了，只有你了。"

声音嘶哑、颓唐，像是一个疯狂的赌徒。在他拽着我走出家门的那一刻起，就注定一无所有。

我的眼泪唰的一下就流了出来，又被他的唇一一吻干。

"晨睿，别哭。"卞都说这话的时候，做出一个安慰的表情，这样小心，这样温柔，可是，不知道为什么，我感到了心疼。

我抱住他，不让他看到我眼里的表情，他是那么要强的人，怎么受得了？这样主动的拥抱，更像是一种邀请，他突然激动起来，像剥蛋壳一样，将我全身都剥了干净，然后将我甩在大床上，整个人压了上来。

我能感觉到此刻的卞都很不安、很慌乱、很焦躁。但是我不知道怎么安抚他，我所能做的，是将他一切负面情绪悉数承接住，包括他给予我的热情，还有疼痛。

他玩弄着我的手指，有些孩子气地说："晨睿，我们私奔吧。"

"选一个我们都想去的地方，然后抛开一切，逃亡去那里。我会努力打工供你继续读书，让你吃得饱，穿得暖，但是你以后有了出息，可不能不要我。这样好不好？"

我背对着卞都，努力地压制住自己的情绪，眼里全是眼泪。

走不了，卞都，我们无法再走下去了。

阻止我们前行的不是卞阿姨的反对，而是更深的羁绊。

卞都曾经说阿极跟施恩无法在一起，是因为他们上一代的孽缘太深了。

这次，我跟卞都也是一样。

现在种种证据都在指明，卞叔叔跟我爸的死、我妈的意外有着脱不开的关系。

我跟卞都怎么还走得下去呢？

可是这些话我都藏在心里，无法对着卞都说出来。我私心地希望我爱的男孩儿能幸福，就像他希望我幸福一样。我也想把这世界最好的一切都给他，舍不得他看到一丝一毫的肮脏与灰败。所以，我在心里暗自下了一个决定，一个对我们所有人都好的决定。

"我先去穿衣服。"我挣开卞都的手说道。

卞都没有拦我，只是轻微地嗯了声。

我裹着床单，捡起地上被丢得乱七八糟的衣服，匆匆走进了浴室，将门反锁了。

从口袋里掏出那个信封，我伸手从里面拿出把水果刀来。

从警察局回来的路上，我买了那把刀，想着找机会跟卞叔叔问个清楚。倘若他真的是害死我爸我妈的凶手，我如果下得了手，就杀了他替我爸妈报仇，但是想来我是下不了手的，所以我就想着，到时候留着这把刀自己用。

去卞家的时候，没有碰到卞叔叔，其实我还暗自松了口气。说实话，我还没有做好准备跟卞叔叔对峙。我想如果真的见到他，我肯定光顾着哭了，什么也问不出口，索性不如什么都不问了，就这样吧。

我妈临死前，艰难地挤出最后一句话，都是喊着我的名字，让我好好

地活下去。

可是，我活下去的意义是什么呢？

她跟我爸都不在了，我也无家可归了。难道真的像卞都说的那样，跟他去私奔，真的让他打工赚钱，吃苦养活我。

就算他愿意吃苦，我都舍不得他吃苦。

他从小到大就没受过什么苦，明明只要跟我分开，就有好日子过，何必跟我过那种苦日子。

跟卞都在一起的这段时间，我以为自己变得坚强了许多。但其实，我骨子里还是那个怯懦胆小的叶晨睿，承受不住那喧天伤痛，只想着逃避、逃避……逃避一切的伤害。

卞都从外面撞门进来的时候，我正躺在地上，血从我手腕上被割开的血管里不停地冒出来。

这段时间以来，我一直浑浑噩噩地活着，迷惘、痛哭、彷徨、恐惧，头一次这么清楚地知道自己该做些什么。

"叶晨睿！"卞都手颤抖地捂着我流血不止的伤口，眼眶通红地一再喊着我的名字。

"晨睿，晨睿……"

我的眼泪从眼角掉了下来，我痴痴地看着他，那个陪伴了我十八年岁月的男孩儿，以后我可能再也见不到他。

如果此生就此结束，我希望他能一生喜乐，永世安好。

伤口被我割得很深，那天，我以为我会就此死去。

可是等我再度睁开眼，我看到的不是上帝，也不是天堂，是医院白色的天花板。

我又一次死里逃生了。

卞都站在我的床前，表情阴沉地看着我，手里紧紧地握着我藏在口袋里的那封匿名信。

"叶晨睿，你就是因为这封信，才想去死的是不是？你以为死了就能解决问题了？不管这封信里说的内容是不是真的，还没有确切的证据证明我爸害死你爸。就算是我爸害死你爸的，也该由法律来判他，死刑也好，终身监禁也罢，也用不着你来代替他。"

卞都激动地朝我说完，然后定定地看着我，眼里夹杂着痛楚与难见的脆弱。

他缓了语气，俯下身来，双手托着我的脸，额头贴了上来。

他压抑着情绪，近乎哀求般地跟我说："晨睿，我求你好好地活着，不要那么自私地丢下我，我们还有很长远的未来。"

我的眼泪从眼角滑落下来，滴滴掉落在枕头上。

卞都说我们还有未来，可是未来在哪里？

"晨睿，我已经报了警，警方会彻查十年前你爸死亡的案子，这几天我们就会动身去荒岛寻你爸的尸骨，你相信我，我肯定会帮你把叶叔叔带回来的。到时候法医那边做完尸检，叶叔叔的死因就知道了，知道他怎么死的，就能陆续判断出他是意外死亡，还是有人蓄谋加害。其实生活没你想的那么难，再困难的事，冷静下来好好想想，总有应付的对策。这段时间我不能陪在你身边，但是我让阿极来陪你。晨睿，我对你没什么其他要求，我只想你在等我回来的时候，平平安安的，我希望我回来就能见到你，你不要再干傻事了好不好？"

卞都语调轻柔地向我哀求道，我望着他，不停地点头，抓着他的手臂，整个人埋进他的怀里，号啕大哭着。

我一个劲地喊着卞都的名字，好像这么喊着就有活下去的勇气了。

那天卞都抱着我在病床上整整坐了一天，第二天一大早他离开后，我

就再也没见到他。我知道他是随着李警官他们出发去荒岛了。

他走后没多久，阿极带着看护来照顾我。

看护出去给我买菜了，阿极坐在病床上陪着我。看着我裹着厚重纱布的手腕，他的眼里闪过几丝苍凉。

他说："晨睿，你多傻啊。无论发生什么事你都不该伤害自己的。"

我摇摇头，对着阿极微笑，说："都过去了，我只是一时想不开。"

阿极叹了口气，笑笑说："谁都有想不开的时候。咱们不看过程就看结果，结果是你没事就够了，其他的都忘掉吧。"

阿极让我去学着忘记，那他自己呢？

施恩的事，他忘了吗？

我刚这么想着，就听到阿极突兀地来了句，说："晨睿，等你挺过这段时间后，我想出去找下施恩，你觉得怎样？"

我惊愕地看着他，不知道说什么好。他问我找施恩好不好，其实这得问他自己，问他的心是否还恨施恩，是否要找施恩。

"我想了下，我恨施恩主要是因为她什么都不说就利用了我，但是她也挺可怜的。我看到你就想到她，我看到你这样寻死，我就想施恩妈死后的那段时间，她是不是也绝望地想过死，为了活下去，她不得不靠对我妈、对她爸的恨支撑着。我这么想着，我就恨不起她了，那心好像不听话似的，它老泛着疼。所以，我想去找施恩，忘记之前的那些不愉快，不管上一辈恩怨是什么，我就是想找她，看看她活得好不好。我不是卞都，我爸妈都不管我，所以他们上一辈有什么纠葛，不该我去给他们承担，人这一辈子不长，不能留什么遗憾。"阿极一脸真挚地说道。

我幽幽地问了声："阿极，你找到施恩之后准备做什么？"

阿极笑，说："找到再说吧，到时候能做的事太多了，她不是黑了她爸那么多钱吗，那钱里面还有我的功劳，我得帮她花掉点。"

阿极不管什么时候都能开得出玩笑来。

　　我有点儿羡慕地看着这般从阴霾里走出来的阿极，再度觉得阿极真的是个善良的人。

　　阿极告诉我，卞叔叔被警察带走接受调查了，警方看到了他在商场出现的监控视频，找他过去做笔录了。

　　我低着头，双手窘迫地绞合在一起，默默地听着。

　　阿极看了我一眼，一针见血地说："晨睿，其实你早就知道吧。"

　　我没有回答，只是抬眼难过地看了阿极一眼。

　　阿极再度叹了口气，说："晨睿你真傻，你看到了就说啊，谁说卞叔叔去趟商场就是去害你妈呢？你这头脑不是很灵光的吗，怎么关键时刻就思维定死了呢。有怀疑就说出来，说了让警方查，查清楚了疑虑就没了，像你这样不查，自己闷在心里干傻事，你说多蠢。卞叔叔说那天他是跟卞阿姨还有几个亲戚给你们买订婚需要的东西，卞阿姨他们先去，他后从公司赶来，所以监控看到他一个人进商场，但是他进商场后就直接跟卞阿姨他们碰面了。没想到你们也在商场，他们很快就买完东西走了，离开后去酒店吃饭，就听人谈论说某某商场摔死个人，后来才知道是季阿姨出事了。他说的是真话还是假话，警方自有证据判断，晨睿你瞎揣测个什么呢。还有卞叔叔什么为人，他这些年怎么对你跟你妈，你心里不是最清楚吗？"

　　阿极说得一点儿都没错，其实我该相信卞叔叔的，这些年，他对我们那么好，我怎么就没有选择相信他呢。

　　我望着手腕上的伤，眼里又有了泪，再度意识到自己干了多傻的事。

　　卞叔叔一接受完调查，从警局回来后，就来医院看我了。

　　他买了很多营养品给我，大包小包地拎着进病房，放在床头，然后跟我说话。

　　"晨睿，身体还好吗？"他像什么事都没发生过一样，表情自然地问我。

　　我被他这么一问，鼻尖一阵酸楚，视线低垂下去望着被单点头。

　　我没想到我这么怀疑卞叔叔，他非但没生我的气，依旧很照顾我。

　　卞叔叔拉开一旁的椅子坐了下来，阿极早已退了出去，方便我们两个人谈话。

　　卞叔叔说："晨睿，你有什么想问叔叔的，就尽管问吧。"

　　他这么大方地让我询问，真让我问时，我却问不出口了。

　　关于爸爸是怎么死的，当年他们在岛上到底发生了什么事，我有太多太多想问的。

　　见我不吭声，卞叔叔微笑了下，自己主动开口说道："晨睿，其实你不说，我也知道你这会儿心里在想什么。小都跟我说起过那封匿名信的事了，他问我能不能去岛上找你爸的尸骨，我就说去找吧，其实早该去找了。那些年，我们几个怕，所以一直瞒着。但想想寻金也没寻到，有什么好怕的，寻金寻到没给政府，那才该怕。可我们浩浩荡荡出发，连粒金沙都没看到，船还在海上遇到了风暴，所有人都被冲到了一座荒岛上。荒岛上也没有黄金，但是我发现海水冲到岛上外延的一块荒田里，经过暴晒能出盐粒，等我们出去后，我们可以贩私盐发家。发现这个惊喜后，我先找你爸说了这事，他是我们中脑子最聪明的，我就跟他商量下这事可不可行，等确定好再找你陈叔叔还有夏叔叔一起做。

　　"那晚在小树林里，你爸拦住了我，让我不要告诉其他人，发财我们两个人就够了。我没料到他会说出这种话，我们四个人从小就像兄弟一样，他怎么能说出那种话。后来我回头想想，可能是那阵子大家穷怕了，对钱的贪欲太大了，所以连你爸这样的人，也舍不得被分钱。但当时我没有想这些，只是觉得你爸不讲兄弟情义，因此还打了他。你爸身子骨弱，很快就被我按在了地上。他倒在地上爬不起来，我在气头上也没拉他，就一个人出了树林，回到了海边的简易帐篷，直接睡了。我以为你爸会自己回来，但是后半夜森林起火，火势很大，整个岛都被吞没在火海里。大家逃到了海岸边，正好遇到行船经过，就一起呼救，中途场面一片混乱，大家都只顾得逃，哪还顾得上找人。上船后，我们的领队清点人数，才发现你爸不见了。除了那艘船那里根本没其他船只经过，有人就说你爸可能还在岛上，可是岛上已成了火海，其他人都无法冲进去，你爸应该是被火给烧死了。

"回程的路上，我一直在想，你爸爸是不是因为跟我吵了架，所以才赌气没出那片树林，后遇到树林起火，他才被烧死的。为此，我很愧疚，想要回去跟你妈说明实情，但是你陈叔叔和夏叔叔说，这事不能说实话，要说了你妈问起你爸的尸骨来，我们怎么说，难道说我们知道他在火里，都没上去救吗，那是见死不救啊，你妈到时候肯定恨死我们。我想也是，后来大家商议了下就说是坠海死的，不然要听说你爸被烧死的，难保你妈不会去寻尸骨，那时候传到政府那儿，大家都怕还没发财，就被政府给关押了，毕竟寻金是非法的。

"从海上回来后，我还是无法纾解内心的愧疚感，总觉得要不是我，你爸也不会出那意外。你妈又不愿意收我那笔补助款，所以这些年，我能给你们娘俩做的我都做了，唯独你跟小都的事上，我没有同意。后来你妈收到匿名信，跑来问我你爸的事，我也跟她如实说了。

"她说你爸死了，就算找到他的尸骨，他还是死了，而我们都还活着。她希望我看在你爸的分上，让你跟小都在一起，毕竟你爸要没死的话，你们跟我们家过的生活该是一样的。她逼着我答应，不答应的话就去举报我们贩私盐的事。其实我知道她只是说气话，不会这么做的，而且她不这么说，我也会答应她的。这些年，我都把你当亲生女儿看待，我也希望你能过得好。但是晨睿，我想让你知道的是，我之所以反对你跟小都在一起，绝不是因为我看不起你跟你妈，还有你们家，是我不想你日后怨我，说你不快乐。像我们家这样的家庭，都是表面看起来光鲜亮丽，里面却早已腐败不堪。在商言商，商人哪个不尔虞我诈，为点儿利益百般算计。等小都大了，

他会接手我的公司，他也会成为一个商人。而你一旦跟他在一起，你就得陪着他一起去过那种算计来算计去的生活，晨睿，那时候你说不定就会厌烦那种生活，就会怪卞叔叔了。可是你妈都强烈要求了，我也不好再反对了，儿孙自有儿孙福不是吗？可谁能想得到你妈会出事。

"你一定会觉得很巧，怎么你妈刚跟我谈完，她就死了。但是晨睿，不管你相不相信我说的话，我都要说，你卞叔叔虽然不算是个特别正直的人，身上也谈不上有多干净，你爸的事我也多少有点儿责任，但我真的没有害过你父母。你哪怕不相信，也大可以直接报警，没必要伤害自己，你让警察来判断我是否有罪。像你这般伤害自己，你爸妈要还活着的话，一定会跟我一样心疼。人活一世，风里来雨里去，不过就是图个老来儿孙满堂，陪伴至白头。你父母去了，你跟着一起去了，你爸妈那才真叫是白活这辈子了。以后别干傻事了，好好养伤。"

卞叔叔说完，从椅子上站了起来，阿极闻声走了进来，站在门口看着我们。

卞叔叔说他公司还有事，让阿极好好照顾我，然后满面疲倦地走了。

我望着他离去的背影，视线一片模糊。不知道是不是我的错觉，我总觉得卞叔叔这一次来，好像沧桑了很多。

出院那天，卞都还没有从荒岛回来，他打了电话给我，他说岛上这十多年的景色变化有点儿大，一时无法确定尸骨的正确位置，得花上一阵时间找，让我再等等他。

我点头，想起他看不见，急切地说："卞都，我等你回来。我等你回来，我们还有很长的未来。"

卞都声音哑了哑，说："晨睿，好好照顾自己，乖乖等我。"

我应了声。

岛上的信号不是很好，卞都那边的通话很快就断了，我望着"嘟嘟"响的手机，心里一阵失落。

阿极帮我办完出院手续，准备送我回去，但是他又尴尬地问我，晨睿，我该送你去哪里。

是啊，我该去哪里呢？

公寓被卖了，卞家卞阿姨又不让我回去。

"送我去车站吧，"我说，"我坐车回乡下看看。"

阿极同情地望着我，说："晨睿，要不你先住在我给施恩租的那间公寓？反正她不知道还回不回来。"

我摇了摇头，说："不用了，我不能一辈子都住那里。"

阿极没再说话，只是看着我的眼神很是感伤。

在医院门口，碰到了从公司过来的卞叔叔。警方那边的调查结果已经出来了，我妈出事的那天，卞叔叔确实只是跟卞阿姨他们逛商场，他跟我妈的死没有关系。

看到我们，卞叔叔从车上下来，慈祥地微笑着，说："晨睿，我接你回家。"

我惊愕地看着他。

卞叔叔又加了句："回卞家。"

阿极帮我把东西放到了卞叔叔的车上，然后高兴地对我挥了挥手，说："晨睿再见。"

我还傻愣地站在原地，卞叔叔推着我上车，卞叔叔让我系好安全带，他自己发动车子准备离开。

"卞阿姨她同意了吗？"我坐在一旁，低着头小声地问道。

卞叔叔笑着安抚我："晨睿，你别担心，你卞阿姨那边我会跟她好好谈的。你现在最要紧的事就是养好身体，在家里有保姆照顾你，总比你一人没人照顾强。你别想太多，以后有事卞叔叔给你担着。"

　　我听不得这样的话，一听眼泪又下来了。

　　卞叔叔看着我开玩笑地说："晨睿，你这孩子怎么又哭了，瞧你眼睛都哭得跟兔子眼一样了，出院是喜事，咱们不能掉眼泪，来，给叔叔笑一个。"

　　我闻言，用力地点头，咧着嘴对卞叔叔笑，眼里的眼泪却还在流。

　　卞叔叔一手握在方向盘上，一手伸出来拍着我的肩膀，动容地说："晨睿乖，我的好孩子。"

　　他说话的语气动作俨然像个慈父。

　　小时候我爸跟我说，晨睿乖，别老躲着捂耳朵，出去看看这世界，不要怯弱。

　　后来，我妈又跟我说，晨睿乖，在卞叔叔家要守好本分，别给爸爸丢脸，妈妈很快就来接晨睿。

　　现在卞叔叔说，晨睿乖，我的好孩子。

　　那些像大山般厚重的恩情与宠爱，我这辈子都还不起。也许老天爷是看我太幸福了，看到那么多人爱我，所以才带走了那些爱我的人。

　　我悲伤地看着卞叔叔，眼里全是眼泪。

　　那一刻我心里突然涌出一股冲动来，我想冲着那个慈祥的男人喊一声爸。

　　这十年来，陪着我成长，像个父亲般帮我遮掉一切风雨的人是他，养育我的人是他，给我这般安逸生活的也是他，这十年来，他不求回报地填补了我爸在我世界里的空缺。可我，却在被伤痛冲昏头脑时，竟然没有选择相信他。他那时候一定很心寒吧。

　　可就算是这样，他也没有恨我，没有放弃我，依旧继续照顾着我。

　　我多想喊他一声爸爸，说些矫情抱歉的话，对不起，爸，原谅我的无知与鲁莽，爸……

　　"爸……"

　　那个字眼在喉咙里酝酿许久，终于喊出声时，我看到了卞叔叔眼里的愕然，还有隐隐闪烁的泪光。

他含笑带泪地点着头，说："晨睿，我的好孩……"

他话还没有说完，巨大的碰撞声突然响起，一辆卡车不知从哪里撞了出来，撞在我们的车上。然后我的世界只剩下了一片黑暗，全身都是重物碾压的疼痛，卞叔叔的身体护在我的身上，他的血滴在我的头上，混杂着我的鲜血。

我的意识变得模糊起来，手还在用力地摇晃着身上的卞叔叔，哭喊着他醒醒。

他虚弱地对我睁开眼，眼里流出血来，艰难地喘着气，急促地说："晨睿，晨睿啊，以后，跟小都，好好地过。"

唯独你不可以
WEIDUNIHUKEYI

第十一章

"卞叔叔！"

我尖叫着从无尽的噩梦中惊醒过来，发现自己的眼睛被黑布蒙住了，看不到任何东西。身上钻心地疼，手腕被绳子绑着，能听到周围窸窣的人声，我似乎被绑架了。

"找到没有？"有人问，是男人的声音。

立刻有人回答，说没有。

旁边又有人开口，说："她醒了，要不要直接问她。"

有脚步声再次响起，有人走到了我的身旁，用力地推了我一下："喂！你妈把东西藏哪里了？说出来就送你去医院，不说就让你跟你妈一个样！"

那人狰狞地说。

说到我妈，我顿时浑身发寒，像猜到什么似的，激动地朝那群人沙哑地嘶吼着："是你们杀了我妈！你们到底是谁？你们想干什么？"

那人呵呵地笑，往地上吐了什么东西，然后一巴掌打在我的脸上，狞笑道："小妹妹，话可不能乱说的哦，我们可没有碰你妈，是你妈自己不小心从天台摔下去的，我就说了下，你女儿就在楼下，你不想你女儿有事的话，就把东西给我们，你妈怕得一直往后退，还说要报警，结果自己没站稳，就从那商场摔下去了。她是自己死的，怪不着我们哦。"

那人轻描淡写却万般残忍地对我说道，我牙齿死咬着嘴唇，嘴里都能尝到那血腥味来。

眼睛被蒙住，我看不到方向，只能凭感官去判断那人所在的方位，我拼命地想用脚踢他，骂他，哀号着，嗓子都喊破了。

最后我的四肢都被捆住了，然后像牲畜般被丢在了角落里。

"你别敬酒不吃吃罚酒，哥们儿几个没时间跟你耗，你不把那东西说出来，有你好受的。"那人不耐烦地朝我吼道。

我不知道他们口口声声喊着要我交出的东西是什么，也不知道他们是什么人，我只弄清楚了一点，是那群人害死了我妈，他们现在在我家乡下的老屋里找那个所谓的"东西"，那东西对他们的老板来说，似乎很重要。

之前有关于那场车祸的印象，好像是一场梦，模模糊糊地在脑海里翻滚着。

我不是跟卞叔叔出了车祸吗？我又怎么会在这里？卞叔叔人呢？

"妈的，东西翻遍了，都没那块表，那婆娘可真会藏！"

"别废话了，找不到那东西，谁也别想回去了，找那个丫头问，她没准知道。"

"真是的，那丫头又昏过去了，怎么问？抓她也不容易，她在医院被护得好好的，一直有人陪着，要不是他那叔叔车出了车祸，我们也逮不到机会带她走。瞧她也挺可怜的，这头还流着血呢。"

"你做这行的还要什么同情心，拿水泼醒她！"

耳边一顿暴喝，随后一盆水浇在了我身上，他们用的是井水，很凉，从我的头顶浇下来，寒得刺骨。

我妈之前从未跟我提过那块表的事，所以不管他们怎么逼问我，我都

答不出来。

　　见在我这儿问不出什么来，他们一伙人去了后山坡我爸妈的坟前，要凿开他们的坟找那块表。他们觉得那表应该是随着我妈的遗物一起下葬了。

　　我被捆绑着，留在屋里，他们留下一个人看着我。

　　我像濒临垂死的兽，贴着地面，连呼救都没了力气，只是内心在不停地哀号着，哀求着爸妈保佑晨睿，哀号着有人来救我，哀号着那群挖我妈坟的人，不得善终。

　　突然，感觉有人靠近，我慌张地发出呜咽声。

　　那人捂住我的嘴，在我的身前蹲了下来，手里拿着把剪刀，给我剪开了手脚上的尼龙绳，压低着声音，小声地说："你别吵，我放你走。"

　　眼睛再度重见光明时，我发现自己独自站在一条乡间大道上，路的两旁是金黄色的小麦，我努力地平复好呼吸，迫使自己镇定下来，辨别所在的方位。

　　我认识这条路，这是回乡下时的必经之路，我记得往前走一百米，就能看到公交车站，公交车站旁边还有个公用电话亭。

　　前方就是希望的曙光，即使身心俱疲，我还是挣扎着往前跑去。

　　当我站在电话亭里，拿着电话准备报警时，身后传来嘈杂的人声。

　　我下意识地回头望去，就看到了追赶而来的那群绑匪，这里面还有一张我眼熟的面孔。

　　东子被打得满身是伤，被人踢了脚踝，狼狈地跪在地上，表情痛苦地望着我，双手被两个男人分别按着。

　　我望着东子，说不出话来。我不敢去深想，东子的出现意味着什么，意味着那群人是谁的人。

　　是陈叔叔！是阿极爸爸！

　　可是怎么会是他？！他到底为什么要害死我妈？

　　当我不断地跟自己说，可能是误会，那帮人不是陈叔叔的人，我妈的

死跟阿极爸爸没有关系时，眼前的人群突然散了开来，很多年没见的陈叔叔从人群最后走了出来，表情阴冷地看着我。

我突然，感到了绝望。

"呀，没想到这小丫头片子还挺能跑的，我们就出去一会儿，她就溜了！"站在陈叔叔身旁的那个男人朝地上啐了口痰骂咧道。

我听得出他的声音，就是刚才的领头人。

陈叔叔阴鸷地扫了他一眼，说："要不是我来，人跑了你都不知道。"

说完，他又朝我看了过来，笑眯眯地说："晨睿，真是好久没见了，你都长这么大了啊？还认识我不？"

我一直往后退，不停地摇头，流着泪问他："为什么？"

"为什么你要逼死我妈？为什么？"

有关陈叔叔的记忆，我能记得的并不多。只记得小时候他是个人人咒骂的小痞子，整天干着偷鸡摸狗的勾当。后来他们从海上回来，他发了家，就带着阿极离开了江都，再度回来时，他成了赫赫有名的地方一霸。卞叔叔素来不愿跟他过多地联系，所以他们来往很少。而陈叔叔也很少待江都，他忙着在澳门做生意，只听说这几年他的生意越做越大。

卞叔叔老让我们远离陈叔叔甚至阿极，说阿极爸不是个好人。

我也知道陈叔叔做了不少坏事，但是老想着他不会害到我们身上，也就没必要提防他了，可是，他到底是为什么，要害我妈呢？

陈叔叔收住笑，表情阴鸷地说："晨睿，这事不能怪我，得怪有人多事，寄什么包裹给你妈。你爸的事早过去了，非有人要拿出来提，你妈找卞格说事，现在弄得卞格父子去警局立案。不过卞格也真是多事，当初就让他别管你们娘俩，他硬是要管，现在吧，还搞得自己出了车祸。"

"你住口，是你杀了我爸！"我愤恨地盯着麻木不仁的陈叔叔，攥紧拳头，大声地朝他喊出声来。

"为什么你要杀他？"

"晨睿，你这就不懂了吧？还能为什么，我们这种人除了为了钱还能为什么？也怪你爸自己作死，当年他跟卞格为了贩私盐的事吵，他不愿意把发财机会告诉我跟夏君离，但没想到他们俩打架的时候，我正躲在一旁看着。卞格走后，我就去找他说话，说老叶啊，你这事做得不够道义啊，大家都是兄弟，哪有发财机会不告诉兄弟的。他还呸我，说你配。他说我不配，好，那我就不配了。我就拿石头砸他脑袋，把他砸死了。他不想跟我一起发财，我也不想跟他一起，少了人少被分掉点钱，多好。那天也是老天帮忙，本来我还想着尸体就放那儿被人发现怎么办，结果树林起火，省了我很多事。本来，这事就这么过去了，可你们有本事，非逼着卞格到警局立案去荒岛寻尸。我那次砸死了你爸，发现自己丢了块表，那上面沾了你爸的血，要被警察找到，对我来说很麻烦。当时我回去找过那块表，但表被人捡走了，再小也是块金表，那群穷人都当宝贝藏着不说，听说后来那块表被当作是你爸的遗物随那封匿名信一起寄到你妈那儿了。晨睿，你也是个聪明孩子，叔叔也不为难你，你把表给我，我就放你走。你要不给我那块表，那大家今天都别走了。"

陈叔叔说完，对我伸出手来。

我根本不知道那块表长什么样，我妈的遗物里，我只发现了那封匿名信，根本没其他东西。

我交不出来。

陈叔叔从身旁的男人手里抢过长刀，走到了东子身边，残忍地问我："他刚才是用哪只手放你的？"

我摇头，求他不要。

他又问了句："表呢？"

"我真没有！我妈就只收到信，根本没那块表！你放了他，跟他没关系！我求你放了他！"我哭着朝陈叔叔喊着。

他却不相信我，长刀一挥，像剁肉似的，剁掉了东子的整个右手掌。

我眼里只剩下飞溅的鲜血，耳朵里全是东子痛苦的哀号声。

我问老天爷，发生了什么事，为什么我身边的所有好人，都没有好结局，所有坏人却都在逍遥法外。

老天爷不回答我，老天爷只是下起了雨。

我双脚发软地瘫在地上，眼睁睁地看着陈叔叔把刀移向东子的另一只手。

这世间最让人觉得愧疚的事，就是因为你的事连累到其他人。我那时候想，我割自己的时候为什么不割深点。我要是那时候就死了，卞叔叔也就不用来医院接我回家了，说不定他就不会出车祸了。陈叔叔也不会派人来绑我了，东子也不会因为放我走被剁手。

我那时候，如果死了就好了。

我万分愧疚，难辞其咎，知道求陈叔叔没用，根本救不了东子，我只能转身使出全身的力气，冲进那块金色的麦田里。

我想，陈叔叔他们发现我跑，肯定会先来追我，东子说不定就可以先逃了。

我这么想着，觉得双腿突然有了力量，拼命地往前跑，往前跑，我希望他们永远都别追上我，希望鲜血别染污了这片金色的海洋。

尖尖的麦芒刺着我裸露的手臂，我却感觉不到丝毫疼痛。

我努力地往前跑着，想起了小时候，我们那群人还住在乡下的时候。每到夏天，金色的麦子收割前，我们四个孩子就跑到这片麦田里打仗，我是俘虏，阿极是敌方战将，卞都是正方战将，夏息是军师，然后四个人就

在这片麦田里追逐，我永远像现在这般奔跑着，身后有人追，但却不怎么害怕，因为我知道，总有人会来救我，总有人的。

可是现在不同，我知道麦田终将会走到尽头，前方是一片海，乡下的人喜欢来这儿打鱼。当年，我爸他们坐着船，就是从这里出发的。

我想起了施恩曾说过的话，她说她妈死后，她觉得活着没有意义，想过轻生，可是被人追打的时候，她又想活着。

我想，我跟她一样，这会儿也是不想死的，如果，有更好的选择的话，我不会想死的。

因为死了，就像卞叔叔所说的那般，我爸妈就真的白活了。

我觉得自己像阵风，在麦田里穿梭着，身后陈叔叔他们都没有我跑得快。可是我知道，风也有停止的那刻，那刻或许就是我的终结。

我已经跑出了麦田，跑到了泥泞的海岸，回头能望到陈叔叔他们在麦田里忽然冒出又忽然被淹没的头颅，我转过身去，眼睛坚定地望着前方污浊的海面，迈开脚步，跑了过去。

海水刚触到我的脚踝，我闭上了眼睛，双手打开。

"叶晨睿！"身旁有人喊我的名字，我以为是陈叔叔他们追上来了，加快脚步要往前跑。

手臂突然被人抓住，我惶然地回头，便看到了阿极。

他开着车不知道从哪里冲了出来，紧张地催促着我上车。

"还愣着做什么！快走！"

阿极大喊着，脸上的表情很是紧张。

眼看着陈叔叔他们从麦田里冒出头来，我惊慌地拉开车门，坐进了车内。

阿极开车带着我又冲进了那片麦田，麦芒被剐进了车里，洒了一车的金黄麦子。

阿极一路开车绕了大半个江都，好不容易才将追车甩掉，开车带我去了机场。

　　到机场后，阿极拉着我下车，去里面买了机票，然后把票给我哀求地说："晨睿，你走吧，你留在江都的话，我爸他们不会放过你的。"

　　我问阿极："你是怎么知道我在那儿的？"

　　陈叔叔毕竟是阿极的爸爸，我不知道能不能相信阿极。

　　阿极跟我说，那天卞叔叔开车接我走后，他发现我还有东西在他手里忘记拿了。他打电话给我，但是我手机不知道是没带在身上，还是关机了，没人接。他只好跟着我们的车后，想着一起去卞家，顺便蹭顿饭吃。没想到半路上我跟卞叔叔出了车祸，他刚报完警，要过来看我们时，就看到旁边停下一辆黑车，东子跟几个人从车上走了下来，把昏迷的我扛上走了。之后阿极就一路跟着我们，然后亲眼目睹了他爸做的所有事。

　　"对不起晨睿，我不知道我爸是那样的人，我一直都知道他不算是好人，他嗜钱如命，他对谁都无情无义的，但是我想他顶多也就是钱来路不正而已，我没有想过他还是个杀人犯。我不知道他杀了叶叔叔，我也不知道他还逼死了季阿姨，我真的什么都不知道。"阿极跟我解释完，哭着对我说道。

　　阿极是个好人，我一直都知道。

　　我认识的人中，他是最善良最热心，对朋友最仗义的。

　　只是这么好的人，为什么会有那样的父亲？

　　钱难道就真的那么重要吗？陈叔叔为了钱就可以杀了我爸，他为了不被警察抓，找那对他不利的证据，竟然还逼死我妈？既然他怕杀人坐牢，那当初何必杀我爸！他要钱拿去好了，难道钱会比人命重要吗？

　　我跟阿极说："我都知道的，阿极，不关你的事。不管陈叔叔怎样，阿极你一直是我的好朋友。"

　　阿极吸了下鼻子，推着我进机场，说："晨睿你都别说了，快点儿走吧，趁我爸他们还没追来，不然你就走不了了。"

　　我将机票还给阿极，摇摇头，说："我不能走，我得报警，我不能什么都不干，让我爸妈冤死了，自己一走了之。阿极，就算你是我朋友，但

是我还是无法原谅陈叔叔所做的一切，他不该把人命践踏成那样，更不该对东子做那样的事。"

我哭着对阿极说完，准备离开机场，去附近找公用电话报警。

阿极拉住我，表情很是丧气地说："晨睿没用的，对付我爸那样的人，你就算报警了，也不见得有用，你除非有确凿的证据证明他真的杀了人，不然警察抓了他也判不了他，他很快还是会被放出来的。我知道我爸的脾气，他到时候更加不会放过你，你还是走吧。"

"不，阿极，我走了卞叔叔怎么办？他因为来接我，路上出了车祸，生死未卜，我都不知道他现在如何，我怎么能安心离开？！何况，如果连警察都保护不了我，那么就算我今天逃走了，你爸他还是能抓到我的。"

听到我提到卞叔叔，阿极脸上的表情变得悲怆起来。

他哽咽地对我说："晨睿，你别回去看卞叔叔了，你就算回去也没用了。卞叔叔他死了，在送去医院急救的路上，他就被宣布救治无效死亡了。"

我惊愣地望着阿极，说不出话来，其他声音都听不见了，脑海里就只剩下一个声音说卞叔叔死了。

卞叔叔他死了，他怎么就死了呢？

我双腿发软地跪在地上，头埋得低低的。

我想起出车祸的时候，卞叔叔奋力地扑过来护住我，我一想到这儿，眼泪就像奔腾的河流流个不停。

我妈死了，现在连卞叔叔都死了。

也许卞阿姨说得没错，我命格大凶，我克人克己，跟我在一起的人都不会有什么好结果。

所以，我妈死了。

卞叔叔也死了。

阿极阻拦我。

我挣开他的手，流着泪说："我必须得去医院，我得去看看卞叔叔。他养了我那么多年，他死了我怎么能不在他身边？"

阿极说："来不及了晨睿，你去没用的，卞叔叔早不在医院了，他跟你是昨天出的车祸，我爸的人绑了你一天，现在卞叔叔早去殡仪馆了，卞都也从荒岛赶回来了。"

"就是去殡仪馆我也得去啊！如果不是因为来接我，卞叔叔也不会出车祸了，我怎么能不去？！我怎么能……"

阿极死死地拽着我，急吼道："就是因为你出的车祸，你才不能去啊！现在卞阿姨跟卞都他们都恨你入骨，你知不知道！"

我惊愕地睁大眼睛看着阿极，不明白他在说什么。

然后阿极告诉我，肇事的卡车司机，怕承受过大罪责，看我不在，撒了谎，把责任都推在了卞叔叔身上。说是卞叔叔开车不注意，跟我在车上吵架，没看到他打的转向灯就冲了过来，所以才出的车祸。还说我出事后就吓得跑了，把卞叔叔一个人留在了那里。

人们总是挑对自己最有利的话来说，就算是谎言也无所谓，比起撒谎，他们更想好好地活。人们总是自私的多，往往不曾想，当你说出那些谎言时，救了自己，是否害了别人。

我愤懑地对阿极说："那个人在撒谎。"

阿极点头，说："是，我也知道他撒谎，但是那不是最重要的，最重要的是卞叔叔一出事，各大新闻报纸都在报道他的事。卞氏企业在江都影响力也不小，现在所有媒体报纸都在说这个事，关键是卞阿姨他们信了，卞阿姨本就不待见你，现在真的对你恨得咬牙切齿，她对媒体说你是白眼狼，没良心，是丧门星。你这会儿去，卞阿姨肯定不会放过你的。"

"可是我没有这么做，我会跟卞阿姨好好解释的。"

"你觉得卞阿姨会听你的解释吗？"

阿极幽幽地说道，我像被人打了一记重重的巴掌，颓然地坐在地上，胸口闷得喘不过气来。

"卞都呢，他相信那些谎言吗？"我绝望地问阿极。

阿极眼神悲凉地看着我，眼眶有些泛红。

他眨了眨晶亮的眼睛，伸手将我从地上拉起了，既难过又无奈地对我说："晨睿，卞都信不信你已经不重要了，卞叔叔公司的股票自他出事后一直在大跌，卞家现在乱成一团，卞都又得安抚她妈，又得应付那些媒体，还得处理他爸公司的事，他很累了。我昨天光顾着跟着我爸他们的车子来救你，都没时间去卞叔叔的葬礼，所以我也不知道他怎么样了。晨睿，我们还是走吧，等过了这关，我们再回来慢慢解释。"

我问阿极要了手机，说要打个电话给卞都。就算离开江都，我也想把话说个清楚，我不想卞都恨我，不想让他以为我真的是报纸媒体现在报道的那样。

阿极找了下他的手机，没有带，他带我去了附近的公用电话亭，给了我几个硬币。

看我身上都是伤，阿极蹙了下眉头，让我先打电话，他去给我到附近的药店买点药。

我点头说好，跟他道了谢。

现今这情况，我还对阿极道谢，这对他来说可能是件很讽刺的事。毕竟是他爸爸把我害成了这样，而我却还跟他说谢谢。

阿极的脚步走得很快，近乎逃也似的跑掉了。

我将视线从他的身上移了回来，把硬币投了进去，拨通了卞都的号码，心里祈祷着卞都一定要接电话。

拜托。

谢天谢地，电话被接通了。

"喂？"听到卞都沙哑疲惫的声音时，我的眼泪一下子掉了下来。

"卞都，是我。"我流着泪说。

电话那头一片吵闹，听到我的声音后，卞都像从那地方走了出来，语调冷漠地说了声："叶晨睿，你终于打电话来了。"

似乎感觉到他说这话的咬牙切齿，想到阿极之前说大家对我的误会，我急着跟卞都解释。

"卞都，你听我说，我没有跟卞叔叔争吵，那天卞叔叔说接我回家，我们高兴地回去了，路上出了车祸。我醒来的时候，人在乡下。我不知道卞叔叔走了，我没有丢下他一个人走掉。你一定要相信我……"

"够了叶晨睿，我现在不想听你解释，我很累。"卞都打断我的话。

"卞都，你相信我……"我哭着哀求卞都。

电话那头的卞都沉默了下来，然后我只能听到他压抑的哭声。卞都很少哭的，若非心脏痛得厉害，他从不哭的。

"叶晨睿。"

他喊我的名字。

我"嗯"了声，吸着鼻子，安静地听他说下去。

然后他就哭着对我说："你没事就好了，我要挂电话了，我妈喊我了，葬礼比较忙，你是知道的。以后……以后……你不要再找我了。从今以后，谁都可以爱我，唯独你不可以。"

"从今以后，谁都可以爱我，唯独你不可以！"

耳边响起一道轰炸声，炸得我有些耳鸣，我以为我听错了，可是卞都哭着又重复了一遍，等我从愣怔中回过神来时，卞都已经把电话给挂了。

我望着被挂断的电话，眼泪滚滚地往下掉。

卞都他，还是不相信我。

他给我们的爱情判了死刑，从此以后，谁都可以爱他，唯独我不可以。

05

阿极拎着药回来找我的时候，我像个疯子，不停地在拨打卞都的电话，但是再也没有打通过。

卞都不接我的电话，他好像再也不想跟我讲话了。

阿极过来从我的手里抢下话筒，放了上去，拽着我离开了电话亭。我任由他抓着，头一直往后看着，眼泪一滴滴地往下掉。

我不知道是我跟卞都之间的误会太深，还是感情不够深，我只知道，我们那不够成熟的感情，因为这段来不及解释的误会，被划开了一道又宽又深的口子，就像两侧悬崖之间的深长沟壑，从此，我们俩各站在一边，他跨不过来，我越不过去。

卞叔叔的死，成了横在我们心脏中的巨大肉刺，它把一切都改变了。

一切……

阿极带着我去了一个陌生又遥远的城市，躲避陈叔叔的寻找，陈叔叔冻结了他的所有卡，他身上的现金只够我们撑很短的一段时间。

那时候阿极还在开玩笑，说倘若施恩在的话就好了，她现在有那么多钱，问她借点花花也好，没钱真苦逼。

钱只能支撑很短的一段时间，可是对我跟阿极来说，那段逃亡的时间，好漫长，漫长得像度日如年。

离开江都之前，我报过警，跟警方说了陈叔叔的事，可是被阿极说中了，李警官他们抓陈叔叔进去后，没多久就把他放了，理由是没有充分的证据证明他杀人。我爸的尸骨还未找到，所以他的死依旧是个悬案，而我妈，就算是陈叔叔逼迫她的，但是她坠楼的确是个意外。唯一可证明的就是陈叔叔残害东子的事，但是东子为了不惹麻烦，也只是拿了陈叔叔的钱，没有出庭告他。

陈叔叔一天不伏法，我们的逃亡就一天不会结束。

我希望笼罩在我头顶的灰色阴霾能在这个夏天结束前跟着一起散尽，这样，我就能回学校上课了，大二的书我都买了，若上不了就太可惜了。而阿极，他也得去新学校报到了，好不容易考上的军校，他不能老陪着我躲在灰暗的出租屋里，吃着难吃的泡面，有一顿没一顿地过日子。

可是，这个夏天漫长得好像永远不会过去似的。

我跟卞都自那次通话之后就断了联系，我不知道他是否从警方那里听到我的惨况，是否已经相信我的解释，我没有丢下卞叔叔一个人跑掉，是否已经原谅我，我只知道，我们俩走上了完全不同的两条路，而那两条路之间的距离越来越远。

再次见到陈叔叔，是在那天，我去超市买食物的路上。

他看上去一如既往的阴鸷，身后带着几个人，阿极被人架着肩膀站在他爸的身旁，流着泪跟我说："晨睿，对不起，我不得不告诉他我们在哪里，他抓了施恩，施恩在他手上，我不得不……"

感觉也就在不久前，阿极还坐在我的病床旁，笑嘻嘻地说他要去找施恩，他说他原谅施恩了。

而今陈叔叔抓了施恩，他只能把我卖了。

爱情跟友情哪个更重要些？

如果像阿极那样重情义的人都选择了爱情，那么一定是爱情更重要点。

我觉得是不是我过去的十多年，个性太过凉薄了，对什么事都淡淡的，所以老天爷觉得我这样的人，不配享有过于深厚的感情，所以他一一夺走了我的所有。亲情、爱情，现在是友情……

"小贱人，那块表在哪里？"陈叔叔气急败坏地问我。

我摇头，对着他微笑。

我说："陈叔叔，你何必执着于那块表，你既然杀了人，又何必怕坐

牢呢？何况你手上染过的鲜血，不止我爸一个吧，你犯的罪也不止杀人吧，那些罪早晚都能把你送进牢房，你还不如就此收手。"

陈叔叔面露凶狠地说："你少废话，快把那块表给我。"

"我说过，我没有那块表！"

"怎么可能，那个人不会骗我的！"

"那么，他就是骗了你，因为真的没那块表。"

"既然你没那块表，留着你也没什么用了！"陈叔叔恼羞成怒地说，他身后走出来两个人朝我走来。

我丢下手中的袋子转头就跑，我知道我只要坚持跑一会儿，这个昏暗的夏天就会结束了。

身后传来枪声，我的双脚再也不敢往前走。

"你再跑，信不信我一枪毙了你！"

我回头看着陈叔叔，看着在他身旁苦苦哀求的阿极，眼里流着泪，嘴角却挂着笑容。

"你开枪好了，我报警了。"我说。

陈叔叔愣了，阿极也愣了。

阿极问我："晨睿你什么时候报的警？"

我说："在你打电话给你爸的时候。"

说完这句话的时候，周围正好传来了警笛声。

陈叔叔狠狠地啐了我一口痰，带着人像鸟兽般向四周逃窜。警车从四面八方的街道口钻出来，堵住了他们的去路。从警车上面下来一批人民警察，像逮小鸡般见一个逮一个。

陈叔叔退到路中间，拿枪指着我。

"就算告不了你杀了我爸，逼死我妈，但是能告你的东西太多了，贩毒是不是，贩卖违禁枪支是不是……"

没等我说完，陈叔叔就已经开了枪。

他声嘶力竭地对我吼，说："你去死吧。"

他开枪的时候，阿极握住了他的手，把枪抵在自己的身上，子弹打在了阿极的身上。然后我看到了陈叔叔脸上闪过的几丝愕然，阿极捂着肚子瘫坐在了地上。

一阵混乱之后，陈叔叔被抓了，阿极被抬上了救护车，我坐在他的身旁，紧紧地抓着他的手。

我哭着说："阿极你会没事的，你不会有事，你别怕。"

我的手上全是血。

阿极紧紧地抓着我的手，眼神有些涣散，他一再跟我说："晨睿，对不起，对不起。"

"不要跟我说对不起，每个人都有觉得更重要的东西，施恩对你来说也许更重要点，我不怪你，阿极。

"不要跟我说对不起，你最后不是救了我吗，为什么要说对不起？

"……"

我哭着求阿极不要再说，如果我从未怨过你，你又何必说对不起。

阿极还是说："对不起，晨睿，我只记得施恩是个孤苦伶仃的小孩儿，忘记了我们晨睿也是。对不起，晨睿……"

"我不重要，所以别说对不起了。"

最该说对不起的人是我，我欠了好多人的"对不起"。

欠妈妈的，我不该让她一个人上天台，不该让她一个人去面对那些。如果我够勇敢，够坚强，妈妈怎么会怕我受伤，选择独自面对真相；

欠卞叔叔的，如果我一开始选择相信他，如果我不干那傻事，没去医院，他根本不用来医院接我，我们那天也就不会走那条路了，他也就不会出车祸了；

欠卞都的，他给我解决一切困难，可是在他忙得焦头烂额，无力痛哭的时候，我却什么也帮不了他；

欠阿极的，既然最后还是要报警，还是要将陈叔叔交给警察审理，当

初又何必连累阿极一起逃亡。

说白了，我一人死不足惜，却害了其他人为我受伤，那就是罪大恶极了。

阿极昏迷前跟我说："晨睿，如果我醒不过来，帮我找到施恩，然后跟她说，有空回家看看，她还是有家的。"

是谁，为我，点亮一盏灯，照亮我回家的路。

我点头，答应阿极："一定会找到施恩，但是找到她后，你自己带她回家。因为我不认识你们的家，所以，你一定要醒来。"

在阿极昏迷的那段时间，我找遍了整个南城，终于找到了施恩。她在南城一家叫"不夜城"的酒吧打工。

陈叔叔骗了阿极，他根本就没有抓到施恩。我跟施恩说了阿极的事，施恩听到最后，红着眼眶却不掉眼泪，只是胸闷地用拳头捶打着胸口，说阿极真的是蠢得像猪，他吃了个亏怎么还不长脑子，我是那么容易被抓的人吗？

我把阿极说的话传达给了施恩，我说："施恩，你去江都找阿极吧，他等着你回家。"

施恩沉默，眼里闪烁着泪光。

我想施恩没有料到，阿极非但没有恨她，还原谅了她，并且还留着那间给她租的小公寓，等着她回家。

后来，施恩去了江都，守在阿极的病床前，等着他醒来。

而我则留在了南城，顶替施恩在不夜城酒吧打工，在南城继续念书，再也没有回过江都。

江都对我来说，像座被摧毁的城，里面葬着我的大半个青春。

陈叔叔被判了死刑，不是因为他杀人的事，是因为他被人举报贩卖毒品的事，缓刑一年零七个月。

　　我不用再担心他再度出狱找我的麻烦，因为他剩下的时光再也出不了那座牢笼。而那牢笼，是他给自己建造的。如果他不曾做过那些事，那里哪能关得了他。

　　李警官找了我，从荒岛上带回来的尸骨里没有我爸的尸骨，可能火势太大，没留下多少遗骸，让我节哀。

　　我说没关系，经历那么多的事，我终于明白了卞叔叔的苦心，我宁愿选择相信我爸是意外坠海死的，也不愿去相信那些被刻意隐瞒的真相，因为那些真相太残酷，太罪恶了。

　　我妈的死最终还是被判定为意外，但是我想我妈她一定不会计较这些，她在乎的只是我活得好不好而已。

　　而我活得很好，卞阿姨给了我一笔钱，让我离开江都，再也不要出现在她跟卞都的面前，不要打扰他们的生活，只要我接受，她就可以帮我转到南城的学校，所有手续都帮我办好，我只要在那里安心念书，以后毕业找个工作就可以生活了。

　　她说以我的能力，日后也不怕找不到饭吃。虽然她很不喜欢我，但是她知道，如果卞叔叔还活着的话，他也会希望我活得幸福，而卞阿姨所能做的只有这些，这些已经是她的底线。

　　关于卞叔叔车祸的经过，我后来跟卞阿姨他们解释了，但是那已经不重要了。

　　重要的是，卞叔叔的死，让卞家被各种负面影响所包裹着，卞叔叔辛苦创下的公司差点儿倒闭，卞都接手了那个公司，为了拯救那个公司，他不得不与秦一璐订婚，现在除了秦家，谁都不愿意帮卞氏。

　　没错，秦一璐从美国回来了，在得知卞家出事之后。

　　我以为夏息追去了美国，他就能和秦一璐在一起了，其实不是，很多爱情不是相伴时间最长就是最爱的，而感动也不是爱，爱是那种你说不出来的，刻在骨血里的东西。

我不愿去追究秦一璐跟卞都订婚，是因为她还爱着卞都，还是心里也有着夏息，我知道，这些都跟我没关系了。

卞阿姨说，我根本帮不了卞都，我除了只会给卞都添麻烦，只会给他们卞家引来灾难外，什么也做不了。既然这样，她说我不如走得远远的，永远也别回来打扰他们。

她说得没错，我这样的人，只配一个人生活。

这样就不会再连累他人，也不会伤害到他人，所有的痛与哀乐，都我一个人受着，就是有点儿孤单而已。

不过孤单久了，人就不会觉得孤单了。

阿极后来醒来了，他跟施恩两个人一起生活着，我想他们一定很快乐。

大二那年，过得很快，我整天除了上课就是打工，完全没有空余时间去胡思乱想。

大三那年，跟大二似乎没什么不同，我依旧除了上课就是打工，筹备考研究生。唯一不同的是，那年，陈叔叔行刑。

陈叔叔行刑的那天，正好是我二十岁生日。

我给自己买了个蛋糕，独自一人躲在学校的体育器材室，用手机看着网上的新闻视频。卞阿姨给我买的新手机很好用，什么都有。

我把蜡烛插在蛋糕上，用火柴点燃它们，然后自己给自己唱生日歌，之后吹灭蜡烛许愿，眼泪盈满整个眼眶。

我给自己许了个生日愿望，我希望我爱的所有人，一生喜乐，永世安好。

哪怕今生，都无法再见了。

我都希望，希望他们安好。

　　大四那年，我为了考试一直在忙碌，时间变得越来越紧，但还坚持着打工，因为不打工就没有钱了，我还是那个有点儿固执的叶晨睿，卞阿姨给我的钱，我都放着没怎么用。至于卞叔叔从前给我们的，我之前还过卞阿姨，她没要，说这钱她要了，卞叔叔肯定又要说她。我把那笔钱用卞叔叔的名义捐给慈善机构了，他是个善良的人，是个慈祥的父亲，一定也乐意帮助那些穷苦的孩子。

　　大四那年的冬天，我考上了研究生，"不夜城"酒吧的老板娘燕子姐听说后，说要给我在酒吧庆祝庆祝。

　　我不是个爱热闹的人，可我却在酒吧那样热闹的地方上班，或许，在那里我才会觉得没那么孤独吧。

　　那天，我去得比较早，穿着燕子姐送我的红色呢大衣，像个大红包。

　　在十字路口的时候，我再次遇见了夏息，他站在对面的那个路口。

　　他穿着墨绿色的呢大衣，他穿那个颜色很好看，显得脸更加的白。比起几年前，他好像更高更瘦了。

　　我不知道他什么时候回国的，也不知道他为什么来到了南城，只知道他也看到了我，脸上的表情微愣了下，然后朝我笑了笑，笑容干净得像雪。

　　那天，天正在下雪，雪花落在我们的身上。

　　那是那年冬天，南城的第一场雪。

　　夏息朝我挥了挥手。

　　久别故人，再次相见，我忍不住热泪盈眶起来。

　　红灯终于跳到了绿灯，我激动地要穿过人行横道朝夏息走去，突然，身体被一侧冲过来的行人撞了下。

　　我踉跄地往后退了一下，微笑地想要继续往前跑，腹部却传来阵阵疼痛，血从我捂着肚子的指缝间渗透出来，一滴滴地落在雪地上，晕染开来，像一朵朵水墨画的花。

　　我蹲在地上，抬头迷惘地看着前方，看到之前撞我的那个人，裹紧头

上的帽子，匆匆离去。

陈叔叔临行前给我打了个电话，说他死了也不会放过我的。

他真的是说到做到。

我望着地上越来越多的鲜血，抬头努力地看着远方，视线变得模糊起来。

不远处的大型商场外面的电视墙上播放着最新的商业资讯，在那儿，我好像又一次看到了卞都，他穿着帅气的西装，手里挽着盛装的秦一璐在接受记者采访，关于卞氏收购南城新公司的感想以及他们何时结婚。

商业上的东西我不懂，我就是个只会念书的书呆子。

我眼里所看到的也只是卞都一个人而已。

他在电视上笑得很自然，像一个真正的商人。

多久没见他了，有好几年了，到最后，我连个像样的告别都没有机会跟他说。

我所能记得的，只有十八岁那年，他贴着我的耳畔说，晨睿，别怕，我是在爱你。还有那句，叶晨睿，从今以后，谁都可以爱我，唯独你不可以。

我此生听过的最深情的告白，最决绝的话语都来自于卞都，可我却从来没有机会告诉他，我爱他。

即使此生，再也无法见他，我也想他。

番外二 *BIANWU* / 卞都

海上的风很热。

夏天的荒岛热得像个大火炉。

晚上的环境很恶劣，睡在帐篷里，总能听到周围蚊子飞来飞去的嗡嗡声，吵得人难以入睡。

同来的便衣警察问我，小伙子，你为什么也跟我们跑来这里？我们这是公务，你一家属跟着瞎凑什么热闹？想吃点儿苦锻炼下自己，大学那会儿好好军训不就得了。

我微笑地听着，没有告诉他，其实我觉得在这儿和他们一起寻叶叔叔的尸骨比当年大一军训还要来得苦。可是就算再苦，我也得坚持下去。

对我来说，我找的不是叶叔叔的遗骸，而是来找证明我爸无罪的证据。我不能让我跟晨睿的感情因为这场误会而错开，那是我好不容易才求来的感情，我不允许。

抱着那样的信念，我咬牙在荒岛坚持了好几天。

累的时候就跟叶晨睿打打电话，汇报下情况，然后人就又有了精神。

本来要待到尸骨找到后我才会回去，可是妈妈突然打来急电，哭着让我回家，说："小都你爸出事了，你爸死了。"

"你爸死了"，这四个字犹如晴天霹雳，让我久久回不过神来。

直到在医院里看到我爸的遗体，我都无法相信，僵硬地躺在那里的那个人是我爸。

我妈受了极大的刺激，早就哭晕了过去好几次，亲戚们忙着照顾她，跟我说，小都啊，你爸的事你多担当点儿。

担当，担当什么？

我能做什么？

我都不相信我爸死了。

可是事实就是如此，我妈神志恢复过来之后，看到我像看到了救星，整个人扑在我的身上，手拉着我的衣服，哭号着说："小都，怎么办哪，以后妈跟你两个人怎么办？"

她一直在哭，问我怎么办？我回答不了她，只是眼睛胀疼得厉害，下意识地伸手摸了下眼睛，才发觉眼里全是泪。

医院外闻讯赶来的一批记者看到我们，镁光灯闪个不停。我妈害怕地躲在我的身后，我给她挡着，那时候我才发现，我那个平素看起来刻薄凶悍的母亲，其实也有弱小脆弱的一面。以前，有另一个男人为她遮风挡雨，现在那个男人不在了，就只剩我护着她了。

我终于意识到我爸死了。

死得那么突然，死得那么让人无力招架。

警方过来跟我们聊了事故的经过，带了那肇事司机一起过来，那人看上去十分的自责，也十分的委屈，他跟我们解释了缘由，我妈听完哭得更厉害了，而我则安静地站在那里，脊背挺得直直的。

我红着眼问警察，那叶晨睿呢？她现在在哪里？

我不信那人说的她会跟我爸争吵害得他出车祸，她不是那样的人。我们认识了整整十八年了，几乎懂事起，两个人就在一块儿，她是那种有事都往肚子里咽，闷在心里跟自己较劲的孩子，她怎么会跟我爸争吵？就连

收到那样的信，怀疑我爸害了她父母，她都没去找我爸质问，只是一个人胡思乱想地选择自残。

她是个很傻的孩子，却也很善良，宁愿伤害自己，也不会伤害别人的。

那样的她，怎么可能因为害怕丢下我爸跑了？

那个谎言，我从来就没信过。

可是我妈听到我问叶晨睿，整个人看我的神情都充满着恨意与冰冷，她推开我，狠狠地咒骂着我，说小都，你真是被那叶晨睿迷昏了头，到这个份上你还在找她！她害死了你爸，你竟然还找她！你对得起你爸吗？你对得起他吗？

我流着泪看着我妈，跪在她的面前，哭着说，妈，晨睿不是那样的人，你相信她。

我妈一巴掌打了下来，打完她自己都愣了。

从小到大，她几乎从没打过我，她疼我疼得厉害，也纵容得厉害。我捂着嘴沉默地跪着，我妈哭着扑过来抱我，说小都对不起，妈是太激动，失手打了你。

我摇摇头，说没事。

葬礼举办得很匆忙，大小事宜都得我过问，我边忙着处理那些事，边安抚我妈的情绪，边应付那些好事的记者，边等着叶晨睿出现跟我解释，忙得都没时间到我爸的棺材边哭一场。

我等啊等，几个小时、半天、一天……都过去了，叶晨睿都没有回来，而媒体的报道早已将我爸的车祸以及肇事司机的解释全都刊登了上去。

关于我们家的负面言论铺天盖地，我爸公司的股票一直往下跌，公司遇到了前所未有的危机，我还得操心公司的事。

我突然有点儿羡慕叶晨睿，她爸死，她妈离去，她只要哭就行了，而我，累得连哭都没力气。

我没法倒下去，我倒下去，我们家就完了。

　　妈妈拿着那些报纸丢在我的面前，说你看到没有，要不是因为晨睿，我们家就不会变成这样，你别再跟我提什么叶晨睿！你要再提，我就死在你面前，跟你爸一起走了，让你跟叶晨睿好好过去！

　　她说这话的时候，手里拿着把水果刀，一副我没开玩笑的样子。

　　当然这个时候，谁还有心情开玩笑。

　　我悲伤地看着我妈，沉默不答，眼泪滚滚而落。

　　都说男儿有泪不轻弹，只是未到伤心处罢了。

　　叶晨睿终于打来了电话，听到她的声音，我的情绪有些控制不住。我内心一边在庆幸她还活着，她没事，一边又在恨她，她没事又跑去了哪里，为什么丢下我爸离开，隔了一天才出现，等事情到无法收尾的时候才想到找我？

　　她哭着跟我解释，解释她的消失。

　　我听着叶晨睿的解释，她说她车祸后被陈叔叔的人带走了，去了乡下老屋，那群人在她家找东西，她刚逃出来。

　　她说得那般玄乎，让人无法相信。

　　陈叔叔素来不跟我们来往，对晨睿家也是不理不睬，又怎么会突然上心？

　　不管她说的是不是真的，只要她平安无事就好了。

　　我终于意识到，自出事以来，我一直记挂着叶晨睿，我等的其实根本就不是她的解释，只是担心她的安危罢了。

　　解释对我来说并不重要，因为我知道她不是舆论说的那种人。我一直都是知道的。

　　但就是知道，我也不得不说出那些话来。因为我妈就站在一旁，目光阴冷地看着我，手里还是握着那把刀，仿佛我要不听她的话，她就一刀刺下去。

　　叶晨睿，从今以后，谁都可以爱我，唯独你不可以。

　　我当着我妈的面对她说了那么绝情的话，心痛得无法呼吸，但我知道我必须得这么说，必须得这么做。

　　我妈受不了更大的刺激了，我不能再刺激她，我不能让她真的在我面前自残，她毕竟是我妈。

　　以前我老任性妄为，叛逆地不爱听她的唠叨，也不听我爸的叮嘱，现在我爸走了，以后再也没有人叮嘱我，说，小都，你不要老跟你妈犟，你妈不管做什么事，都是为你好。

　　她是我妈啊！

　　要我妈就不能要叶晨睿，要叶晨睿，我就得不要我妈！

　　这个选择题在之前，我肯定什么都不管地带着叶晨睿走，因为我知道，我妈还有我爸陪着，可是现在，我走了，她就一个人了。

　　何况我是个男人，我是卞家的独子，我不能自私地因为个人的感情，就毁了所有人的期待。

　　现在全部舆论都在说我爸出车祸是因为他跟晨睿吵，晨睿丢下我爸跑，如果，我还跟晨睿在一起，那么受指责的不再是我们两个人，还有我妈，整个卞家，以及岌岌可危的卞氏公司。

　　如果注定了无法在一起，不如就此分开。

　　断得早，痛得也少。

　　那是十九岁那年我的狠绝，后来我才发现，痛不会因为你切断一份感情有多干脆就会减少，痛只会因为无法在一起，无法忘怀，时不时地想念而有增无减。

　　对她说绝情的话，答应妈妈为了挽救公司跟秦家的联姻，默默地看着妈妈送晨睿离开江都，我都没有阻止这一切发生，不是不想，是不能。

　　如果我还只是个生活在父母庇佑下的孩子，我还可以任性自私地说，我要叶晨睿。

　　可是现在，我还怎么要？

秦一璐问我，你还爱叶晨睿吗？

我没有回答。

爱不爱现在还重要吗？

十七岁的时候，秦一璐问我，你喜欢叶晨睿吗？我骄傲地说不喜欢！

几年后，她又一次这么问我，我再也无法回答。

跟秦一璐订婚后，生活慢慢走向了正轨，公司虽然依旧有很多事要忙，但是已然比之前情况好很多了。我边忙公司的事，边在学校上课，偶尔应酬。

不过这么忙也好，这样就没时间去想叶晨睿了。只是晚上一个人躺在床上，辗转反侧，难以入眠时，我也会在想，她一个人在那里过得好不好。没有我在身边，她是不是还会遇到点事就哭鼻子，还是已经变得很坚强。

我不能告诉任何人，我其实，一直在想她。

番外　CHENHOU

陈厚

陈厚最近过得很不顺，手气差输了一大笔钱不说，生意也做得一塌糊涂。上周从南洋运过来的一批货，刚到港口就被公安给查了，损失了上千万。

事业不顺也就算了，儿子还跟他犟，认识个黄毛丫头，跟着他妈惹出点儿事，要钱要到他头上了，胆子也够肥的。

陈厚当然一毛钱也不会拿出来，他在道上混了那么多年，向来都是他坑人家的，还没被人家给坑过。

南洋那边老板催款催得急，陈厚手头有点儿紧，只能打电话跟人求助。

对方一接到他的电话，听到要钱，语气立刻变冷了，说："陈厚，你怎么又问我要钱，这么多年，你没少问我要钱吧。我跟你说别赌了，生意上多盯着点儿，你看看你，有什么是你做得好的。"

陈厚任由他骂着，嬉皮笑脸地说："哥，你就再借我点儿钱呗。"

那人怒了，说："陈厚，你别贪得无厌，上个月才给了你一笔钱让你做生意，你说是最后一次问我要，现在又来问我，你当我是做什么的，哪来那么多钱给你。"

陈厚呵呵地冷笑，语气尖酸了起来："哥你要没钱，谁有钱啊，别人不知道，我还不知道吗，你那个金矿，你就算花几辈子都花不完吧。"

NIZAIWEIXIAO

那边的人怒了，朝他吼，说："你够了！当年咱们说好的，我帮你守秘密，你帮我搬东西，到江都后，我给你那堆金子，咱们就当什么都没发生一样，各过各的日子。可你没完没了，这么多年，你自己算算从我这儿又拿了多少。"

"你说我贪得无厌，你才贪得无厌吧，当初你跟叶民怀找到金矿，想就你们两个人分了，其他谁也不告诉，还跟船上的人说根本就没看到金子，其实金子早被你俩藏了。后来若不是我一时冲动为了私盐的事杀了叶民怀，你能一个人独吞那个金矿吗？若不是我发现你衣服上不小心沾到的金粉，你会为了堵我的嘴，让我搬那两箱黄金，送我一箱吗？我当时蠢，以为黄金就两箱，你好心跟我一人一箱。后来我就觉得不对劲啊，你说你怎么就那么快在国外建了那么多房产，你肯定是藏了金子没告诉我，给我看的只是皮毛。我就纳闷了，当年那个岛烧得光秃秃的，我后来回去找也没看到金子，那矿被你搬哪儿去了？"

"你脑子用来想这些，不如用来想想怎么跟叶民怀老婆解释你杀了他的事。我听卞格那儿传出来的消息，说叶民怀老婆收到匿名包裹说她老公遇害的事了。你那丢失的金表，不会被一起寄了过去吧。要被她送到警察那儿，那就不是钱能解决的事了，你自己先留个心眼吧，出什么事可别怪我没提醒过你，我对你也算是仁至义尽了。"那人说完，不等陈厚再度开口，就挂了电话。

陈厚握着手机，愣了片刻，嘴里咬牙切齿地念叨着："叶民怀啊叶民怀，你真是死了还不让人安心。"

说起那块金表，那还是陈厚没出海前，在古玩市场抢来的。那个时候的有钱人，总爱没事穿个西装，西装口袋里装块怀表，说是腔调。陈厚有次批了一堆假货在那儿卖，看到一瞎眼老头儿身上别着那块表，陈厚一眼就看上了，连摊子都不要了，偷偷摸摸地跟了那老头儿好一会儿，到一个没人的地方，从老头儿身上抢下了那块表。

之后陈厚回了乡下，那表一直揣在身上，当作是护身符。

杀叶民怀的那天晚上，陈厚前半夜还跟人在沙滩上吹牛扯皮，喝了不少酒，跟人起了口角心里不痛快，啐骂着进了树林解手，正好看到卞格跟叶民怀为了那私盐的事起争执。

陈厚背地里笑卞格太老实，这种事知道了有什么好告诉人一起发财的，告诉人就是被人多分一笔钱，也就卞格那种人会干那蠢事。陈厚虽然嘲讽卞格，觉得如果是他也会像叶民怀一样阻止，但心里本就有火愁着没地方撒，等卞格一走，就走出来找叶民怀吵架，说他小气、自私、不讲兄弟道义。

叶民怀向来看不上陈厚，不愿理他，就要走。陈厚就怒了，想着你们这些人都高傲个什么啊，怎么人人都看不起老子来了，老子还看不上你们呢。那个怒火一上，陈厚捡起地上的一块碗大的石头就朝叶民怀的头砸了两下。

见到血，陈厚就蒙了，丢了石头就跑，回头还能看到叶民怀原地转了几圈后，就倒在了地上不动了。

陈厚看着自己手上的血，不敢回去看叶民怀，他想着他应该是被自己砸死了。

怕被人发现，陈厚慌乱地跑出了树林到海边把手上的血洗掉，然后回帐篷装睡，静静地等天亮，想着别人发现叶民怀死了的话，他该怎么解释。

睡了会儿，陈厚心里很不安稳，习惯性地伸手摸脖子上的金表，就发现表掉了。

这表是纯金的，他好不容易搞到的，陈厚这种贪小便宜的人自然舍不得那块表，出了帐篷准备回树林去找的时候，碰巧遇到了熟人。

熟人问他，陈厚你在找什么东西。

陈厚慌慌张张地说，掉了东西。

熟人问，什么东西。

陈厚不耐烦地回是金表。

陈厚想，完了，那表定是跟叶民怀争执的时候掉的，说不定还沾上他的血了。这样他想把叶民怀的死推给卞格都不行了。

熟人自然是知道陈厚那块表的，闻言偷偷地跟陈厚说，我看到有人从树林出来，手里藏着什么东西，可能就是那块表。

陈厚一听表被人捡走了，就怒了，但是他又不好发作，他更怕别人发现他杀了叶民怀。

陈厚想着该怎么办时，发现树林里面起火了，火势蹿得很快，很快，整片树林都蹿开了，其他人也惊醒了，陈厚他再也不好进树林了。

此时，熟人发现了陈厚身上的血迹，而陈厚也发现了那人身上的金粉。两人心里都有了猜疑，趁其他人还没赶到，索性各自坦白达成了协议。

那人帮陈厚隐瞒他杀人的事，陈厚帮那人隐瞒金子的事。

那人让陈厚把衣服脱了，丢进树林里，让火一起烧了。

之后，行船经过，救了他们一行人，在船上清点人数的时候，有人发现叶民怀不见了。陈厚很紧张，他发现卞格也很紧张，陈厚就先发制人地问卞格为什么这么紧张，一下子把所有人的怀疑都引到了卞格身上。

卞格说了实情，众人揣测叶民怀可能还在树林里，遇上了那场野火，估计难逃一死。为了不让这次非法出海的事曝光，大家都协商了下，最后打算回去跟人说叶民怀是坠海死的。

陈厚这才发现，卞格这傻人已经把私盐的发财契机告诉了所有人。但是他也不在乎那私盐了，因为他有了金子。除了他跟另一个人，谁也不知道的金子。

知道的第三人叶民怀现在也死了。

本来陈厚以为这件事就这么过去了，但他万万没想到熟人跟他说，有人寄了匿名信给叶民怀的老婆，还提到了那块金表。

陈厚这下慌了，他好不容易站稳的脚跟，可不想因为叶民怀的事被抓。

陈厚想了想，还是决定得去找叶民怀老婆要那块表。

番外 JINBIAO / 金表

　　男人挂了电话，妻子过来喊他吃饭。看男人有心事，问他怎么了。男人摇摇头，微笑地说没什么，吃饭吧。

　　妻子觉得男人今天的心情特别好，饭也多吃了一碗。

　　妻子突然想到了什么，跟男人说，上次我跟你说的那卞家之所以让晨睿跟卞都订婚的原因，你别跟其他人说啊。卞格那老婆，嘴巴快又管不住话，自己跟人说是季轩茹拿她老公的死要挟卞格，骂她，现在又一个个打电话让听的人别说，说怕交际圈里都知道了，对她家风评不好。

　　男人不以为意地笑笑，说我们男人没你们女人那么多事。

　　女人没好气地白了他一眼，说你不说就好，何必挖苦我们女人。

　　男人吃完饭回了书房工作，人站在书桌面前，手拉开第二层的抽屉，那里安静地躺着块金表。

　　根本没有其他人捡走那块金表，表是他拿走的。那天陈厚砸了叶民怀之后，叶民怀没死，还跑来找他到树林里说怎么搬走金矿的事。他得知叶民怀受伤的经过后，心里有了计谋，索性在树林里把叶民怀给杀了，从叶民怀手里抢走了陈厚掉落的那块表，并且为了销毁尸体，放了那把火。

　　从树林出来的时候，他正好遇到陈厚，显然陈厚以为他自己杀了叶民怀，

急着找那块表。他索性顺水推舟，让陈厚真以为自己杀了叶民怀，并把表留着，以备日后事情被抖搂出来，拿陈厚当替罪羊。

但没想到被陈厚发现了金矿的事，为了堵陈厚的嘴，他这些年也是被坑了不少，也该是时候除掉这个贪得无厌的人了。

卞格那边只说叶民怀老婆收到匿名信，他却跟陈厚故意提了金表的事，让陈厚以为表在叶民怀老婆那里。

以陈厚的脾气，肯定会做出什么极端事来，叶民怀老婆要出事，卞格那老好人肯定坐不住会报警，那时候，他就坐着看好戏了。

除了那块金表，陈厚走私贩毒各种犯罪的证据他有的是，足够弄死他了。

你问他当初为什么要杀叶民怀。

其实很简单，因为人性的贪婪。

人都想把好东西占为己有，不想分给别人。

他能一个人吞掉那个金矿，又为什么要分给别人一半呢？

那叶民怀为私盐吵，陈厚杀叶民怀，不也都跟他一样，是因为太自私，太贪婪了吗？

钱真的有那么好吗？他要那么多钱干什么呢？

有时候他也这么问自己，他也不知道。

但是他知道，他再也不想回去过没钱的日子。

这是个金钱欲望横流的社会，他得有钱，才能人模人样地生活着。

可是他不知道，欲望已经把他的人性都给吞噬了。

倘若一个人没有了人性，那还是人吗？

番外 / 施恩

SHI EN

小的时候，我老喜欢声称自己是个男孩子。

妈妈牵着我上街买菜，碰到相熟的阿姨，阿姨问妈妈，这就是你家小孩儿啊，长得可真秀气。妈妈笑着说，女孩子嘛，秀气点儿好。

我站在一旁跺脚，严肃地纠正她，说不，我是个男孩子。

每次我这样说，我妈看我的眼神总是充满了忧伤，可我还在坚持，说我是个男孩子。

爸爸一直想要个儿子，结果生了个女儿，他对妈妈失望透顶，印象中，他都不怎么爱搭理我，一直忙着在外做生意，鲜少回家。妈妈总是以泪洗面，说小恩你要是个男孩子就好了。

四五岁的时候，我还不懂妈妈的心酸与苦楚，等再大点儿，上了幼儿园，上了小学，我虽然懵懵懂懂，但是妈妈的痛苦我都能感觉到，这似乎就是所谓的母子连心吧。

四年级时，班里的一个女同学买了瓶农药放在书包里，犹豫了几节课，终于还是喝了下去，并且骗询问的同学说自己喝的是糖水，同时也骗了自己，想着糖水是甜的，甜的喝下去就不苦了。

她挣扎着跟我们一起出操，广播体操声音刚响起，队伍里嚷嚷着前方

一个女生倒下了，嘴里在大吐白沫。

老师们及时送她去了医院，但是还没来得及洗胃，她就死了。

那阵子班里的所有人都在谈论她的死，说她爸重男轻女，一直想要个儿子，老打她骂她妈妈，她妈忍受不了，丢下她跑了。她爸领了新女人回来，如愿以偿地生了个儿子。

她同桌说她以前跟她倾吐过家里的事，说她继母生了儿子后，她在家里完全无地位可言，她继母老闹着要赶她走，她哭她爸就打她，说你哭什么，你妈都走了你怎么不跟你妈一起走。她哭着哀求说她不知道她妈妈去了哪里，她没法找她。她爸就说，找不到你就去死啊！

所以，她就真的去死了。

她的死，让大家都流下了同情的眼泪，也同时在我的耳边敲响了一个警钟。

有一天，我在学校中午没吃饭，省了饭钱去镇上的老爷爷那儿把妈妈精心给我打理的长头发剪了，然后看着镜子里那头像被狗啃了似的短发，高兴地露了露牙齿，跟自己说，从今以后我就是个男孩子。

男孩子能干的事我都能干，男孩子不能干的事我也要会干，我不能让我爸因为我没带把儿，让我妈跟同学妈一样的悲惨。当然，更重要的是，我不能成为我同学。

我私下里觉得我同学很傻，她干吗傻乎乎地去寻死，要是我的话，我就把那毒药放进继母跟爸的饭菜里，让他们吃下去。就算要去死，我也得拉着他们一起。

我以为我把头发剪成了男孩子的样子，老穿男孩子的衣服，动作举止像男孩子一样，我爸就会喜欢我，就会回家。

但是他没有。

我妈打电话跟他说，小恩小升初考试考了年级第一，你回来吃顿饭吧。

他没回来，只是打了点钱给我妈，说你们买点儿菜吃吃好了。

我妈打电话跟他说，小恩初一数学竞赛拿了奖，你回来吃顿饭吧。

他依旧没回，照旧打了点钱。

我妈打电话跟他说，小恩在体育运动会上摔伤了腿，医生说她可能瘫痪，你回来看看吧。

他依旧没回。

那一次他连钱都没有打。

我一直记得，那天我妈跪在我的病床前，哭得捶胸顿足，她说，我该怎么办，老天爷我该怎么办？

我说我是个男孩子，我不能哭，眼睛流出来的水是我眼睛在出汗。

也许是我妈求了老天爷，也许是老天爷看我们可怜，后来，我的腿好了，我没有瘫痪，我依旧健健康康的。从那以后，我再也不会缠着我妈问我爸什么时候回家，再也没有问过。我拼命地学习，为了考市重点，为了拿奖学金，为了减轻我妈的负担，我爸已经不寄钱给我们了。谁也不知道他在外面出了什么事，我就当他死了。

初三的时候，我那个外出好几年的父亲终于回来了。他回来不是看我，也不是看我妈，他回来的时候还带着个女人，带着个女孩子，女孩子也不过比我小两三岁的样子，打扮得像个公主，嗲里嗲气地喊我姐姐。

我咬牙切齿地冲过去扇了她一耳光，她妈当即撕掉虚伪的嘴脸，伸手揪我的头发，指甲掐进我的肉里，我爸跟着她一起打我。

我爸是来找我妈离婚的，他早就跟那个女人在一起了，也早就生了另一个女儿。

什么我妈生不出儿子，他想要儿子，才不待见我妈都是屁话。他只是出轨了，并把错转嫁在了我妈身上。

我妈那么善良的一个女人，就这么默默地吞下了所有的苦水，跟他办了离婚手续。

我拽着我妈吼，说去告他，他都没离婚，就跟那女人在一起那么多年，

野种都这么大了，他那是犯了重婚罪，告死他，让他去坐牢。

我实在是太恨了！

我妈哭着对我说，拿什么去告，小恩，上法庭是要钱的，请律师都要钱的，妈没钱，妈的钱还得省着供你读大学。妈不想让你跟我过一样的人生。

钱，说白了不过是一个钱字。

我爸发财了，可我跟我妈还是那么穷，穷得连病都生不起。我高一的时候，我妈割了个阑尾，还得跑去四处借钱。

他们说让我们问我爸要去，我妈没去，我也没去。

我想，穷人也是有傲骨的，也是有自尊心的。那年我去求了很欣赏我的老师，借了点钱，说我会努力学习，拿了奖学金就还你。

她爽快地答应了，给了我足额的钱，还问我够不够。

在这个世界上，总有好人跟坏人。

高三的时候，几个好的大学来学校提前招生。我考上了，但是却发现家里没有上大学的学费。

对于我跟我妈这种，我妈一个月做手工辛苦赚个几百块钱，勉强够吃用的家庭来说，去江都上大学，一学期的学费、住宿费，近七千的消费实在是大数目。

为了让我能上大学，我妈拼命地工作，她一天做好多份活，把家里那小破房也卖了，租了间便宜的出租屋。白天，她去给饭店洗碗，休息时间去捡垃圾，晚上再回来做手工。

她越来越瘦，越来越老，却总还笑着跟人说，我家小恩很争气，考得很好。

人的自尊能当饭吃吗？

我在学校想了两天，最终还是背着我妈，硬着头皮去找我爸。

如果不是为了钱，我都不想承认他是我父亲。可是我想，凭什么他们那么幸福，而我跟我妈要那么苦。

我爸不在家，家里就那个狐狸精在，她女儿去学校了，听说她女儿在

很好的外国语高中上学，学费极为昂贵。

来之前，我一再安抚自己要忍住，要忍住，所以见到她时，我低声下气地说明了来意，迎接我的，是预想的冷嘲热讽。我攥着拳头听着，跟自己说没关系，我来又不是看她笑的，我就是来要钱的。

结果那女人非但没给钱，还请了门卫保安把我赶了出去。

我就像牲畜一般被直接扔到了马路上，摔下来的时候，我的手脚都擦破了皮，牙齿紧咬着嘴唇，都咬出了血来。

我扭头就走，再也没上门要过第二回。因为我知道，我再去要，她也不会给。

她就是那样一个人，抢走别人的家庭，别人的幸福，却还如此吝啬，不愿施舍。

不，我不需要她的施舍。

大学可以慢慢上，我可以继续参加高考，在上大学前的那个暑假努力打工赚钱，他们说给人做家教收入不错。

不需要求他们，我也可以上大学。

可是哪知道，当我刚做完决定，一头热血地要为生活奋斗，要为我跟我妈争口气时，我妈就死了。

她死后，生活的一切，对我来说，都变得毫无意义。

我一直记得，我那天从我爸家回来，我妈打了我，那是她第一次打我，打得手都抖。她哭着说："小恩，谁让你去求他们的！谁让你去的！要去也该妈去！要跪也该妈跪，我的女儿，我那么好的女儿，不该求他们那样的人，他们不配！"

她知道我倔强又骄傲，她不愿我再受任何委屈，所以更加拼命地做活，结果连自己的命都搭进去了。

不就是钱吗？

不就是上大学吗？

何必一定要去上，何必一定要赔上我妈，要知道她那么努力地供我上学，我宁愿我不会念书，是个傻子，也不愿她做活做到累死。

因为，我那么努力地想出人头地，也只是为了她呀！

我只想她不被人看不起，想给她幸福，想让她昂首挺胸地生活。没有我爸也可以，岁月亏欠她的，我会努力补给她，因为我是妈妈的孩子。

可是，她不给我机会。

华先生曾问我，施恩，你为什么想投靠我？

我说因为你是这座城市最会赚钱的人。人人都想要钱，人人都为钱拼命，人人都舍不得钱，钱就真那么好吗？

华先生笑笑，他即使微笑，脸看起来都很僵硬。

他说："施恩，你怎么确定我愿意带你赚钱，我手下的小弟很多，你一个书呆子能帮我什么忙？圈子不是谁都能混的，《围城》里不是说过吗，城里的人想出来，城外的人想进去，施恩，钱不是你想的那么好赚的。"

我说我知道，我不需要你教我赚钱，我只需要你借我些人，帮我做点事，我给你赚钱。

你能给我赚多少，还有你为什么要给我赚钱呢？呵呵，钱不是为自己赚的，那为什么要赚呢？

似乎我的话很奇怪，他饶有兴趣地朝我继续说道。

我跟他说，我能帮他赚五百万，我把钱给他，是因为，我要的不是钱。

他问我要什么，我没有告诉他。

我要的是我爸、那个女人以及他们的女儿，都尝一下我跟我妈那么多年受的委屈，受的苦。我要的是我得不到的幸福，他们也别想再拥有。

华先生很好奇我怎么给他赚钱，他让鹰哥他们全力配合我。我查到那个女人有个儿子，原来她是抛夫弃子跟我爸跑了，看来她真的不是个好女人。

那女人生的孩子也不会善良到哪儿去。

在遇见阿极前，我一直都是这么认为的。

后来，我错了吗？

后记：
世界那么大，
谢谢你遇见我

阿Q

我觉得我这两年哭过的眼泪，比我过去的所有都多。

2013 年对我来说，是深恶痛绝的一年，我曾以为，我永远也不会忘记这一年里发生的事，可是现在回想起来，发现自己已经记不大清楚了。只记得这年自己活得很绝望，很痛苦，等着人来救救我，可是，到最后也只能自救。

2014 年，我以为我能从上一年的噩梦中脱离出来，然而没有，我只是从一个噩梦跳入了另一个噩梦。

2014 年，大鱼的编辑三度问我要了还只有开头的"微笑"，那时候那本书还叫"微生"，直到签约出版时名字也是这个。

我很喜欢"微生"这个书名，跟我那个故事想表达的东西很贴切。我当初写这本书的时候，是给别人做的策划，后来发生了很多不愉快的事，我带走了，第一次那么强烈地想给自己做点什么，留点什么。

于是，就有了这本书。

微生，顾名思义，我想写一个表达微小生命，却有着倔强人生的故事。

很多时候，我们看起来卑微懦弱，却也可以十分坚强。

故事中的叶晨睿就是这样，很多人物都是这样，而我自己也是这样。

我入出版圈已经四年多了，可是我以作者的身份出现在读者眼中也不过一年的时光。在那之前，我在幕后做了三年。

那三年的时光，不管我现在回想起来有多厌恶，但是不得不承认，我学到了很多东西，关乎人情世故，社会竞争，人性丑陋与善良，还有自身能力的提升。

三年的艰辛付出，换来的是一本所谓的合著。一个只在封面上提及名字，连个作者简介都没有的合著，还有众多让人难以忍受的唾骂。

那书从上市起，我就收到了很多捧他人踩我的言论，其实我骨子里是个很骄傲的人，最起码对写作这行来说，我自尊心真的很强。

我能接受人家说我写得不好，但是我无法接受人家说所有好的都是别人的，所有坏的都是你的，因为那时候我觉得我的所有努力与付出都被无视了。

很多人只看表面，完全不看背后。很多人只执着于表面所看到的，然后任性地伤害着他人。很多人不知道，他们无心的伤害对被伤害的人来说，有多难以承受。

认识我数年的老读者跑去贴吧发帖，说你们有你们想守护的人，我也有。

那时候我觉得我很对不起她，我头一次觉得我没人家红，我随心所欲地写写东西，不争不抢，对爱护我的她来说，是多么伤人的事，我害得她跟我一起委屈，因为喜欢上这么一个不红的作者，害得她这般为我叫屈。

她说她觉得这么多年，没能帮得了我什么，想到就想哭。我看她那样，自己哭了。

我头一次那般痛恨自己的软弱，头一次那么强烈地想要让自己变得更好，好到能配得上大家的喜欢。

"微笑"第一版本，我精修了十几遍交稿的。那时候自己很满意，对"故事连样文都没写，主编们看大纲就觉得是个很好的故事"这一点，我有点扬扬得意。

可是，当几大主编看完全稿的意见出来时，我觉得我蒙了。

主编说，如果满分是 100 分的话，我对你的要求是 120 分，可是你交给我的东西只有 80 分，但是我觉得你的能力完全可以做出 120 分的东西来。你不要辜负我们的期望。

我那时候羞愧得都要哭了，因为我辜负了他们对我的期望。

所以就算责编帮我竭力争取不重写，我还是主动要求推翻重写了。

重写的过程很痛苦，因为同样的故事框架，你得换完全不同的写法、情节，再写一遍，你还得不能受之前的文字的影响。

我最难熬的时候，天天写五六千字，睡觉还在想故事，第二天醒来，又把那五六千删了，剩下几百字，觉得写得不够好。这样每天就只能写几百字，持续了半个月。

责编也顶着压力催我稿子，为此我们还起过争执。

读者们也在催，大家都在催，我自己心里也急，但是如果第二遍写出来的东西，还不如之前的好，那我重写还有什么意义呢？

我跟自己较劲，所幸那段时光终于在大家的陪伴下熬过去了，我把稿子交了。

交稿的时候，我跟编辑说我都要写吐了，编辑说她也要看吐了，因为实在看太多遍了。有的光一个情节，编辑都看了十几个不同的版本。

编辑看完给校对，编辑帮我把稿子给总编们。我们等总编意见，心里都没底。

我头一次对自己的稿子心里没有数。

昨天编辑给我发了她和杜总的聊天记录。

今天宋总又找我，说我的确很职业，我顶住高压完成了任务，有总编看那稿子都看哭了。

我看到那些话，自己也哭了，觉得一切的辛酸都值了。

我证明了，我没别人想象的那么差；我证明了，我能配得上那超出 20 分的 120 分的期望。但我更想让那些爱我的人看到，你们爱的人，即使现在没人家优秀，但是她很努力，她很努力地想向你们证明，你们没有爱错人。

感谢所有陪着我渡过难关，为等待的人， 2015 年，我把微笑赠予你们。

祝你们一生喜乐，永世安好。